U0902960

遇见你之前，我以为我受得了寂寞

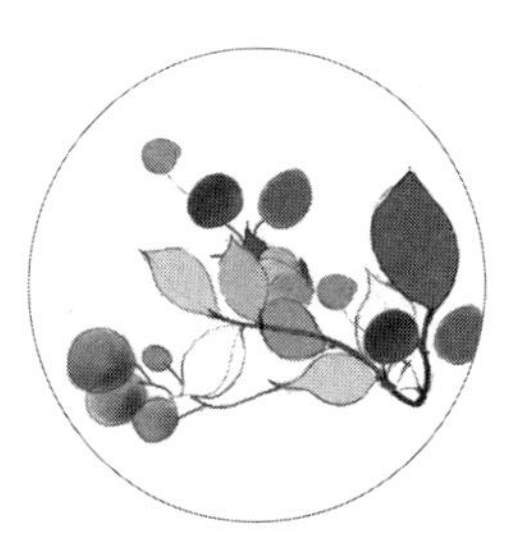

沈从文——著

台海出版社

图书在版编目（CIP）数据

遇见你之前，我以为我受得了寂寞 / 沈从文著．--
北京：台海出版社，2017.6（2018.4重印）
ISBN 978-7-5168-1451-2

Ⅰ．①遇… Ⅱ．①沈… Ⅲ．①小说集—中国—现代 ②书信集—中国—现代 Ⅳ．① I216.2

中国版本图书馆 CIP 数据核字（2017）第 137763 号

遇见你之前，我以为我受得了寂寞

著　　者 | 沈从文

责任编辑 | 刘　峰　　策划编辑 | 李　敏
封面设计 | 壹诺设计　　责任印制 | 蔡　旭

出版发行 | 台海出版社
地　　址 | 北京市东城区景山东街20号　邮政编码：100009
电　　话 | 010 — 64041652（发行，邮购）
传　　真 | 010 — 84045799（总编室）
网　　址 | www.taimeng.org.cn/thcbs/default.htm
E — mail | thcbs@126.com

印　　刷 | 北京嘉业印刷厂
开　　本 | 880 毫米 × 1230 毫米　1/32
字　　数 | 180 千字
印　　张 | 9
版　　次 | 2017 年 9 月第 1 版
印　　次 | 2018 年 4 月第 2 次印刷
书　　号 | ISBN 978-7-5168-1451-2
定　　价 | 39.80元

目 *contents* 录

情书

故事

情书

倘若你这时见到我，

你就会明白我如何温柔！

一切过去的种种，

它的结局皆在把我推到你身边心上，

你的一切过去也皆在把我拉近你身边心上。

——《我温习你的一切》

念 你

亲爱的二哥：

你走了两天，便像过了许多日子似的。天气不好。你走后，大风也刮起来了，像是欺负人，发了狂似的到处粗暴地吼。这时候，夜间十点钟，听着树枝干间的怪声，想到你也许正下车，也许正过江，也许正紧随着一个挑行李的脚夫，默默地走那必须走的三里路。长沙的风是不是也会这么不怜悯地吼，把我二哥的身子吹成一块冰？为这风，我很发愁，就因为自己这时坐在温暖的屋子里，有了风，还把心吹得冰冷。我不知道二哥是怎么支持的。我告诉你我很发愁，那一点也不假，白日里，因为念着你，我用心用意地看了一堆稿子。到晚来，刮了这鬼风，就什么也做不下去了。有时想着十天以后，十天以后你到了家，想象着一家人的欢乐，也像沾了一些温暖，但那已是十天以后的事了，目前的十个日子真难挨！这样想来，不预先打电回家，倒是顶好的办法了。路那么长，交通那么不便，写一个信也要十天半月才得到，写信时同收信时的情形早不同了。比如说，你接到这信的时候，一定早到家了，也许正同哥哥弟弟在屋檐下晒太阳，也许正陪妈坐在房里，多半是陪着妈。房里有一盆红红的炭火，且照例老人家的炉火边正煨着一罐桂圆红枣，发出温甜的香味。你同妈说着白话，说东说西，有时还伸手摸摸妈衣服是不是穿得太薄。忽然，你三弟走进房来，送给你这个信。接到信，无疑地，你会快乐，但拆开信一看，愁呀冷呀的那么一大套，不是全然同你们的调子不谐和了吗？我很想写：“二哥，我快乐极了，同九丫头跳呀蹦呀的闹了半天，因为算着你今天准可到家，晚上我们各人吃了三碗饭。”使你们更快乐。但那个信留到十天以后再写吧，你接到此信时，只想到我们当你看信时也正在为你们高兴，就行了。

希望一家人快乐康健！

三三

九日晚

小船上的信

船在慢慢地上滩，我背船坐在被盖里，用自来水笔来给你写封长信。这样坐下写信并不吃力，你放心。这时已经三点钟，还可以走两个钟头，应停泊在什么地方，照俗谚说：“行船莫算，打架莫看”，我不过问。大约可再走廿里，应歇下时，船就泊到小村边去，可保平安无事。船泊定后我必可上岸去画张画。不知你见到了我常德长堤那张画不？那张窄的长的。这里小河两岸全是如此美丽动人，我画得出它的轮廓，但声音、颜色、光，可永远无本领画出了。

你实在应来这小河里看看，你看过一次，所得的也许比我还多，就因为你梦里也不会想到的光景，一到这船上，便无不朗然入目了。这种时节两边岸上还是绿树青山，水则透明如无物，小船用两个人拉着，便在这种清水里向上滑行，水底全是各色各样的石子。舵手抿起个嘴唇微笑，我问他：“姓什么？”“姓刘。”“在这条河里划了几年船？”“我今年五十三，十六岁就划船。”来，三三，请你为我算算这个数目。这人厉害得很，四百里的河道，涨水干涸河道的变迁，他无不明明白白。他知道这河里有多少滩，多少潭。看那样子，若许我来形容形容，他还可以说知道这河中有多少石头！是的，凡是较大的，知名的石头，他无一不知！水手一共是三个，除了舵手在后面管舵管、篷管、纤索的伸缩，前面舱板有两个人。其中一个是小孩子，一个是大人。两个人的职务是船在滩上时，就撑急水篙，左边右边下篙，把钢钻打得水中石头作出好听的声音。到长潭时则荡桨，躬起个腰推扳长桨，把水弄得哗哗的，声音也很幽静温柔。到急水滩时，则两人背了纤索，把船拉去，水急了些，吃力时就伏在石滩上，手足并用的爬行上去。船是只新船，油得黄黄的，干净得可以作为教堂的神龛。我卧的地方较低一些，可听得出水在船底流过的细碎声音。前舱用板隔断，故我可以不被风吹。我坐的是后面，凡为船后的天、地、水，我全可以看到。

我就这样一面看水一面想你，我快乐，就想应当同你快乐，我闷，就想要你在我必可以不闷。我同船老板吃饭，我盼望你也在一角吃饭。我至少还得在船上过七个日子，还不把下行的计算在内。你说，这七个日子我怎么办？天气又不很好，并无太阳，天是灰灰的，一切较远的边岸小山同树木，皆裹在一层轻雾里，我又不能照相，也不宜画画。看看船走动时的情形，我还可以在上面写文章。感谢天，我的文章既然提到的是水上的事，在船上实在太方便了。倘若写文章得选择一个地方，我如今所在的地方是太好了一点的。不过我离得你那么远，文章如何写得下去。“我不能写文章，就写信。”我这么打算，我一定做到。我每天可以写四张，若写完四张事情还不说完，我再写。这只手既然离开了你，也只有那么来折磨它了。

我来再说点船上事情吧。船现在正在上滩，有白浪在船旁奔驰，我不怕，船上除了寂寞，别的是无可怕的。我只怕寂寞。但这也正可训练一下我自己。我知道对我这人不宜太好，到你身边，我有时真会使你皱眉，我疏忽了你，使我疏忽的原因便只是你待我太好，纵容了我。但你一生气，我即刻就不同了。现在则用一件人事把两人分开，用别离来训练我，我明白你如何在支配我管领我！为了只想同你说话，我便钻进被盖中去，闭着眼睛。你瞧，这小船多好！你听，水声多幽雅！你听，船那么轧轧响着，它在说话！它说："两个人尽管说笑，不必担心那掌舵人。他的职务在看水，他忙着。"船真轧轧地响着。可是我如今同谁去说？我不高兴！

梦里来赶我吧，我的船是黄的，船主名字叫作"童松柏"，桃源县人。尽管从梦里赶来，沿了我所画的小堤一直向西走，沿河的船虽万万千千，我的船你自然会认识的。这里地方狗并不咬人，不必在梦里为狗吓醒！

你们为我预备的铺盖，下面太薄了点，上面太硬了点，故我很不暖和，在旅馆已嫌不够，到了船上可更糟了。盖的那床被大而不暖，不知为什么独选着它陪我旅行。我在常德买了一斤腊肝、半斤腊肉，在船上吃饭很合适……莫说吃的吧，因为摇船歌又在我耳边响着了，多美丽的声音！

我们的船在煮饭了，烟味儿不讨人嫌。我们吃的饭是粗米饭，很香很好吃。可惜我们忘了带点豆腐乳，忘了带点北京酱菜。想不到的是路上那么方便，早知道那么方便，我们还可带许多北京宝贝来上面，当“真宝贝”去送人！

你这时节应当在桌边做事的。

山水美得很，我想你一同来坐在舱里，从窗口望那点紫色的小山。我想让一个木筏使你惊讶，因为那木筏上面还种菜！我想要你来使我的手暖和一些……

十三日下午五时

这 纸 浸 透 了 歌 声

三三专利读物

我的小船已泊到曾家河。在几百只大船中间这只船真是个小物件。我已吃过了夜饭，吃的是辣子、大蒜、豆腐干。我把好菜同水手交换素菜，交换后真是两得其利。我饭吃得很好。吃过了饭，我把前舱缝缝罅用纸张布片塞好，再把后舱用被单张开，当成幔子一挂，且用小刀将各个通风处皆用布片去扎好，结果我便有了间“单独卧房”了。

你只瞧我这信上的字写得如何整齐，就可知船上做事如何方便了。我这时倚在枕头旁告你一切，一面写字，一面听到小表嘀嘀哒哒，且听到隔船有人说话，岸上则有狗叫着。我心中很快乐，因为我能够安静同你来说话！

说到“快乐”时我又有点不足了，因为一切纵妙不可言，缺少个你，还不成的！我要你，要你同我两人来到这小船上，才有意思！

我感觉得到，我的船是在轻轻地，轻轻地摇动。这正同摇篮一样，把人摇得安眠，梦也十分和平。我不想就睡。我应当痴痴地坐在这小船舱中，且温习你给我的一切好处。三三，这时节还只七点三十分，说不定你们还刚吃饭！

我除了夸奖这条河水以外真似乎无话可说了。你来吧，梦里尽管来吧！我先不是说冷吗？放心，我不冷的。我把那头用布拦好后，已很暖和了。这种房子真是理想的房子，这种空气真是标准空气。可惜得很，你不来同我在一处！

我想睡到来想你，故写完这张纸后就不再写了。我相信你从这纸上也可以听到一种摇橹人歌声的，因为这张纸差不多浸透了好听的歌声！

你不要为我难过，我在路上除了想你以外，别的事皆不难过的。我们既然离开了，我这点难过处实在是应当的，不足怜悯的。

二哥

一月十三下午八时

寂寞神气

天气还早得很，水手就泊了船，水面歌声虽美丽得很，我可不能尽听点歌声就不寂寞！我心中不自在。我想来好好地报告一些消息。从第一页起，你一定还可以收到这种通信四十页。

这时节正是五点廿五分，先前摇橹唱歌的那只大船已泊近了我的船边，只听到许多人骂野话。许多篙子钉在浅水石头上的声音，且有人大嚷大骂。三三，你以为这是“吵架”，是不是？你错了。别担心，他们不过是在那里“说话”罢了。他们说话就永远得用个粗野字眼儿，遇要紧事情时，还得在每句话前后皆用野话相衬，事情方做得顺手。这种字眼儿的运用，父子中间也免不了。你不要以为这就是野人。他们骂野话，可不做野事。人正派得很！船上规矩严，忌讳多。在船上客人夫妇间若撒了野，还得买肉酬神。水手们若想上岸撒野，也得在拢岸后的。他们过的是节欲生活，真可以说是庄严得很！

船中最美的恐怕应得数麻阳船。大麻阳船有“鳅鱼头”同“五舱子”，装油两千篓，摇橹三十人，掌舵的高据后楼，下滩时真可谓堂皇之至！我就坐过这样大船一次，还有床同玻璃窗，各处皆是光溜溜的。十四年后这船还使我神往。其次是小船，就是我如今坐的“桃源划子”。但我不幸得很，遇到几个懒人。我对他们无办法。我看情形到家中必需十天，这数目加上从北平到桃源的四天，一共就是十四天，下行也许可以希望少两天，但因此一来，我至多也只能在家中住四天了。我运气坏，遇到这种小船真说不出口。看到他们早早地停泊，我竟不知怎么办。照规矩他们又可以自由停泊的，他们可以从各样事情上找机会，说出不能开动的理由。我呢，也觉得天气太冷，不忍要他们在水中受折磨。可是旁人少受些折磨，我就多受些折磨，你说我怎么办？

我先以为我是个受得了寂寞的人，现在方明白我们自从在一处后，我就变成一个不能够同你离开的人了……三三，想起你我就忍受不了目前的一切了。我真像从前等你回信，不得回信时神气。我想打东西，骂粗话，让冷风吹冻自己全身。我明白我同你离开越远反而越相近。但不成，我得同你在一处，这心才能安静，事也才能做好！我试过如何来利用这长长的日子写篇小说，思想很乱，无论如何竟写不出什么来。

一月十四下午六时

我 温 习 你 的 一 切

十七日上午六点十分

五点半我又醒了，为噩梦吓醒的。醒来听听各处，世界那么静。回味梦中一切，又想到许多别的问题。山鸡叫了，真所谓百感交集。我已经不想再睡了。你这时说不定也快醒了！你若照你个人独居的习惯，这时应当已经起了床的。

我先是梦到在书房看一本新来的杂志，上面有些希奇古怪的文章，后来我们订婚请客了，在一个花园中请了十个人，媒人却姓曾。一个同小五哥年龄相仿佛的中学生，但又同我是老同学。酒席摆在一个人家的花园里，且在大梅花树下面。来客整整坐了十位，只其中曾姓小孩子不来，我便去找寻他，到处找不着，再赶回来时客人全跑了，只剩下些粗人，桌上也只放下两样吃的菜。我问这是怎么回事，方知道他们等客人不来，各人皆生气散了。我就赶快到处去找你，却找不到。再过一阵，我又似乎到了我们现在的家中房里，门皆关着，院子外有狮子一只咆哮，我真着急。想出去不成，想别的方法通知一下你们也不成。这狮子可是我们家养的东西，不久张大姐（她年纪似乎只十四岁）拿生肉来喂狮子了，狮子把肉吃过就地翻斤斗给我们看。我同你就坐在正屋门限上看它玩一切把戏，还看得到好好的太阳影子！再过一阵我们出门野餐去了，到了个湖中央堤上，黄泥做成的堤，两人坐下看水，那狮子则在水中游泳。过不久这狮子理着项下长须，它变成了同于右任差不多的一个胡子了……

醒来只听到许多鸡叫，我方明白我还是在小船上。我希望梦到你，但同时还希望梦中的你比本来的你更温柔些。可是我成天上滩，在深山长潭里过日子，梦得你也不同了。也许是鲤鱼精来做梦，假充你到我面前吧。

这时真静，我为了这静，好像读一首怕人的诗。这真是诗。不同处就是任何好诗所引起的情绪，还不能那么动人罢了。这时心里透明的，想一切皆深入无间。我在温习你的一切。我真带点儿惊讶，当我默读到生活某一章时，我不止惊讶。我称量我的幸运，且计算它，但这无法使我弄清楚一点点。你占去了我的感情全部。为了这点幸福的自觉，我叹息了。

倘若你这时见到我，你就会明白我如何温柔！一切过去的种种，它的结局皆在把我推到你身边心上，你的一切过去也皆在把我拉近你身边心上。这真是命运。而且从二哥说来，这是如何幸运！我还要说的话不想让烛光听到，我将吹熄了这支蜡烛，在暗中向空虚去说。

二哥

泸 溪 黄 昏

十九下午七时

我似乎说过泸溪的坏话，泸溪自己却将为三三说句好话了。这黄昏，真是动人的黄昏！我的小船停泊处，是离城还有一里三分之一地方，这城恰当日落处，故这时城墙同城楼明明朗朗的轮廓，为夕阳落处的黄天衬出。满河是橹歌浮着！沿岸全是人说话的声音，黄昏里人皆只剩下一个影子，船只也只剩个影子，长堤岸上只见一堆一堆人影子移动，炒菜落锅的声音与小孩哭声杂然并陈，城中忽然铛的一声小锣，唉，好一个圣境！

我明天这时，必已早抵浦市了的。我还得在小船上睡那么一夜，廿一则在小客店过夜，如《月下小景》一书中所写的小旅店，廿二就在家中过夜了……

明天就到廿了，日子说快也快，说慢又慢。我今天同昨天在路上已看到许多白塔，许多就河边石上捶衣的妇人，而且还看到河边悬崖洞中的房屋，以及架空的碾子。三三，我已到了“柏子”的小河，而且快要走到“翠翠”的家乡了！日中太阳既好，景致又复柔和不少，我念你的心也由热情而变成温柔的爱。我心中尽喊着你，有上万句话，有无数的字眼儿，一大堆微笑，一大堆吻，皆为你而储蓄在心上！我到家中见到一切人时，我一定因为想念着你，问答之间将有些痴话使人不能了解。也许别人问我：“你在北平好！”我会说：“我三三脸黑黑的，所以北平也很好！”不是这么说也还会有别的话可说，总而言之则免不了授人一点点开玩笑的机会。母亲年老了，这老人家看到我有那么一个乖而温柔的三三，同时若让这老人家知道我们如何要好，她还会更高兴的。我在辰州时，云六[①]说：“妈还说‘晓得从文怎么样就会选到一个屋里人？同他一样的既不成，同他两样的，更不好。’可是如今可来了，好了，原来也还有既不同样也不异样的人！”家中人看到我们很好，他们的快乐是你想不出的。他们皆很爱你，你却还不曾见过他们！

三三，昨天晚上同今晚上星子新月皆很美，在船上看天空尤可观，我不管冻到什么样子，还是看了许久星子。你若今夜或每夜皆看到天上那颗大星子，我们就可以从这一粒星子的微光上，仿佛更近了一些。因为每夜这一粒星子，必有一时同你

---

① 即作者的大哥沈云六。

眼睛一样，被我瞅着不旁瞬的。三三，在你那方面，这星子也将成为我的眼睛的！

你的二哥

十九下午九时

故事

把笛子一吹，一匹鹿就跑来了。笛子还是继续吹，

鹿就待在小子身边睡下，听笛子声音醉人。

来的这匹鹿有一双小小的脚，一个长长的腰，

一张黑黑的脸同一个红红的嘴。

来的是阿黑。

——《阿黑小史》

雨 后

“我明白你会来，所以我等。”

“当真等我？”

“可不是，我看看天，雨快要落了，谁知道这雨要落多大多久，天又是黑的，我喊了五声，或者七声。我说，四狗，四狗，你是怎么啦！雨快要落了，不怕雷公打你么？全不曾回声。我以为你回家了。我又算……雨可真来了，这里树叶子响得怕人，我不怕，可只担心你。我知道你是不曾拿斗篷的。雨水可真大，我躲在那株大楠木下，就是那株楠木，我们俩……忘记了么？你装。我要问你到底打哪儿来，身上也不湿多少，头又是光的，我问你，躲到什么洞里。”

四狗笑，四狗不答。他不说从家中来，她便明白的。

他坐到那人身边去，挤拢去坐，垫坐的是些桐木叶。

这时雨已过前山，太阳复出了，还可以看前山成块成片的云，像追赶野猪，只飞奔。四狗坐处四围是虫声，是树木枝叶上积雨下滴的声音，头上是个棚，雨后太阳蒸得山头出热气，四狗头上却阴凉。头上虽凉心却热，四狗的腰被两只手围着了。

“四狗，——”想说什么不及说，便打一声唿哨。

因为对山有同伴，同伴这时正吹着口哨找人。

同伴是在雨止以后又散在山头摘蕨菜，这时陪四狗坐的也是摘蕨人。

在两人背后有一个背笼，是她的。四狗便回头扳那背笼看。

“今天怎么只得这一点？……喔，花倒得了不少。还有莓咧，我正渴，让我吃莓吧。下了一阵雨，莓是洗淡了，这个可是雨前摘的？我喂你一颗，算我今天赔礼，不成吗？”

“要你赔礼？我才……”

她把围着四狗的腰的两只手放松了，去采地上的枯草。

“我告你，我也总有一天要枯的，——一切也要枯，到八月九月，我总比你们枯得更早。”

四狗莫名其妙，他说道：

“我的天，我听不懂你的话。说什么枯不枯。”

“我也不一定要你懂，你总有一天懂的。”

“让我在这儿便懂，成不成？”

“你要懂，就懂了，载不得我说。”她又想，“聋子耳边响大雷，没得用处，”就哧地笑了。

四狗不再吃莓了，用手扳并排坐的人的头。黑色的皮肤，红红的嘴，大大的眼睛与长长的眉毛。四狗这时重新来估价。鼻子小，耳朵大，下巴是尖的，这些地方四狗却放过了。他捏她辫子，辫子是在先盘在头上，像一盘乌梢蛇，这时这蛇挂在背后了，四狗不怕蛇咬人，从头捏至尾。

“你少野点。”说了却并不回头。

因为蛇尾在尾脊骨下，四狗的手不得到警告以前，已随随便便地……

四狗渐渐明白自己的过错了。通常便如此，非使人稍稍生气，不会明白的。于是他亲她的嘴——把脸扭着不让这么办，所亲的只是耳下的颈子。四狗为这个情形倒又笑了。他算计得出，这是经验过的，像看戏一样，每戏全有打加官。打加官以后是……末了杂戏热闹之至。

稍停停，不让四狗见到那么背了脸，也笑了，四狗不必看也清楚。

四狗说：“莫发我的气好了。”

“怎么还说人发你的气。女人敢惹男子吗？……嘘，七妹子，你莫颠！”

后面的话音扬得极高，为的是应付对山上一个女人的唱歌。对山七妹子知道这一边山草棚下有阿姐与四狗在，就唱歌弄人。

四狗是不常常唱歌的，除非是这时人隔一重山——然而如今隔一层什么？他的手，那只拈吃过特意为他摘来的三月莓的手，已大胆无畏从她胁下伸过去，抓定一只奶了。

但仍然得唱，唱的是：“大姐走路笑笑底，一对奶子翘翘底。心想用手摩一摩，心子只是跳跳底。”

四狗的心跳，说大话而已。习惯事情不能心跳了，除非是把桐木叶子作她的褥，四狗的身作她的被，那时得使四狗只想学狗打滚。

对山的七妹子，像看清四狗唱这歌情形下的一切，便大声地喊："四狗！四狗！你又撒野了，我要告你们的状。"

"七妹子，你再发疯，你让我捶你！"

作妹的怕姐姐，经过一阵吓，便顾自规规矩矩扯蕨菜去了。这里的四狗不久两只手全没了空。

像捉鱼，这鱼是活的，却不挣，是四狗两手的感觉。

四狗不认字，所以当前一切却无诗意。然而听一切大小虫子的叫，听晾干了翅膀的蚱蜢各处飞，听树叶上的雨点向地下的跳跃，听在身边一个人的心跳，全是诗的。

"请你念一句诗给我听。"因为她读过书，而且如今还能看小说，四狗就这样请。

明白她是读书人，也就容易明白先时同四狗说话的深意了。她从书上知道的事，全不是四狗从实际上所能了解的事。说是要枯了，女人只是一朵花，真要枯。知道枯比其他快，便应当更深地爱。然而四狗不是深深地爱吗？虽然深深地爱，总还有不够处，这是认字的过错。四狗幸好不认字，不然这一对，当更不知道在这样天气下找应当找的快乐了。

说是请念一句诗，她就想：念深了又不能懂，浅了又赶不上山歌好。她只念："落花人独立，微雨燕双飞。"景不洽，但情绪是这样情绪。总还有比这个更好的诗，她不能一一去从心中搜寻了。

四狗说这诗好，——不是说诗好，他并不懂诗，是说念诗的人与此时情景好罢了。他说不出他的快乐，借诗泄气。

手是更其撒野了……

“这样天气是不准人放荡的天气，不知道么？”

四狗听到说天气，才像去注意天气一样，望望天。天是蓝分分的，还有白的云。白的云若能说是羊，则这羊是在海中走的。四狗没见过海，但是那么大，那么深，那么一望无边，天也可以说是海了。

“我说天气太好了，又凉，又清，又……”

“你要成痨病才快活。”

“我成痨病时，你给我的要好多！”四狗意思是身体强，纵听过人说年轻人不注意身体就会害痨病，然而痨病不是一时起的事。

“给你的，——给你的什么？呸！”

到底给什么，四狗也说不出口。于是被呸了也不争这一口气。说出来，难道算聪明么?

到后他想到另外一个事情，要她把舌子让他咬。顽皮的章法，是四狗以外的别一个也想不出，不是四狗她也不会照办。

“四狗你真坏，跟谁学到这个？”

四狗不答，仍然吮，那么馋嘴，那么粘糍，活像一只叭儿狗。

“四狗……你去好了。”

“我去，你一个人在这里待成？”

她却笑，望四狗，身子只是那么找不到安置处，想同四狗变成一个人。

她把眼闭着，还是说，“四狗，你去了吧。”

四狗要走，可也得待一会儿。

他看她着急。这是有经验的。他仍然不松不紧地在她面前缠，则结果她将承认四狗在她面前放肆是必要的一件事。四狗“坏”，至少在这件事上是坏的，然而这是有纵容四狗坏的人在，不应当由四狗一人负责。

“我让你摆布，四狗可是，你让我……”

一切照办，四狗到后被问到究竟给了她多少，可糊涂得红脸了。头上是蓝分分海样的天，压下来，然而有席棚挡驾，不怕被天压死。女人说，四狗，你把我压死了吧！也像有这样存心，到后可同天一样，作被盖的东西总不是压得人死的。

四狗得了些什么？不能说明。他得了她所给他的快活。然而快活是用升可以量还是用秤可以称的东西呢？他又不知道了。她也得了些，她得的更不是通常四狗解释的快乐两字。四狗给她一些气力，一些强硬，一些温柔，她用这些东西把自己陶醉，醉到不知人事。

一个年轻女人，得到男子的好处，不是言语或文字可以解说的，所以她不作声。仰天望，望的是四狗的大鼻子同一口白牙齿。然而这是放肆过后的事了。

“四狗，不许到井边吃那个冷水！”

在草棚的她向下山的四狗遥喊时，四狗已走到竹子林中，被竹子拦了她的眼睛了。

天气还早，不是烧夜火时候。雨不落了，她还是躺着，也不去采蕨菜。

一九二八年

阿黑小史

油坊

若把江南地方当全国中心，有人不惮远，不怕荒僻，不嫌雨水瘴雾特别多，向南走，向西走，走三千里，可以到一个地方，是我在本文上所说的地方。这地方有一个油坊，以及一群我将提到的人物。

先说油坊。油坊是比人还古雅的，虽然这里的人也还学不到扯谎的事。

油坊在一个坡上，坡是泥土坡，像馒头，名字叫圆坳。同圆坳对立成为本村东西两险隘的是大坳。大坳也不过一土坡而已。大坳上有古时碉楼，用四方石头筑成，碉楼上生草生树，表明这世界用不着军事烽火已多年了。在坳碉上，善于打岩的人，一岩打过去，便可以打到圆坳油坊的旁边。原来这乡村，并不大。圆坳的油坊，从大坳方面望来，望这油坊屋顶与屋边，仿佛这东西是比碉楼还更古。其实油坊是新生后辈。碉楼是百年古物，油坊年纪不过一半而已。

虽说这地方平静，人人各安其生业，无匪患无兵灾，革命也不到这个地方来，然而五年前，曾经为另一个大县分上散兵骚扰过一次，给了地方人教训，因此若说村落是城池，这油坊，已似乎关隘模样的东西了。油坊是本村关隘，这话不错的。地方不忘记散兵的好处，增加了小心谨慎，练起保卫团是五年了。油坊的墙原本也是石头筑成，墙上打了眼，可以打枪，预备风声不好时，保卫团就来此放枪放炮。实际上，地方不当冲，不会有匪，地方不富，兵不来。这时正三月，是油坊打油当忙的时候。山桃花已红满了村落，打桃花油时候已到，工人换班打油，还是忙，油坊日夜不停工，热闹极了。

虽然油坊忙，忙到不可开交，从各处送来的桐子，还是源源不绝，桐子堆在油坊外面空坪简直是小山。

来送桐子的照例可以见到油坊主人，见到这个身上穿了满是油污邋遢衣衫的汉子，同他的帮手，忙到过斛上簿子，忙到吸烟，忙到说话，又忙到对年轻女人亲热，谈养猪养鸡的事情，看来真是担心到他一到晚上就会生病发烧。如果如此忙下去，这汉子每日吃饭睡觉有没有时间，也仿佛成了问题。然而成天这汉子还是忙。大概天生一个地方一个时间，有些人的精力就特别惊人，正如另一地方另一种人的懒惰一样。所以关心这主人的村中人，看到主人忙，也不过笑笑，随即就离了主人身边，到油坊中去了。

初到油坊才会觉得这是一个怪地方！单是那圆顶的屋，从屋顶透进的光，就使陌生人见了惊讶。这团光帮我们认识了油坊的内部一切，增加了它的神奇。

先从四围看，可以看到成千成万的油枯。油枯这东西，像饼子，像大钱，架空堆码高到油坊顶，绕屋全都是。其次是那屋正中一件东西；一个用石头在地面砌成的圆碾池，直径至少是三丈，占了全屋四分之一空间，三条黄牛绕大圈子打转，拖着那个薄薄的青砷石碾盘，碾盘是两个，一大一小。碾池里面是晒干了的桐子，桐子在碾池里，经碾盘来回地碾，便在一种轧轧声音下碎裂了。

把碾碎了的桐子末来处置，是两个年轻人的事。他们是同在这屋里许多做硬功夫的人一样，上衣不穿，赤露了双膊。他们把一双强健有力的手，在空气中摆动，这样那样非常灵便地把桐子末用一大块方布包裹好，双手举起放到一个锅里去，这个锅，这时则正沸腾着一锅热水。锅的水面有凸起的铁网，桐末便在锅中蒸，上面还有大的木盖。桐末在锅中，不久便蒸透了，蒸熟了。两个年轻人，看到了火色，便赶快用大铁钳将那一大包桐子末取出，用铲铲取这原料到预先扎好的草兜里，分量在习惯下已不会相差很远，大小则有铁箍在。包好了，用脚踹，用大的木槌敲打，把这东西捶扁了，于是抬到榨上去受罪。

油榨在屋的一角，在较微暗的情形中，凭了一部分屋顶光同灶火光，大的粗的木柱纵横的罗列，铁的皮与铁的钉，发着青色的滑的反光，使人想起古代故事中说的处罚罪人的“人榨”的威严。当一些包以草束以铁业已成饼的东西，按一种秩序放到架上以后，打油人，赤着膊，腰边围了小豹之类的兽皮，挽着小小的发髻，把大小不等的木楔依次嵌进榨的空处去，便手扶了那根长长的悬空的槌，唱着简单而悠长的歌，訇的撒了手，尽油槌打了过去。

反复着，继续着，油槌声音随着悠长歌声荡漾到远处去。一面是屋正中的石碾盘，在三条黄牯牛的缓步下转动，一面是熊熊的发着哮吼的火与沸腾的蒸汽弥漫的水，一面便是这长约三丈的一段圆而且直的木在空中摇荡；于是那从各处远近村庄人家送来的小粒的桐子，便在这样行为下，变成稠粘的，黄色的，半透明的黄油，流进地下的油槽了。

这油坊，正如一个生物，嚣杂纷乱与伟大的谐调，使人认识这个整个的责任是如何重要。人物是从主人到赶牛小子，一共数目在二十以上。这二十余人在一个屋中，各因职务不同做着各样事情，在各不相同的工作上各人运用着各不相同的体力，又交换着谈话，表示心情的暇裕，这是一群还是一个，也仿佛不是用简单文字所能解释清楚。

但是，若我们离开这油坊，一里两里，我们所能知道这油坊是活的，是有着人一样的生命，而继续反复制作一种有用的事物的，将从什么地方来认识？一离远，我们就不能看到那如山堆的桐子仁，也看不到那形势奇怪的房子了。我们也不知道那怪屋里是不是有三条牯牛拖了那大石磨盘打转。也不知灶中的火还发吼没有。也不知那里是空洞死静的还是一切全有生气的。是这样，我们只有一个办法，就是听那打油人唱歌，听那跟随歌声起落仿佛为歌声作拍的洪壮的声音。从这歌声，与油槌的打击的闷重声音上，我们就俨然看出油坊中一切来了。

这歌声与打油声，有时二三里以外还可以听到，是山中庄严的音乐，庄严到比佛钟还使人感动，能给人气力，能给人静穆与和平。从这声音可以使人明白严冬的过去，一个新的年份的开始，因为打油是从二月开始。且可以知道这地方的平安无警，人人安居乐业，因为地方有了警戒是不能再打油的。

油坊是简单约略介绍过了。与这油坊有关系的，还有几个人。

要说的人，并不是怎样了不得的大人物，我们已经在每日报纸上，把一切历史上有意义的阔人要人脸貌、生活、思想、行为看厌了。对于这类人永远感生兴趣的，他不妨去做小官，设法同这些人接近。我说的人只是那些不逗人欢喜，生活平凡，行为简朴，思想单纯的乡下人。然而这类人，在许多人生活中，同学问这东西一样疏远的。

领略了油坊，就再来领略一个打油人生活，也不为无意义——我就告你们一个打油的一切吧。

这些打油人，成天守着那一段悬空的长木，执行着类乎刽子手的职务，手干摇动着，脚步转换着，腰儿勾着扶了那油槌走来走去，他们可不知那一天所做的事，出了油出了汗以外还出了什么。每天到了换班时节，就回家。人一离开了打油槌，歌也便离开口边了。一天的疲劳，使他觉得非喝一杯极浓的高粱酒不可，他于是乎就走快一点。到了家，把脚一洗，把酒一喝，或者在灶边编编草鞋，或者到别家打一点小牌。有家庭的就同妻女坐到院坝小木板凳上谈谈天，到了八点听到岩上起了更就睡。睡，是一直到第二天五更才作兴醒的。醒来了，天还不大亮，就又到上工时候了。

一个打油匠生活，不过如此如此罢了。不过照例这职业是一种专门职业，所以工作所得，较之小乡村中其他事业也独多，四季中有一季工作便可以对付一年生活，因此这类人在本乡中地位也等于绅士，似乎比考秀才教书还合算。

可是这类人，在本地方真是如何稀少的人物啊！

天黑了，在高空中打团的鹰之类也渐渐地归林了，各处人家的炊烟已由白色变成紫色了，什么地方有妇人尖锐声音拖着悠长的调子喊着阿牛阿狗的孩子小名回家吃饭了，这时圆坳的油坊停工了，从油坊中走出了一个人。这个人，行步匆匆像逃难，原来后面还有一个小子在追赶。这被追赶的人踉踉跄跄地滑着跑着在极其熟悉的下坡路上走着，那追赶他的小子赶不上，就在后面喊他。

“四伯，四伯，慢走一点，你不同我爹喝一杯，他老人家要生气了。”

他回转头望那追赶他的人黑的轮廓，随走随大声地说：

“不，道谢了。明天来。五明，告诉你爹，我明天来。”

“那不成，今天炖的有狗肉！”

“你多吃一块好了。五明小子你可以多吃一块，再不然帮我留一点明早我来吃。”

“那他要生气！”

“不会的。告你爹，我有点小事，要到西村张裁缝家去。”

说着这样话的这个四伯，人已走下圆坳了，再回头望声音所来处的五明，所望到的是轮廓模糊的一团，天是真黑了。

他不管五明同五明爹，放弃了狗肉同高粱酒，一定要急于回家，是因为念着家中的女儿。这中年汉子，惟一的女儿阿黑，正有病发烧，躺在床不能起来，等他回家安慰的。他的家，去油坊上半里路，已属于另外一个村庄了，所以走到家时已经是五筒丝烟的时候了。快到了家，望到家中却不见灯光，这汉子心就有点紧。老老远，他就大声喊女儿的名字。他心想，或者女儿连起床点灯的气力也没有了。不听到么，这汉子就更加心急。假若是，一进门，所看到的是一个死人，那这汉子也不必活了。他急剧地又忧愁地走到了自己家门前，用手去开那栅栏门。关在院中的小猪，见有人来，以为是喂料的阿黑来了，就群集到那边来。

他暂时就不开门，因为听到屋的左边有人走动的声音。

“阿黑，阿黑，是你吗？”

“爹，不是我。”

故意说不是她的阿黑，却跑过来到她爹的身边了，手上拿的是一些仿佛竹管子一样的东西。爹见了阿黑是又欢喜又有点埋怨的。

“怎么灯也不点，我喊你又不应？”

“饭已早煮好了。灯我忘记了。我没听见你喊我，我到后面园里去了。”

做父亲的用手摸过额角以后，阿黑把门一开，先就跑进屋里去了，不久这小瓦屋中有了灯光。

又不久，在一盏小小的清油灯下，这中年父亲同女儿坐在一张小方桌边吃晚饭了。

吃着饭，望到女儿脸还发红，病显然没好，父亲把饭吃过一碗也不再添。阿黑是十七八岁的人了，知道父亲发痴的理由，就说："一点儿病已全好了，这时人并不吃亏。"

"我要你规规矩矩睡睡，又不听我说。"

"我睡了半天，因为到夜了天气真好，天上有霞，所以起来看，就便到后园去砍竹子，砍来好让五明做箫。"

"我担心你不好，所以才赶忙回来。不然今天五明留我吃狗肉，我哪里就来。"

"爹你想吃狗肉我们明天自己炖一腿。"

"你哪里会炖狗肉？"

"怎么不会？我可以问五明去。弄狗肉吃就是脏一点，费事一点。爹你买来拿到油坊去，要烧火人帮烙好刮好，我必定会办到好吃。"

"等你病好了再说吧。"

"我好了，实在好了。"

"发烧要不得！"

"发烧吃一点狗肉，以火攻火，会好得快一点。"

乖巧的阿黑，并不想狗肉吃，但见到父亲对于狗肉的倾心，所以说自己来炖。但不久，不必亲自动手，五明从油坊送了一大碗狗肉来了。被他爹说了一阵怪他不把四伯留下，五明退思补过，所以赶忙送了一大青花海碗红焖狗肉来。虽说是来送狗肉，其实还是为另外一样东西，比四伯对狗肉似乎还感到可爱。五明为什么送狗肉一定要亲自来，如同做大事一样，不管天晴落雨，不管早夜，这理由只有阿黑心中明白！

“五明，你坐。”阿黑让他坐，推了一个小板凳过去。

“我站站也成。”

“坐，这孩子，总是不听话。”

“阿黑姐，我听你的话，不要生气！”

于是五明坐下了。他坐到阿黑身边驯服到像一只猫。坐在一张白木板凳上的五明，看灯光下的阿黑吃饭，看四伯喝酒夹狗肉吃。若说四伯的鼻子是为酒糟红，使人见了仿佛要醉，那么阿黑的小小的鼻子，可不知是为什么如此逗人爱了。

“五明，再喝一杯，陪四伯喝。”

“我爹不准我喝酒。”

“好个孝子，可以上传。”

“我只听人说过孝女上传的故事，姐，你是传上的。”

“我是说你假，你以为你真是孝子吗？你爹不许你做许多事，似乎都背了爹做过了，陪四伯吃杯酒就怕爹骂，装得真像！”

“冤枉死我了，我装了些什么？”

四伯见五明被女儿逼急了，发着笑，动着那大的酒糟鼻，说阿黑应当让五明。

“爹，你不知道他，人虽小，顶会扯谎。”

大约是五明这小子的确在阿黑面前扯过不少的谎，证据被阿黑拿到手上了，所以五明虽一面嚷着冤枉了人，一面却对阿黑瞪眼，意思是告饶。

“五明，你对我瞪眼睛做什么鬼？我不明白。”说了就纵声笑。五明真急了，大声嚷：

“是，阿黑姐，你这时不明白，到后我要你明白呀！”

“五明你不要听阿黑的话，她是顶爱窘人的，不理她好了。”

“阿黑，”这汉子又对女儿说，“够了。”

“好，我不说了，不然有一个人眼中会又有猫儿尿。”

五明气突突地说：“是的，猫儿尿，有一个人有时也欢喜吃人家的猫儿尿！”

“那是情形太可怜了。”

“那这时就是可笑”——说着，碗也不要，五明抽身走了。阿黑追出去，喊小子。

“五明，五明，拿碗去！要哭就在灯下哭，也好让人看见！”

走去的五明不作声，也不跑，却慢慢走去。

阿黑心中过意不去，就跟到后面走。

“五明，回来，我不说了。回来坐坐，我有竹子，你帮我做箫。”

五明心有点动，就更慢走了点。

“你不回来，那以后就……什么也完了。”

五明听到这话，不得不停了脚步。他停顿在大路边，等候赶他的阿黑。阿黑到了身边，牵着这小子的手，往回走。这小子泪眼婆娑，仍然进到了阿黑的堂屋，站在那里对着四伯勉强作苦笑。

“坐，当真就要哭了，真不害羞。”

五明咬牙齿，不作声。四伯看了过意不去，帮五明的忙，说阿黑：

“阿黑，你就忘记你被毛朱伯笑你的情形了。让五明点吧，女人家不可太逞强。”

“爹你袒护他。”

“怎么袒护他？你大点，应当让他一点才对。”

“爹以为他真像是老实人，非让他不可。爹你不知道，有个时候他才真不老实！”

“什么时候？”做父亲的似乎不相信。

“什么时候么？多咧多！”阿黑说到这话，想起五明平素不老实的故事来，就笑了。

阿黑说五明不是老实人，这也不是十分冤枉的。但当真若是不老实人，阿黑这时也无资格打趣五明了。说五明不老实者，是五明这小子，人虽小，却懂得许多事，学了不少乖，一得便，就想在阿黑身上撒野，那种时节五明决不能说是老实人的，即或是不缺少流猫儿尿的机会。然而到底不中用，所以不规矩到最后，还是被恐吓收兵回营，仍然是一个在长者面前的老实人。这真可以说，既然想不老实，又始终做不到，那就只有尽阿黑调谑一个办法了。

五明心中想的是报仇方法，却想到明天的机会去了。其实他不知不觉用了他的可怜模样已报仇了。因为模样可怜，使这打油人有与东家做亲家的意思，因了他的无用，阿黑对这被虐待者也心中十分如意了。

五明不作声，看到阿黑把碗中狗肉倒到土钵中去，看到阿黑洗碗，看到阿黑……到后是把碗交到五明手上，另外塞了一把干栗子在五明手中，五明这小子才笑。

借口说怕被院坝中猪包围，五明要阿黑送出大门，出了大门却握了阿黑的手不放，意思还要在黑暗中亲一个嘴，算抵销适间被窘的账。把阿黑手扯定，五明也觉得阿黑是在发烧了。

“姐，干吗，手这么热？”

“我有病，发烧。”

“怎不吃药？”

“一点儿小病。”

“一点儿，你说的！你的全是一点儿，打趣人家也是，自己的事也是。病了不吃药那怎么行。”

“今天早睡点，吃点姜，发发汗明早就好了。”

“你真使人担心！”

“鬼，我不要你假装关切，我自己会比你明白点。”

“你明白，是呀，什么事你都明白，什么事你都能干，我说的就是假关切，我又是鬼……”

五明小子又借此撒起赖来，他又要哭了。

听到呜咽，阿黑心软了，抱了五明用嘴烫五明的嘴，仿佛喂五明一片糖。

五明挣脱身，一气跑过一条田塍去了。

病

包红帕子的人来了，来到阿黑家，为阿黑打鬼治病。

阿黑的病更来得不儿戏了，一个月来发烧，脸庞儿红得像山茶花，终日只想喝凉水。天气渐热，井水又怕有毒，害得老头子成天走三里路到万亩田去买杨梅。病是杨梅便能止渴。但杨梅对于阿黑的病也无大帮助。人发烧，一到午时就胡言乱语，什么神也许愿了，什么药也吃过了，如今是轮到请老巫师的最后一着了。巫师从十里外的高坡塘赶来，是下午烧夜火的时候。来到门前的包红帕子的人，带了一个徒弟，所有追魂捉鬼用具全在徒弟背上扛着。老师傅站在阿黑家院坝中，把牛角搁在嘴边，吹出了长长的悲哀而又高昂的声音，惊动了全村，也惊动了坐在油坊石碾横木上的五明。他先知道了阿黑家今天有师傅来，如今听出牛角声音，料到师傅进屋了，赶忙喝了一声，把牛喝住，跑下了横木，迈过碾槽，跑出了油坊，奔到阿黑这边山来了。

五明到了阿黑家时老师傅已坐在屋中喝蜜水了，五明就走过去问师傅安。他喊这老师傅作干爹，因为三年前就拜给这人作干儿子了。他蹲到门限上去玩弄老师傅的牛角。这是老师傅的法宝，用水牛角做成，颜色淡黄，全体溜光，用金漆描有花纹同鬼脸，用白银做哨，用银链悬挂，五明欢喜这东西，如欢喜阿黑一样。这时不能同阿黑亲嘴，所以就同牛角亲嘴了。

“五明孩子，你口洗没洗，你爱吃狗肉牛肉，有大蒜臭，是沾不得法宝的！”

“哪里呢？干爹你嗅。”

那干爹就嗅五明的嘴，亲五明的颊，不消说，纵是刚才吃过大蒜，经这年高有德的人一亲，也把肮脏洗净了。

喝了蜜水的老师傅吃吸烟，五明就献小殷勤为吹灰。

那师傅，不同主人说阿黑的病好了不曾，却同阿黑的爹说：

“四哥，五明这孩子将来真是一个好女婿。”

“当真呢，不知谁家女儿有福气。”

“是呀！你瞧他！年纪小虽小，多乖巧。我每次到油坊那边见到他爹，总问我这干儿子有屋里人了没有，这做父亲的总摇头，像我是同他在讲桐子生意，故意抬高价。哥，你……”

阿黑的爹见到老师傅把事情说到阿黑事情上来了，望一望蹲在一旁玩牛角的五明，抿抿嘴，不作声。

老师傅说，“五明，听到我说的话了么？下次对我好一点，我帮你找媳妇。”

“我不懂。”

“你不懂？说的倒真像。我看你样子是懂得比干爹还多！”

五明于是红脸了，分辩说，“干爹冤枉人。”

“我听说你会唱一百多首歌，全是野的，跟谁学来？”

“也是冤枉。”

“我听萧金告我，你做了不少大胆的事。”

“萧金呀，这人才坏！他同巴古大姐鬼混，人人都知道，谁也不瞒，有资格说别个么？”

“但是你到底做过坏事不？”

五明说，“听不懂你的话。”

说了这话的五明，红着脸，望了望四伯，放下了牛角，站起身来走到院坝中撵鸡去了。

老师傅对这小子笑，又对阿黑的爹笑。阿黑的爹有点知道五明同阿黑的关系了。然而心中却不像城里做父亲的偏狭，他只忧愁地微笑。

小孩子，爱玩，天气好，就到坡上去玩玩，只要不受凉，原不是什么顶坏的事。两个人在一块，打打闹闹并不算大不了事体。人既在一块长大，懂了事，互相欢喜中意，非变成一个不行，做父亲的似乎也无反对理由。

使人顽固是假的礼教与空虚的教育，这两者都不曾在阿黑的爹脑中有影响，所以这时逐鸡的五明，听到阿黑嚷口渴，不怕笑话，即刻又从干爹身边跑过，走到阿黑房中去了。

阿黑的房是旧瓦房，一栋三开间，以堂屋作中心，则阿黑住的是右边一间。旧的房屋一切全旧了，壁板与地板，颜色全失了原有黄色，转成浅灰色，窗用铁条作一格，又用白纸糊木条作一格，又有木板护窗：平时把护窗打开，放光进来。怕风则将糊纸的一格放下。到夜照例是关门。如今阿黑正发烧，按理应避风避光，然而阿黑脾气坏，非把窗敞开不行，所以做父亲的也难于反对，还是照办了。

这房中开了窗子，地当西，放进来的是一缕带绿色的阳光。窗外的竹园，竹子被微风吹动，竹叶率率作响。真仿佛与病人阿黑形成极其调和的一幅画。带了绿色的一线阳光，这时正在地板上映出一串灰尘返着晶光跳舞，阿黑却伏在床上，把头转侧着。

用大竹筒插了菖蒲与月季的花瓶，本来是五明送来摆在床边的，这时却见到这竹筒里多了一种蓝野菊。房中粗粗疏疏几件木器，以及一些小钵小罐，床下一双花鞋。伏在床上的露着红色臂膀的阿黑，一头黑发散在床沿，五明不知怎样感动得厉害，却想哭了。

昏昏迷迷的阿黑，似乎听出有人走进房了，也不把头抬起，只嚷渴。

“送我水，送我水……”

“姐，这壶里还有水！”

似乎仍然听得懂是五明的话，就抱了壶喝。

“不够。”

五明于是又为把墙壁上挂的大葫芦取下，倒出半壶水来，这水是五明小子尽的力，在两三里路上一个洞里流出的洞中泉，只一天，如今摇摇已快喝到一半了。

第二次得了水又喝，喝过一阵，人稍稍清醒了，待到五明用手掌贴到她额上时，阿黑瞪了眼睛望到床边的五明。

“姐，你好点了吧？”

“嗯。”

“你认识我么？”

阿黑不即答，仿佛来注意这床边人。但并不是昏到认人不清，她是在五明脸上找变处。

“五明，怎么瘦许多了？”

“哪里，我肥多了，四伯还才说！”

“你瘦了。拿你手来我看。”

五明就如命，交手把阿黑，阿黑拿来放在嘴边。她又问五明，是不是烧得厉害。

“姐，你太吃亏了，我心中真难过。”

“鬼，谁要你难过？自己这几天玩些什么？告我刚才做了些什么？告我。”

“我正坐到牛车上，赶牛推磨，听到村中有牛角叫，知道老师傅来了，所以赶忙来。”

“老师傅来了吗？难怪我似乎听到人说话，我烧得人糊涂极了。”

五明望这房中床架上，各庙各庵黄纸符咒贴了不少，心想纵老师傅来帮忙，也恐怕不行，所以默然不语了。他想这发烧缘由，或者倒是什么时候不小心的缘故，责任多半还是在自己，所以心中总非常不安，又不敢把这意思告阿黑的爹。

他怕阿黑是身上有了小人。他的知识，只许可他对于睡觉养小孩子事模糊恍惚，他怕是那小的人在肚中作怪，所以他觉得老师傅也是空来。然而他还不曾做过做丈夫应做的事，纵做了也不算认真。

五明待在阿黑面前许久，才说话。

“阿黑姐，你心里难过不难过？”

“你呢？”

这反问，是在另一时节另一情形另一地方的趣话。那时五明正躺在阿黑身边，问阿黑，阿黑也如此这般反问他。同样的是怜惜，在彼却加了调谑，在此则成了幽怨，五明眼红了。

“干吗呢？”

五明见到阿黑注了意，又怕伤阿黑的心，所以忙回笑，说眼中有刺。

“小鬼，你少流一点猫儿尿好了，不要当到我假慈悲。”

“姐，你是病人，不要太强了，使我难过！”

“我使你难过！你是完全使我快活么？你说，什么时候使我快活？”

“我不能使你快活，我知道。我人小……”

话被阿黑打断了，阿黑见五明真有了气，拉他倒在床上了。五明摸阿黑全身，像是一炉炭，一切气全消了，想起了阿黑这时是在病中了，再不能在阿黑前说什么了。

五明不久就跪到阿黑床边，帮阿黑拿镜子让阿黑整理头发，因老师傅在外面重吹起牛角，在招天兵天将了。

因为牛角，五明想起吹牛角的那干爹说的话来了，他告与阿黑。他告她“干爹说我是好女婿，但愿我做这一家人的女婿。谁知道女婿是早做过了。”

“爹怎么说？”

“四伯笑。”

“你好打防备他，有一天一油槌打死你这坏东西，若是他老人家知道了你的坏处。”

“我为什么坏？我又不偷东西。”

“你不偷东西，你却偷了……”

“说什么？”

“说你这鬼该打。”

于是阿黑当真就顺手打了五明一耳光，轻轻地打，使五明感到打得舒服。

五明轮着眼，也不生气，感着了新的饥饿，又要咬阿黑的舌子了。他忘了阿黑这时是病人，且忘了是在阿黑的家中了，外面的牛角吹得呜呜喇喇，五明却在里面同阿黑亲嘴半天不放。

到了天黑，老师傅把红缎子法衣穿好，拿了宝刀和鸡子，吹着牛角，口中又时时刻刻念咒，满屋各处搜鬼，五明就跟到这干爹各处走。因为五明是小孩子，眼睛清，可以看出鬼物所在。到一个地方，老师傅回头向五明，要五明随便指一个方向，五明用手一指，老师傅样子一凶，眼一瞪，脚一顿，把鸡蛋对五明所指处掷去，于是俨然鬼就被打倒了，捉着了。鸡蛋一共打了九个，五明只觉得好玩。

五明到后问干爹，到底鬼打了没有，那老骗子却非常正经说已打尽了鬼。

法事做完后，五明才回去，那干爹师傅因为打油人家中不便留宿，所以到亲家油坊去睡，同五明一路。五明在前打火把，老师傅在中，背法宝的徒弟在后，他们这样走到油坊去。在路上，这干爹又问五明，在本村里看中意了谁家姑娘，五明不答应。老师傅就说回头将同五明的爹做媒，打油匠家阿黑姑娘真美。

大约有道法的老师傅，赶走打倒的鬼是另外一个，却用牛角拈来了另一个他意料不到的鬼，就是五明。所以到晚上，阿黑的烧有增无减。若要阿黑好，把阿黑心中的五明歪缠赶去，发发汗，真是容易事！可惜的是打油人只会看油的成色，除此以外全无所知，捉鬼的又反请鬼指示另一种鬼的方向，糟蹋了鸡蛋，阿黑的病就只好继续三十天了。

阿黑到后怎样病就有了起色呢？却是五明要到桐木寨看舅

舅接亲吃酒，一去有十天。十天不见五明，阿黑不心跳，不疲倦，因此到作成了老师傅的夸口本事，鬼当真走了，病才慢慢退去，人也慢慢地复原了。

回到圆坳，吃酒去的五明，还穿了新衣，就匆匆忙忙跑来看阿黑。时间是天已快黑，天上全是霞。屋后已有纺织娘纺车，阿黑包了花帕子，坐到院坝中石碌碡上，为小猪搔痒。阿黑身上也是穿得新浆洗的花布衣，样子十分美。五明一见几乎不认识，以为阿黑是做过新嫁娘的人。

“姐，你好了！”

阿黑抬头望五明，见五明穿新衣，戴帽子，白袜青鞋，知道他是才从桐木寨吃酒回来，就笑说，“五明，你是做新郎来了。”

这话说错了，五明听的倒是“来此做新郎”不是“做过新郎来”，他忙跑过去，站到阿黑身边。他想到阿黑的话要笑，忘了问阿黑是什么时候病好的。

在紫金色薄暮光景中，五明并排坐到阿黑身边了。他觉阿黑这时可以喊作阿白，因为人病了一个月，把脸病白了，他看阿黑的脸，清瘦得很，不知应当如何怜爱这个人。他用手去摸阿黑下巴，阿黑就用口吮五明的手指，不作声。

在平时，五明常说阿黑是观音，只不过是想赞美阿黑，找不出好句子，借用来表示自己低首投降甘心情愿而已。此时五明才真觉得阿黑是观音！那么慈悲，那么清雅，那么温柔，想象观音为人决不会比这个人更高尚又更近人情。加以久病新瘥，加以十天远隔，五明觉得为人幸福像做皇帝了。

秋

到了七月间，田中禾苗的穗已垂了头，成黄色，各处忙打谷子了。

这时油坊歇息了，代替了油坊打油声音的是各处田中打禾的声音。用一二百铜钱，同到老酸菜与臭牛肉雇来的每个打禾人，一天亮起来到了田中，腰边的镰刀像小锯子，下田后，把腰一勾，齐人高的禾苗，在风快的行动中，全只剩下一小桩，禾的束全卧在田中了。

在割禾人后面，推着大的四方木桶的打禾人，拿了卧在地上的禾把在手，高高地举起快快地打下，把禾在桶的边沿上痛击，于是已成熟的谷粒，完全落到桶中了。

打禾的日子是热闹的日子，庄稼人心中有丰收上仓的欢喜，一面有一年到头的耕作快到了休息时候的舒畅，所有人，全是笑脸！

慢慢的，各个山坡各个村落各个人家门前的大树下，把稻草堆成高到怕人的巨堆，显见的是谷子已上仓了。这稻草的堆积，各处可见到，浅黄的颜色，伏在叶已落去了的各种大树下，远看便像一个庞大兽物。有些人家还将这草堆作屋，就在草堆上起居，以便照料那些山谷中晚熟的黍类薯类。地方没有盗贼，他们怕的是野猪，野猪到秋天就多起来了。

这个时候五明家油坊既停了工，五明无可玩，五明不能再成天守到碾子看牛推磨了，牛也不需要放出去吃草了，就时常上山去捡柴。捡柴不一定是家中要靠到这个卖钱，也不是烧火乏柴，五明的家中剩余的油松柴，就不知有几千几万。

五明捡柴，一天捡回来的只是一捆小枯枝，一捆花，一捆山上野红果。这小子，出大门，佩了镰刀，佩了烟管，还佩了一支短笛，这三样东西只有笛子合用。他上山，就是上山在西风中吹笛子给人听！

把笛子一吹，一匹鹿就跑来了。笛子还是继续吹，鹿就待在小子身边睡下，听笛子声音醉人。来的这匹鹿有一双小小的脚，一个长长的腰，一张黑黑的脸同一个红红的嘴。来的是阿黑。

阿黑的爹这时不打油，用那起着厚的胼胝的扶油槌的手在乡约家抹纸牌去了。阿黑成天背了竹笼上山去，名义也是上山捡柴扒草，不拘在什么地方，远虽远，她听得出五明笛子的声音。把笛子一吹，阿黑就像一匹小花鹿跑到猎人这边来了。照例是来了就骂，骂五明坏鬼，也不容易明白这“坏”意义究竟是什么。大约就因为五明吹了笛，唱着歌，唱到有些地方，阿黑虽然心欢喜，正因为欢喜，就骂起“五明坏鬼”来了。阿黑身上并不黑，黑的只是脸，五明唱歌唱到——“娇妹生得白又白，情哥生得黑又黑。黑墨写在白纸上，你看合色不合色？”

阿黑就骂人。使阿黑骂人，也只怪得是五明有嘴。野猪有一张大的嘴巴，可以不用劲就把田中大红薯从土里掘出，吃薯充饥。五明嘴不大，却乖劣不过，唱歌以外不单是时时刻刻须用嘴吮阿黑的脸，还时时刻刻想用嘴吮阿黑的一身。且嗜好不良，怪脾气顶多，还有许多说不出的铺排，全似乎要口包办，都有使阿黑骂他的理由。一面骂是骂，一面要做的还是积习不改，无怪乎阿黑一见面就先骂“五明坏鬼”了。

五明又怪又坏，心肝肉圆子的把阿黑哄着引到幽僻一点稻草堆下去，且别出心裁，把草堆中部的草拖出，挖空成小屋，就在这小屋中，陪阿黑谈天说地，显得又谄媚又温柔。有时话说得不大得体，使一个人生了气想走路，五明因为要挽留阿黑，就设法把阿黑一件什么东西藏到稻草堆的顶上去，非到阿黑真有生气样子时不退。

阿黑人虽年纪比五明大，知道许多事情，知道秋天来了，天气冷，“着凉”也是应当小心注意；可是就因为五明是“坏鬼”脾气坏，心坏，嗜好的养成虽日子不多也是无可救药。纵有时阿黑一面说着“不行”“不行”，到头仍然还是投降，已经也有过极多例子了。

天气是当真一天一天冷下来了。中秋快到，纵成天是大太阳挂到天空，早晚是仍然有寒气侵人，非衣夹袄不可了。在这样的天气下，阿黑还一听到五明笛子就赶过去，这要说是五明罪过也似乎说不过去！

八月初四是本地山神的生日，人家在这一天都应当用鸡用肉用高粱酒为神做生。五明的干爹，那个头缠红帕子作长毛装扮的老师傅，被本地当事人请来帮山神献寿谢神祝福，一来就住到亲家油坊里。来到油坊的老师傅，同油坊老板换着烟管吃烟，坐到那碾子的横轴上谈话，问老板的一切财运，打油匠阿黑的爹也来了。

打油匠是听到油坊中一个长工说是老师傅已来，所以放下了纸牌跑来看老师傅的。见了面，话是这样谈下去：

“油匠，您好！”

“托福。师傅，到秋天来，你财运好！”

“我财运也好，别的运气也好，妈个东西，上前天，到黄砦上做法事，半夜里主人说夜太长，请师傅打牌玩，就架场动手。到后做师傅的又做了宝官庄家，一连几轮庄，撇十遇天罡，足足六十吊，散了饷。事情真做不得，法事不但是空做，还倒贴。钱输够了天也不亮，主人倒先睡着了。”

“亲家，老庚，你那个事是外行，小心是上了当。”油坊老板说，喊老师傅做亲家又喊老庚，因为他们又是同年。

师傅说：“当可不上。运气坏是无办法。这一年运气像都不大好。”

师傅说到运气不好，就用力吸烟，若果烟气能像运气一样，用口可以吸进放出，那这位老师傅一准赢到不亦乐乎了。

他吸着烟，仰望着油坊窗顶，那窗顶上有一只蝙蝠倒挂在一条椽皮上。

“亲家，这东西会作怪，上了年纪就成精。”

“什么东西？”老板因为同样抬头，却见到两条烟尘的带子。

“我说檐老鼠，你瞧，真像个妖精。”

“成了妖就请亲家捉它。”

“成了妖我恐怕也捉不到，我的法子倒似乎只能同神讲生意，不能同妖论本事！”

“我不信这东西成妖精。”

“不信呀，那不成。”师傅说，记起了一个他也并不曾亲眼见到的故事，信口开河说，“真有妖。老虎峒的第二层，上面有斗篷大的檐老鼠，能做人说话，又能呼风唤雨，是得了天书成形的东西。幸好是它修炼它自己，不惹人，人也不惹它，不然可了不得。”

为证明妖精存在起见，老师傅不惜在两个朋友面前说出丢脸的话，他说他有时还得为妖精作揖，因为妖精成了道也像招安了的土匪一样，不把他当成副爷款待可不行。他又说怎么就可以知道妖精是有根基的东西，又说怎么同妖精讲和的方法。总之这老东西在亲家面前只是一个喝酒的同志，穿上法衣才是另外一个老师傅！其实，他做着捉鬼降妖的事已有二三十年，却没有遇到一次鬼。他遇到的倒是在人中不缺少鬼的本领的，同他赌博，把他打觔斗唱神歌得来的几个钱全数掏去。他同生人说打鬼的法力如何大，同亲家老朋友又说妖是如何凶，可是两面说的全是鬼话，连他自己也不明白自己法力究竟比赌术精明多少。

这个人，实在可以说是好人，缺少城中法师势利习气，唱神歌跳舞磕头全非常认真，又不贪财，又不虐待他的徒弟。可是若当真有鬼有妖，花了钱的他就得去替人降伏。他的道法，究竟与他的赌术哪样高明一点，真是难说的事！

谈到鬼，谈到妖，老师傅记起上几月为阿黑姑娘捉鬼的事，就问打油匠女儿近来身体怎样。

打油匠说，“近来人全好了，或者是天气交了秋，还发了点胖。”

关于肥瘦，渊博多闻的老师傅，又举出若干例，来说明鬼打去以后病人发胖的理由，且同时不嫌矛盾，又说是有些人被鬼缠身反而发胖，颜色充实。

那老板听到这两种不同的话，就打老师傅的趣，说，“亲家，那莫非这时阿黑丫头还是有鬼缠到身上！”

老师傅似乎不得不承认这话，点着头笑，老师傅笑着，接过打油匠递来的烟管，吸着烟，五明同阿黑来了。阿黑站到门外边，不进来，五明就走到老师傅面前去喊干爷，又回头喊四伯。

打油人说，“五明，你有什么得意处，这样笑。”

“四伯，人笑不好么？”

“我记到你小时爱哭。”

“我才不哭！”

“如今不会哭了，只淘气。”做父亲的说了这样话，五明就想走。

“走哪儿去？又跑？”

“爹，阿黑大姐在外面等我，她不肯进来。”

“阿黑丫头，来哎！”老板一面喊一面走出去找阿黑，五明也跟着跑了出去。

五明的爹站到门外四望，望不到阿黑。一个大的稻草堆把阿黑隐藏了。五明清白，就走到草堆后面去。

“姐，你躲到这里做什么？我干爹同四伯他们在谈话，要你进去！”

“我不去。”

“听我爹喊你。”

的确那老板是在喊着的，因为见到另一个背竹笼的女人下坡去，以为那走去的是阿黑了，他就大声喊。

五明说，“姐，你去吧。”

“不。”

“你听，还在喊！”

“我不耐烦去见那包红帕子老鬼。”

为什么阿黑不愿意见包红帕子老鬼？不消说，是听到五明说过那人要为五明做媒的缘故了。阿黑怕一见那老东西，又说起这事，所以不敢这时进油坊。五明是非要阿黑去油坊玩玩不可，见阿黑坚持，就走出草堆，向他父亲大声喊，告阿黑在草堆后面。

阿黑不得不出来见五明的爹了。五明的爹要她进去，说她爹也在里面，她不好意思不进油坊去。同时进油坊，阿黑对五明鼓眼睛，作生气神气，这小子这时只装没看见。

见到阿黑几乎不认识的是那老法师。他见到阿黑身后是五明，就明白阿黑其所以肥与五明其所以跳跃活泼的理由了。老东西对五明独做着会心的微笑。老法师的模样给阿黑见到，使阿黑脸上发烧。

“爹，我以为你到萧家打牌去了。”

“打牌又输了我一吊二，我听到师傅到了，就放手。可是正要起身，被团总扯着不许走，再来一牌，却来了一个回笼子青花翻三层台，里外里还赢了一吊七百几。”

“爹你看买不买那王家的跛脚猪？”

“你看有病不有。”

“病是不会，脚是有一只跛了，我不知好不好。”

“我看不要它，下一场要油坊中人去新场买一对花猪好。”

“花猪不行，要黑的，配成一个样子。”

“那就是。”

阿黑无话可说了，放下了背笼，从背笼中取出许多带球野栗子同甜萝卜来，又取出野红果来，分散给众人，用着女人的媚笑说请老师傅尝尝。五明正爬上油榨，想验看油槽里有无蝙蝠屎，见到阿黑在俵分东西，跳下地，就不客气地抢。

老师傅冷冷地看着阿黑的言语态度，觉得干儿子的媳妇再也找不出第二个了。又望望这两个做父亲的人，也似乎正是一对亲家，他在心中就想起做媒第一句的话来了。他先问五明，说，“五明小子，过来我问你。”

五明就走过干爹这边来。

老师傅附了五明的耳说，“记不记到我以前说的那话。”

五明说，“记不到。”

“记不到，老子告你，你要不要那个人做媳妇？说实话。”

五明不答，用手掩两耳，又对阿黑做鬼样子，使阿黑注意这一边人说话情景。

“不说我就告你爹，说你坏得很。”

“干爹你冤枉人。”

“我冤枉你什么？我老人家，鬼的事都知道许多，岂有不明白人事的道理。告我实在话，若欢喜要干爹帮忙，就同我说，不然打油匠总有一天会用油槌打碎你的狗头。”

“我不做什么哪个敢打我？”

“我就要打你，”老师傅这时可高声了，他说，“亲家，我以前同你说那事怎样了？”

“怎么样？干爹这样担心干吗。”

“不担心吗？你这做爹的可不对。我告你小孩子是已经会拜堂了的人，再不设法将来会捣乱。”

五明的爹望五明笑，五明就向阿黑使眼色，要她同到出去，省得被窘。

阿黑对她爹说，“爹，我去了。今天回不回家吃饭？”

五明的爹就说，“不回去吃了，在这里陪师傅。”

“爹不回去我不煮饭了，早上剩得有现饭。”阿黑一面说，一面把背笼放到肩上，又向五明的爹与老师傅说，“伯伯，师傅，请坐。我走了。无事回头到家里吃茶。”

五明望到阿黑走，不好意思追出去。阿黑走后干爹才对打油人说道：“四哥，你阿黑丫头越发长得好看了。”

“你说哪里话，这丫头真不懂事。一天只想玩，只想上天去。我预备把她嫁到一远乡里去，有阿婆阿公，有妯娌弟妹，才管教得成人，不然就只好嫁当兵人去。”

五明听阿黑的爹的话心中就一跳。老师傅可为五明代问出打油人的意见了，那老师傅说，“哥，你当真舍得嫁黑丫头到远乡去吗？”

打油人不答，就哈哈笑。人打哈哈笑，显然是自己所说的话是一句笑话，阿黑不能远嫁也分明从话中得到证明了。进一步的问话是阿黑究竟有了人家没有，那打油人说还没有。他又说，媒人是上过门有好几次了，因为只这一个女儿，不能太马虎，一面问阿黑，阿黑也不愿，所以事情还谈不到。

五明的爹说，“人是不小了，也不要太马虎，总之这是命，命好的先不好往后会好。命坏的好也会变坏。”

“哥，你说得是，我是做一半儿主，一半让丫头自己；她欢喜我总不反对。我不想家私，只要儿郎子弟好，过些年我老了，骨头松了，再不能做什么时，可以搭他们吃一口闲饭，有酒送我喝，有牌送我打，就算享福了。”

“哥，把事情包送我办好了，我为你找女婿。——亲家，你也不必理五明小子的事，给我这做干爹的一手包办。——你们就打一个亲家好不好？”

五明的爹笑，阿黑的爹也笑。两人显然是都承认这提议有可以商量继续下去的必要，所以一时无话可说了。

听到这话的五明，本来不愿意再听，但想知道这结果，所以装不明白神气坐到灶边用砖头砸栗球吃。他一面剥栗子壳一面用心听三人的谈话，旋即又听到干爹说道，“亲家，我这话是很对的。若是你也像四哥意思，让这没有母亲的孩子自己做一半主，选择自己意中人，我断定他不会反对他干爹的意见。”

“师傅，黑丫头年纪大，恐怕不甚相称吧。”

“四哥，你不要客气，你试问问五明，看他要大的还是要小的。”

打油人不问五明，老师傅就又帮打油人来问。他说，“喂，不要害羞，我同你爹说的话你总已经听到了。我问你，愿不愿意把阿黑当作床头人喊四伯做丈人？”

五明装不懂。

“小东西，你装痴，我问你的是要不要个女人，要就赶快给干爹磕头，干爹好为你正式做媒。”

“我不要。”

“你不要那就算了，以后再见你同阿黑在一起，就教你爹打断你的腿。”

五明不怕吓，干爹的话说不倒五明，那是必然的。虽然愿意阿黑有一天会变成自己的妻，可是口上说要什么人帮忙，还得磕头，那是不行的。一面是不承认，一面是逼到要说，于是乎五明只有走出油坊一个办法了。

五明走出了油坊，就赶快跑到阿黑家中去。这一边，三个中年汉子，亲家做不做倒不甚要紧，只是还无法事可做的老师傅，手上闲着发鸡爪风，得找寻一种消遣的办法，所以不久三人就邀到团总家去打丁字福纸牌去了。

且说五明，钻进阿黑的房里去时是怎样情景。

阿黑正怀想着古怪样子的老师傅，她知道这个人在念经翻筋斗以外总还有许多精神谈闲话，闲话的范围一推广，则不免就会说到自己身上来，所以心正怔忡着。事情果不出意料以外，不但谈到了阿黑，且谈到一件事情，谈到五明与阿黑有同意的必然的话了，因为报告这话来到阿黑处的五明，一见阿黑的面就痴笑。

“什么事，鬼？”

“什么事呀！有人说你要嫁了！”

“放屁！”

“放屁放一个，不放多。我听到你爹说预备把你嫁到黄罗寨去，或者嫁到麻阳吃稀饭去。”

“我爹是讲笑话。”

“我知道。可是我干爹说要帮你做媒，我可不明白这老东西说的是谁。”

“当真不明白吗？”

“当真不，他说是什么姓周的。说是读书人，可以做议员的，脸儿很白，身个儿很高，穿外国人的衣服，是这种人。”

“我不愿嫁人，除了你我不……”

“他又帮我做媒，说有个女人……”

“怎样说？”阿黑有点急了。

“他说女人长得像观音菩萨，脸上黑黑的，眉毛长长的，名字是阿黑。”

“鬼，我知道你是在说鬼话。”

“岂有此理！我明白说吧，他当到我爹同你爹说你应当嫁我了，话真只有这个人说得出口！”

阿黑欢喜得脸上变色了。她忙问两个长辈怎么说。

“他们不说。他们笑。”

“你呢？”

“他问我，我不好意思说我愿不愿，就走来了。”

阿黑歪头望五明，这表示要五明亲嘴了，五明就走过来抱阿黑。他又说，“阿黑，你如今是我的妻了。”

“是你的，永远不！”

“我是你的丈夫，要你做什么你就应当做。”

“我不相信你的话。”

“应当相信我的话，……”

“放屁，说呆话我要打人。”

“你打我我就去告干爹，说你欺侮我小，磨折我。”

阿黑气不过，当真就是一个耳光。被打痛了的五明，用手擦抚着脸颊，一面低声下气认错，要阿黑陪他出去看落坡的太阳以及天上的霞。

站在门边望天，天上是淡紫与深黄相间。放眼又望各处，各处村庄的稻草堆，在薄暮的斜阳中镀了金色。各个人家炊烟升起以后又降落，拖成一片白幕到坡边。远处割过禾的空田坪，禾的根株作白色，如用一张纸画上无数点儿。一切景象全仿佛是诗，说不出的和谐，说不尽的美。

在这光景中的五明与阿黑，倚在门前银杏树下听晚蝉，不知此外世界上还有眼泪与别的什么东西。

婚前

五明一个嫁到边远地方的姑妈，是个有了五十岁的老太太，因为听到五明侄儿讨媳妇，带了不少的礼物，远远地赶来了。

这寡妇，年纪有一把，让她那个儿子独自住到城中享福，自己却守着一些山坡田过日子。逢年过节时，就来油坊看一次，来时总用背笼送上一背笼吃的东西给五明父子，回头就背三块油枯回去，用油枯洗衣。

姑妈来时五明父子就欢喜极了。因为姑妈是可以做母亲的一切事，会补衣裳，会做鞋，会制造干菜，会说会笑，这一家，原是需要这样一个女人的！脾气奇怪的毛伯，是常常因为这老姊妹的续弦劝告，因而无话可说，只说是请姑妈为五明的婚事留心的。如今可不待姑妈来帮忙，五明小子自己倒先把妻拣定了。

来此吃酒的姑妈，是吃酒以外还有做媒的名分的。不单是做媒，她又是五明家的主人。她又是阿黑的干妈。她又是送亲人。因此这老太太，先一个多月就来到五明油坊了。她是虽在一个月以前来此，也是成天忙，还仿佛是来迟了一点的。

因为阿黑家无女人做主，这干妈就又移住到阿黑家来，帮同阿黑预备嫁妆。成天看到这干女儿，又成天看到五明，这老太太时常欢得到流泪。见到阿黑的情形，这老太太却忘了自己是五十岁的人，常常把自己做嫁娘时的蠢事情想起好笑。她还深怕阿黑无人指教，到时无所措手足，就用着长辈的口吻，指点了阿黑许多事，又背了阿黑告给五明许多事。这好人，她哪里明白近来的小男女，这事情也要人告才会，那真是怪事了。

当到姑妈时，这小子是规矩到使老人可怜的。姑妈总说，五明儿子，你是像大人了，我担心你有许多地方不是一个大人。这话若是另一个知道这秘密的人说来，五明将红脸。因为这话说到“不是大人”，那不外乎指点到五明不懂事，但“不懂事”这话，是不够还是多余？天真到不知天晴落雨，要时就要，饿了非吃不行，吃够了又分手，这真不算是大人！一个大人他是应当在节制以及悭吝上注意的，即或是阿黑的身，阿黑的笑和泪，也不能随便自己一要就拿，不要又放手。

姑妈在一对小人中，看阿黑是比五明老成得多的。这个人在干妈面前，不说蠢话，不乱批评别人，不懒，不对老辈缺少恭敬。一个乖巧的女人，是常常能把自己某一种美德显示给某种人，而又能把某一种好处显示给另外一种人，处置得当，各处都得到好评的。譬如她，这老姑妈以为是娴静，中了意，五明却又正因为她有些地方不很本分，所以爱得像观音菩萨了。

日子快到了，差八天。这几天中的五明，倒不觉得欢喜。虽说从此以后阿黑是自己家里的人，要顽皮一点时，再不能借故了，再不能推托了，可是谁见到有人把妻带到山上去胡闹过的事呢？天气好，趣味好，纵说适宜于在山上玩一切所要玩的事情，阿黑却不行，这也是五明看得出的。结了婚，阿黑名分上归了五明，一切好处却失去了。在名分与事实上方便的选择，五明是并不看重这结婚的。在未做喜事以前的一月以来，五明已失去了许多方便，感到无聊；距做喜事的日子一天接近一天，五明也一天惶恐一天了。

今天在阿黑的家里，他碰到了阿黑，同时有姑妈在身边。姑妈见五明来，仿佛以为不应当。她说，“五明孩子你怎么不害羞？”

“姑妈，我是来接你老人家过油坊的，今天家里杀鸡。”

“你爹为什么不把鸡煮好了送到这边来？”

“另外有的，接伯伯也过去，只她（指阿黑）在家中吃。”

“那你就陪到阿黑在一块吃饭，这是你老婆，横顺过十天半月总仍然要在一起！”

姑妈说这话，意思是五明未必答应，故意用话把小子窘倒，试小子胆量如何。其实巴不得，五明意思就但愿如此。他这几日来，心上痒，脚痒，手痒，只是无机会得独自同阿黑在一处。今天天赐其便，正是好机会。他实在愿意偷偷悄悄乘便在做新郎以前再做几回情人，然而姑妈提出这问题时，他看得出姑妈意思，他说："那怎么行？"

姑妈说："为什么不行？"

小子无话答，是这样，则显然人是顶腼腆的人，甚至于非姑妈在此保镖，连过阿黑的门也不敢了。

阿黑对这些话不加一点意见，姑妈的忠厚把这个小子仿佛窘到了。五明装痴，一切俨然，只使阿黑在心上好笑。

姑妈谁知还有话说，她又问阿黑，"怎么样，要不要一个人陪？"阿黑低头笑。笑在姑妈看来也似乎是不好意思，其实则阿黑笑五明着急，深怕阿黑不许姑妈去，那真是磕头也无办法的一件事。

可不，姑妈说了。她说不去，因为无人陪阿黑。

五明看了阿黑一会，又悄悄向阿黑努嘴，用指头作揖。阿黑装不见到，也不说姑妈去，也不说莫去。阿黑是在做鞋，低头用口咬鞋帮上的线，抬头望五明，做笑样子。

"姑妈，你就去吧，不然……是要生气的。"

"什么人会生我的气？"

"总有人吧……"说到这里的五明，被阿黑用眼睛吓住了。其实这句话若由阿黑说来，效用也一样。

阿黑却说，"干妈，你去，省得他们等。"

“去自然是去，我要五明这小子陪你，他不好意思。不好意思我就不去。”

“你老人家不去，或者一定把他留到这里，他会哭。”阿黑说这话，头也不抬，不抬头正表明打趣五明。“你老人家就同他去好了，有些人，脾气生来是这样，劝他吃东西就摆头，说不饿，其实，他……”

五明不愿意听下去了，大声嘶嚷，说非去不行，且拖了姑妈手就走。

姑妈自然起身了，但还要洗手，换围裙。“五明你忙什么？有什么事情在你心上，不愿在此多待一会？”

“等你吃！还要打牌，等你上桌子！”

“姑妈这几天把钱已经输完了，你借吧。”

“我借。我要账房去拿。”

“五明，你近来真慷慨了，若不是新娘子已到手，我还疑心你是要姑妈做媒，才这样殷勤讨好！”

“做媒以外自然也要姑妈。”阿黑说了仍不抬头。五明装不听见。

姑妈说，“要我做什么？姑妈是老了，只能够抱小孩子，别的事可不中用。”姑妈人是好人，话也是好话，只是听的人也要会听。

阿黑这时轮到装成不听见的时候了，用手拍那新鞋，作大声，五明则笑。

过了不久剩阿黑一个人在家中，还是在纳鞋想一点蠢事，想到好笑时又笑。一个人，忽然像一只狗跳进房中来，吓了她一跳。

这个人是谁，不必说也知道。正如阿黑所说，“劝他吃摇头，无人时又悄悄来偷吃”的。她的一惊不是别的，倒是这贼来得太快。

头仍然不抬，只顾到鞋，开言道：

“鬼，为什么就跑来了？”

“为什么，你不明白么？”

“鬼肚子里的事我哪里明白许多。”

“我要你明白的。”

五明的办法，是扳阿黑的头，对准了自己；眼睛对眼睛，鼻子对鼻子，口对口。他做了点呆事，用牙齿咬阿黑的唇，被咬过的阿黑，眼睛斜了，望五明的手。手是那只右手，照例又有撒野的意思了，经一望到，缩了转去，摩到自己的耳朵。这小子的神气是名家画不出的。他的行为，他的心，都不是文字这东西写得出。说到这个人好坏，或者美丑，文字这东西已就不大容易处置了，何况这超乎好坏以上的情形。又不要喊，又不要恐吓，凡事见机，看到风色，是每一个在真实的恋爱中的男子长处。这长处不是教育得来，把这长处用到恋爱以外也是不行的，譬如说，要五明这时来作诗，自然不能够。但他把一个诗人呕尽心血写不成的一段诗景，表演来却恰恰合适，使人惊讶。

“五明，你回去好了，不然他们不见到你，会笑。”

“因为怕他们笑，我就离开了你？”

“你不怕，为什么姑妈要你留到这里，又装无用，不敢接应？”

“我为什么这样蠢，让她到爹面前把我取笑。”

“这时他们哪里会想不到你是到这里？”

“想！我就让他们想去笑去，我不管！”

到此，五明把阿黑手中的鞋抢了，丢到麻篮内去，他要人搂他的腰，不许阿黑手上有东西妨碍他。把鞋抢去，阿黑是并不争的，因为明知争也无益。“春官进门无打发是不走路的。米也好，钱也好，多少要一点。”而且例是从前所开，沿例又是这小子最记心好的一种，所以凡是五明要的，在推托或慷慨两种情形下，总之是无有不得。如今是不消说如了五明的意，阿黑的手上工作换了样子，她在施舍一种五明所要的施舍了。

五明说，“我来这里你是懂了。我这身上要人抱。”

“那就走到场上去请抱斗卖米的经纪抱你一天好了。为什么定要到这里来？”

“我这腰是为你这一双手生的。”

阿黑笑，用了点力。五明的话是敷得有蜜，要通不通，听来简直有点讨嫌，所谓说话的冤家。他觉到阿黑用了力，又说道，“姐，过一阵，你就不会这样有气力了，我断定你。”

阿黑又用点力。她说，“鬼，你说为什么我没有力？”

“自然，一定，你……”他说了，因为两只手在阿黑的肩上，就把手从阿黑身后回过来摸阿黑的肚子。“这是姑妈告我的。她说是怎么怎么，不要怕，你就变妇人了。——她不会知道你已经懂了许多的。她又不疑我。她告我时是深怕有人听的。——她说只要三回或四回（五明屈指），你这里就会有东西长起来，一天比一天大，那时你自然就没有力气了。”

说到了这里，两人想起那在梦里鼓里的姑妈，笑做一团。也亏这好人，能够将这许多许多的好知识，来在这个行将做新郎的面前说告！也亏她活了五十岁，懂得到这样多！但是，记得到阿黑同五明这半年来日子的消磨方法的，就可明白这是怎么一种笑话了。阿黑是要五明做新郎来把她变成妇人吗？五明是要姑妈指点，才会处置阿黑吗？

“鬼，你真短命！我是听不完一句就打了岔的。”

“你打岔她也只疑是你不好意思听。”

“鬼！你这鬼仅仅是只使我牙齿痒，想在你脸上咬一口的！”

五明不问阿黑是说的什么话，总而言之脸是即刻凑上了，既然说咬，那就请便，他一点不怕。姑妈的担心，其实真是可怜了这老人，事情早是在各种天气上，各种新地方，训练得像采笋子胡葱一样习惯了。五明哪里会怕，阿黑又哪里会怕。

背了家中人，一人悄悄赶回来缠阿黑，五明除了抱，还有些什么要做，那是很容易明白的。他的坏想头在行为上有了变动时，就向阿黑用着姑妈的腔调说，“这你不要怕。”这天才，处处是诗。

这可不行啊！天气不是让人胡闹的春天夏天，如今是真到了只合宜那规矩夫妇并头齐脚在被中的天气！纵不怕，也不行。不行不是无理由，阿黑有话。

“小鬼，只有十天了！”

“是呀！就只十天了！”

阿黑的意思是只要十天，人就是五明的人了，既然是五明的人，任什么事也可以随意不拘，何必忙。五明则觉得过了这十天，人住在一块，在一处吃，一处做事，一处睡，热闹倒真热闹，只是永远也就无大白天来放肆的机会了。

他们争持了一会。不规矩的比平常更不规矩，不投降的也比平常更坚持得久，决不投降。阿黑有更好的不投降理由，一则是在家中，一则是天冷。姑妈在另一意义上告给阿黑的话，阿黑却记下来了。在家中不是可以放肆的地方，有菩萨，有神，有鬼，不怕处罚，倒像是怕笑。瞒了活人瞒不了鬼神，许多女人是常常因了这念头把自己变成更贞节了的。

“阿黑，你是要我生气，还是要我磕头呢？”

“随你的意，欢喜怎么样就怎么样，生气也好，磕头也好。”

“你是好人，我不能生你的气！”

“我不是好人，你就生气吧。”

“你‘不要怕’，姑妈说的，你是怕……”

“放狗屁。小鬼你要这样，回头姑妈回来时，我就要说，说你专会谎老人家，背了长辈做了不少坏事情。”

五明讪讪地不怕，总而言之不怕，还是歪缠。说要告，他就说：“要告，就请。但是她问到同谁胡闹，怎样闹法，我要你也说给她听。你不说，我能不打自招，就告她‘三回或者四回，就有东西长起来’，你为什么又没有？我还要问她！”

五明挨打了，今天嘴是特别多。双双引证姑妈的话拿来当笑话说，究竟阿黑在正式做新娘以前，会不会有东西慢慢长起来，阿黑不告他，他也不知道。虽说有些事，是并不像姑妈说的俨然大事了。然而要问五明，懂到为什么就有孩子，他并不比他人更清楚一点的。他只晓得那据说有些人怕的事，是有趣味、好玩，比爬树、泅水、摸鱼、偷枇杷吃还来得有趣味。春天的花鸟太阳，当然不是为住在大都会中的诗人所有，像他这样的人，才算不虚度过一个春天。好的春天是过去了，如今是冬了，不知天时是应当打一两下哩。

被打的五明，生成贱骨头，在阿黑面前是被打也才更快活的。不能让他胡闹，非打他两下不行。要他闹，也得打。又不是被打吓怕，因此就老实了，他是因为被打，就俨然可以代替那另一件事的。他多数时节还愿意阿黑咬他，咬得清痛，他就欢喜。他不能怎样把阿黑虐待。至于阿黑，则多数是先把五明虐待一番。为了最后的胜利，为了把这小子的心搅热，都得打他骂他。

在嘴上得到的厉害已经得到以后，他用手，把手从虚处攻击。一面口上是议和的话，一面并不把已得的权利放弃，凡是人做的事他都去做。

姑妈来了一月，这一月来，天气又已从深秋转到冬，一切的不方便怪谁也不能！天冷了才作兴接亲的，姑妈的来又原是帮忙，五明在天时人事下是应当欢喜还是应当抱怨？真无话可说！

类乎磕头的事五明是做过了，做了无效，他只得采用生气一个方法。生气到流泪，则非使他生气的人来哄他不行。但哄是哄，哄的方法也有多种，阿黑今天所采用来对付五明眼泪的也只是那次一种。见到五明眼睛红了，她只放了一个关隘，许可一只手，到某一处。

过一阵。五明不够，觉得这样不行。

阿黑又宽松了一点。

过了一阵。仍不够。

“我的天，你这怎么办？”

“天是要做‘天’的本分，在上头。”

“你要闹我就要走了，让你一个人在此。”

像是看透了阿黑，话是不须乎作答，虽说要走，然而还要闹。他到了这里来就存心不给阿黑安静的。且断定走也不能完事。使五明安静的办法，只是尽他顶不安静一阵。知道这办法又不做，只能怪阿黑的年纪稍长了。懂得节制的情人，也就是极懂得爱情的情人。然而绝不是懂得五明的情人！今天的事在五明说来，阿黑可说是不“了解”五明的。五明不是“作家”，所以在此情形中并无多话可说，虽然懊恼，很少发挥。他到后无话可说了，咬自己下唇，表示不欢。

幸好这下唇是被自己所咬，这当儿，油坊来了人，喊有事。找五明的人会一直到这地方来，在油坊的长辈目中，五明的鬼是空的也显然的事。

来人说有事，要他回去。

平常极其听话的五明，这时可不然了，他向来人说，“告家中，不回来，等一会儿。”

没有别的，只好把来人出气，赶走了这来人以后的五明，坐到阿黑身边只独自发笑，像灶王菩萨儿子“造孽”怪可怜。

阿黑望到这个人好笑，她说：“照一照镜，看你那可怜样儿！”

“你看到我可怜就够了，我何必自己还要来看到我可怜样子呢？”

她当真就看，看了半天，看出可怜来了，她到后取陪嫁的新枕头给五明看。

今天的天气并不很冷。

雨

全说不明白，雨就落了这样久。乡村里打过锣了，放过炮了，还是落。落到满田满坝全是水，大路上更是水活活流着像溪，高崖处全挂了瀑布，雨都不休息。

因为雨，各处涨了水，各处场上的生意也做不成了，毛伯成天坐在家中捶草编打草鞋过日子。在家中，看到癫子五明的出出进进，像捉鸡的猫，虽戴了草笠，全身湿得如落水鸡公，一时唱，一时哭，一时又对天大笑，心中难过之至。

老人说：“癫子，你坐到歇歇吧，莫这样了！”

“你以为我不会唱吗？”说了就放声唱，“娇家门前一重坡，别人走少郎走多，铁打草鞋穿烂了，不是为你为哪个？”唱了又问他爹：“爹，你说我为哪一个？说呀！我为哪一个？喔，草鞋穿烂了，换一双吧。”于是就走到放草鞋的房中去，从墙上取下一双新草鞋来，试了又试，也不问脚是如何肮脏，套上一双新草鞋，又即刻走出去了。

老人停了木槌，望到这人后影就叹气，且摇头。头是在摇摆中，已白了一半了。

他为癫子想，为自己想，全想不出办法。事情又难于处置，与落雨一样，尽此下去谁知道将成什么样子呢？这老人，为了癫子的事，很苦得有了。癫子还在癫下去，不知道什么时候才会好。不好也罢，不好就死掉，那老人虽更寂寞更觉孤苦伶仃，但在癫子一方面，大致是不会有什么难过了。然而什么时候是癫子死的时候？说不定自己还先死，此后癫子就无人照料，到各村各家讨东西吃，还为人指手说这是报应。老人并不是做坏事的人，这眼前报应，就已给老人难堪了，哪里受得下那更苛刻的命运！

望到五明出去的毛伯，叹叹气，摇摇头，用劲打一下脚边的草把，眼泪挂在脸上了。像是雨落到自己头上，心中已全是冷冰冰的。他其实胸中已储满眼泪了，他这时要制止它外溢也不能了。

癫子五明这时到什么地方去了呢？他到了油坊，走到油坊的里面去，坐到那冷湿的废灶上发痴。谁也不知道这癫子一颗心是为什么跳，谁也不知癫子从这荒凉了的屋宇器物中要找些什么，又已经得到了什么。

这地方，如此的颓败，如此的冷落，若非当年见到这一切热闹兴旺的人，到此来决不会相信这里是曾经有人住过且不缺少一切的大地方，可是如今真已不成地方了。如今只合让蛇住，让蝙蝠住，让野狗野猫衔小孩子死尸来聚食，让鬼在此开会。地方坏到连讨饭的也不敢来住，所以地上已十分霉湿，且生了白毛，像《聊斋》中说的有鬼的荒庙了，阴气逼人的情形，除了癫子恐怕谁也挡不住，可是癫子全不在乎。

癫子五明坐到灶头上，望四方，望椽皮和地下，望那屋角阴暗中矗然独立如阎王殿杀人架的油榨，望那些当年装油的破坛，望了又望仿佛感到极大兴味。他心中涌着的是先前的繁华光荣，为了这个回忆，他把目下的情形都忘了。

他大声地喊，“朋友，伙计，用劲！”这是对打油人说的。

他又大声地喊，向另一处，如像那拖了大的薄的石碾，在那屋的中心打大的圆圈的牛说话。他称呼那牛为懂事规矩的畜生，又说不准多吃干麦秆草，因为多吃了发喘。他因记起了那规矩的畜生有时的不规矩情形，非得用小鞭子打打不可，所以旋即跳下地来，如赶牛那么绕着屋子中心打转，且咄咄的吆喝牛，且扬手说打。

他又自言自语，同那烧火人叙旧，问那烧火人可不可以出外去看看溪边鱼罶。

“奇，鱼多呀！我看到他扳上了罶。我看到的是鲫鱼。我看得分明，敢打赌。我们河里今年不准毒鱼，这真是好事。那乡约，愿菩萨保佑他，他的命令保全了我的运气。我看你还是去捉它来吧。我们晚上喝酒，我出钱。你去吧，我可以帮你看火。你这差事我办得下的，你放心吧。……咄，弟兄，你怕他干什么，你说是我要你去，我老子也不会骂你。得了鱼，你就顺手破了，挖去那肠肚，这几天鱼上了子，吃不得。弟兄，信我话，快去。你不去，我就生气了！”

说着话的癫子五明，为证明他可以代替烧火人做事，就走到灶边去，捡拾着地上的砖头碎瓦，丢到灶眼内去。虽然灶内是湿的冷的，但东西一丢进去，在癫子看来，就觉得灶中因增加了燃料，骤然又生着熠熠光焰了，似乎同时因为加火，热度也增了，故又忙于退后一点，站远一点。

他高高兴兴在那里看火，口头吹着哨子。在往时，在灶边吹哨子，则火可以得风，必发哮。这时在癫子眼中，的确火是在发哮发吼了。灶中火既生了脾气，他乐得直跳。

他不止见到火哮，还见到油槌的摆动，见到黄牛在屋中打圈，见到高如城墙的油枯饼，见到许多人全穿生皮制造的衣裤在屋中各处走动！

他喊出许多人的名字，在仿佛得到回答的情形下，他还俏皮地做着小孩子的眉眼，对付一切工人，算是小主人的礼貌。

天上的雨越落越大，癫子五明却全不受影响。

……

可怜悯的人，玩了大半天，一双新草鞋在油坊中印出若干新的泥迹，到自己发觉草鞋已不是新的时候，又想起所做的事情来了。

他放声地哭，外面是雨声和着。他哭着走到油榨边去，把手去探油槽，油槽中只是一洼黄色像马尿的积水。

为什么一切事变得如此风快？为什么凡是一个人就都得有两种不相同的命运？为什么昨天的油坊成了今天的油坊？癫子人虽糊涂，这疑问还是放到心上。

他记起油坊，已经好久好久不是当年的油坊的情形来了，他记起油坊为什么就衰落的原因，他记起同油坊一时衰败的还有谁。

他大声地哭，坐到一个破坛子上面，用手去试探坛中。

本来贮油的坛子，也是贮了半满的一坛脏水，所以哭得更伤心了。这雨去年五月落时，癞子五明同阿黑正在王家坡石洞内避雨。为避雨而来，还是为避别的，到后倒为雨留着，那不容易从五明的思想上分出了。那时，雨也有这么大，只是初落，还可以在天的另一方见到青天，山下的远处也还看得出太阳影子。雨落着，是行雨，不能够久留，如同他两人不能够久留到石洞里一样。

被五明缠够了的阿黑姑娘，两条臂膊伸向上，做出打哈欠的样子。五明怪脾气，却从她臂膀的那一端望到她胁下。那生长在不向阳地方的、转弯地方的，是细细的黄色小草一样的东西。

五明不怕唐突，对这东西出了神，到阿黑把手垂下，还是痴痴地回想撒野的趣味，被阿黑就打了一掌。

“你为什么打我？”

“因为你痴，我看得出，必定是想到裴家三巧去了。”

“你冤死了人了。”

“你赌咒你不是这样。”

“我敢赌！跑到天王面前也行，人家是正……”

“是什么，你说。”

“若不是正想到你，我明天就为雷打死。”

“雷不打在情人面前撒小谎的人。”

“你气死我了。你这人真……”五明仿佛要哭了，因为被冤，又说不过阿黑，流眼泪是这小子的本领之一种。

“这也流猫儿尿！小鬼！你一哭，我就走了。”

“谁哭呢，你冤了人，还不准人分辩，还笑人。”

“只有那心虚的人才爱洗刷，一个人心里正经是不怕冤的。”

“我咬你的舌子，看你还会说话不。”

五明说到的事是必得做的，做到不做到，自然还是权在阿黑。但这时阿黑，为了安慰这被委屈快要哭的五明小子，就放松了点防范，把舌子让五明咬了。

他又咬她的唇，咬她的耳，咬她的鼻尖，几乎凡是突出的可着口的他都得轻轻咬一下。表示这小子有可以生吃得下阿黑的勇敢。

“五明，我说你真是狗，又贪，又馋，又可怜，又讨厌。”

“我是狗！”五明把眼睛轮着，做呆子像。又[illegible]舌头，咽咽口水，接着说，“姐，你上次骂我是狗，到后就真做了狗了，这次可——”

“打你的嘴！”阿黑就伸手打，一点不客气，这是阿黑的特权。

打是当真被打了，但是涎脸的五明，还是涎脸不改其度。一个男人被女人的手掌掴脸，这痛苦是另外一种趣味，不能引为被教书先生的打为同类的。这时被打的五明，且把那一只充板子的手掌当饼了，他用舌子舔那手，似乎手有糖。

五明这小子，在阿黑一只手板上，觉得真有些枇杷一样的味道，因此诚诚实实地说道：

“姐，你是枇杷，又香又甜，味道真好！”

“你讲怪话我又要打。”

“为什么就这样凶？别人是诚心说的话。”

“我听过你说一百次了。”

“我说一百次都不觉得多，你听就听厌了吗！”

“你的话像吃茶莓，第二次吃来就无味。”

“但是枇杷我吃一辈子也有味。”

“鬼，口放干净点。”

“这难道脏了你什么？我说吃，谁教你生来比糖还甜呢？”

阿黑知道驳嘴的事是没有结果的，纵把五明说倒，这小子还会哭，作女人来屈服人，所以就不同他争论了。她笑着，望到五明笑，觉得五明一对眼睛真是也可以算为吃东西的器具。五明是饿了，是从一些小吃上，提到大的欲望，要在这洞里摆桌子请客了，她装成不理会到的样子，扎自己的花环玩。

五明见到阿黑无话说，自己也就不再唠叨了，他望阿黑。望阿黑，不只望阿黑的脸，其余如像肩，腰，胸脯，肚脐，腿，都望到。五明的为人，真是不规矩，他想到的是阿黑一丝不挂在他身边，他好来放肆。但是人到底是年轻人，在随时都用着大人身份的阿黑行动上，他怕是冒犯了阿黑，两人绝交，所以心虽横蛮行为却驯善得很，在阿黑许可以前，他总不会大胆说要。

他似乎如今是站在一碗好菜面前，明知可口，却不敢伸手蘸它放到口边。对着好菜发痴是小孩通常的现象，于是五明沉默了。

两人不作声，就听雨。雨在这时已过了。响的声音只是岩上的点滴。这已成残雨，若五明是读书人，就会把雨的话当雅谑。

过一阵，把花环做好，当成大手镯套到腕上的阿黑，忽然向五明问道：

“鬼！裴家三巧长得好？”

五明把话答错了，却答应说“好”。

阿黑说：“是的罗，这女人腿子长，腰小，许多人都欢喜。”

“我可不欢喜。”虽这样答应，还是无心机，前一会儿的事这小子已忘记了。

“你不欢喜为什么说她好？”

“难道说好就是欢喜她吗？”

“可是这时你一定又在想她。”这话是阿黑故意为难五明的。

“又在，为什么说又？方才冤人，这时又来，你才是‘又’！”

阿黑何尝不知道是冤了五明。但方法如此用，则在耳边可以又听出五明若干好话了。听好话受用，女人一百中有九十九个愿意听，只要这话男子方面出于诚心。从一些阿谀中，她可以看出俘虏的忠心，他可以抓定自己的灵魂。阿黑虽然是乡下人，这事恐怕乡下人也懂，是本能的了。逼到问他说是在想谁，明知是答话不离两人以外，且因此，就可以“坐席”是阿黑意思。阿黑这一月以来，她需要五明，实在比五明需要她还多了。但在另一方面，为了顾到五明身体，所以不敢十分放纵。

她见到五明急了，就说那算她错，赔个礼。

说赔礼，是把五明抱了，把舌放到五明口中去。

五明笑了。小子在失败胜利两方面，全都能得到这类赏号的，吃亏倒是两人有说有笑时候。小子不久就得意忘形了，睡倒在阿黑身上，不肯站起，阿黑也无法。坏脾气实在是阿黑养成的。

阿黑这时是坐在干稻草做就的垫子上，半月中阿黑把草当床已经有五次六次了。这柔软床上，还撒得有各样的野花，装饰得比许多洞房还适用，五明这小子若是诗人，不知要写几辈子诗。他把头放到阿黑腿上，阿黑坐着，他却翻天睡。做皇帝的人，若把每天坐朝的事算在一起，幸福这东西又还是可以用秤称量得出，试称量一下，那未必有这时节的五明幸福！

五明斜了眼去看阿黑，且闭了一只右眼。顽皮的孩子，更顽皮的地方是手顶不讲规矩。

“鬼，你还不够吗？”这话是对五明一只手说的，这手正旅行到阿黑姑娘的胸前，徘徊留连不动身。

“这怎能说够？永久是，一辈子是梦里睡里还不够。”说了这只手就用了力按了按。

“你真缠死人了。”

“我又不是妖精。别人都说你们女人是妖精，缠人人就生病！”

“鬼，那么你怎不生病？”

“你才说我缠死你，我是鬼，鬼也生病吗！”

阿黑咬着自己的嘴唇不笑，用手极力掐五明的耳尖，五明就做鬼叫。然而五明望到这一列白牙齿，像一排小小的玉色宝贝，把舌子伸出，做鬼样子起来了。

“菩萨呀，救我的命。”

阿黑装不懂。

“你不救我我要疯了。”

“那我们乡里人成天可以逗疯子开心！”

“不管疯不疯，我要，……”

“你忘记吃伤了要肚子痛的事了。”

“这时也肚子痛！”说了他便呻吟，装得俨然。其实这治疗的方法在阿黑方面看来，也认为必需，只是五明这小子，太不懂事了，只顾到自己，要时嚷着要，够了就放下筷子，未免可恶，所以阿黑仍不理。

“救救人，做好事罗！”

“我不知道什么叫做好事。”

“你不知道？你要我死我也愿意。”

“你死了与我什么相干？”

“你欢喜呀，你才说我疯了乡里人就可以成天逗疯子开心！”

“你这鬼，会当真有一天变疯子吗？”

“你看吧，别个把你从我手中抢去时，我非疯不可。”

“嗨，鬼，说假话。”

“赌咒！若是假，当天……”

“别呆吧……我只说你现在决不会疯。”

五明想到自己说的话，算是说错了。因为既然说阿黑被人抢去才疯，那这时人既在身边，可见疯也疯不成了。既不疯，就急了阿黑，先说的话显然是孩子们的呆话了。

但他知道阿黑脾气，要做什么，总得苦苦哀求才行。本来一个男子对付女子，下蛮得来的功效是比请求为方便，可是五明气力小，打也打不赢阿黑，除了哀告还是无法。在恳求中有时知道用手帮忙，则阿黑较为容易投降。这个，有时五明记得，有时又忘记，所以五明总觉得摸阿黑脾气比摸阿黑身上别的有形有迹的东西为难。

记不到用手，也并不是完全记不到，只是有个时候阿黑颜容来得严重些，五明的手就不大敢撒野了。

五明见阿黑不高兴，心就想，想到缠人的话，唱了一支歌。他轻轻唱给阿黑听，歌是原有的往年人唱的歌。

天上起云云起花，
包谷林里种豆荚；
豆荚缠坏包谷树，
娇妹缠坏后生家。

阿黑笑，自己承认是豆荚了，但不承认包谷是缠得坏的东西。可是被缠的包谷，结果总是半死，阿黑也觉得，所以不能常常尽五明的兴，这也就是好理由！五明虽知唱歌却不原谅阿黑的好意，年纪小一点的情人可真不容易对付的。唱完了歌的五明，见阿黑不来缠他，却反而把阿黑缠紧了。

阿黑说，“看啊，包谷也缠豆荚！”

“横顺是要缠，包谷为什么不能缠豆荚？”

强词夺理的五明，口是只适宜做别的事情，在说话那方面缺少天才，在另外一事上却不失其为勇士，所以阿黑笑虽是笑，也不管，随即在阿黑脸上做呆事，用口各处吮遍了。阿黑于是把编就的花圈戴到五明头上去。

若果照五明说法，阿黑是一坨糖，则阿黑也应当融了。

阿黑是终于要融的，不久一会儿就融化了。不是为天上的日头，不是为别的。是为了五明的呆。

为什么在两次雨里给人两种心情，这是天晓得的事。五明癫子真癫了。癫了的五明，这时坐在坛子上笑，他想起阿黑融了化了的情形，想起自己与阿黑融成一块一片的情形，觉得这时是又应当到后坡洞上去了。（在那里，阿黑或者正等候他。）他不顾雨是如何大，身缩成一团，藏到斗笠下，出了油坊到后坡洞上去。

边 城

一

由四川过湖南去，靠东有一条官路。这官路将近湘西边境到了一个地方名为“茶峒”的小山城时，有一小溪，溪边有座白色小塔，塔下住了一户单独的人家。这人家只一个老人，一个女孩子，一只黄狗。

小溪流下去，绕山岨流，约三里便汇入茶峒的大河。人若过溪越小山走去，则只一里路就到了茶峒城边。溪流如弓背，山路如弓弦，故远近有了小小差异。小溪宽约二十丈，河床为大片石头做成。静静的水即或深到一篙不能落底，却依然清澈透明，河中游鱼来去皆可以计数。小溪既为川湘来往孔道，水常有涨落，限于财力不能搭桥，就安排了一只方头渡船。这渡船一次连人带马，约可以载二十位搭客过河，人数多时则反复来去。渡船头竖了一枝小小竹竿，挂着一个可以活动的铁环，溪岸两端水槽牵了一段废缆，有人过渡时，把铁环挂在废缆上，船上人就引手攀缘那条缆索，慢慢地牵船过对岸去。船将拢岸了，管理这渡船的，一面口中嚷着“慢点慢点”，自己霍地跃上了岸，拉着铁环，于是人货牛马全上了岸，翻过小山不见了。渡头为公家所有，故过渡人不必出钱。有人心中不安，抓了一把钱掷到船板上时，管渡船的必为一一拾起，依然塞到那人手心里去，俨然吵嘴时的认真神气：“我有了口量，三斗米，七百钱，够了。谁要这个！”

但不成，凡事求个心安理得，出气力不受酬谁好意思，不管如何还是有人把钱的。管船人却情不过，也为了心安起见，便把这些钱托人到茶峒去买茶叶和草烟，将茶峒出产的上等草烟，一扎一扎挂在自己腰带边，过渡的谁需要这东西必慷慨奉赠。有时从神气上估计那远路人对于身边草烟引起了相当的注意时，便把一小束草烟扎到那人包袱上去，一面说，“大哥，不吸这个吗，这好的，这妙的，味道蛮好，送人也合适！”茶叶则在六月里放进大缸里去，用开水泡好，给过路人解渴。

管理这渡船的，就是住在塔下的那个老人。活了七十年，从二十岁起便守在这小溪边，五十年来不知把船来去渡了若干人。年纪虽那么老了。本来应当休息了，但天不许他休息，他仿佛便不能够同这一分生活离开。他从不思索自己的职务对于本人的意义，只是静静的很忠实的在那里活下去。代替了天，使他在日头升起时，感到生活的力量，当日头落下时，又不至于思量与日头同时死去的，是那个伴在他身旁的女孩子。他惟一的朋友为一只渡船与一只黄狗，惟一的亲人便只那个女孩子。

女孩子的母亲，老船夫的独生女，十五年前同一个茶峒军人，很秘密地背着那忠厚爸爸发生了暧昧关系。有了小孩子后，这屯戍军士便想约了她一同向下游逃去。但从逃走的行为上看来，一个违背了军人的责任，一个却必得离开孤独的父亲。经过一番考虑后，军人见她无远走勇气自己也不便毁去做军人的名誉，就心想：一同去生既无法聚首，一同去死当无人可以阻拦，首先服了毒。女的却关心腹中的一块肉，不忍心，拿不出主张。事情业已为作渡船夫的父亲知道，父亲却不加上一个有分量的字眼儿，只作为并不听到过这事情一样，仍然把日子很平静地过下去。女儿一面怀了羞惭一面却怀了怜悯，仍守在父亲身边，待到腹中小孩生下后，却到溪边吃了许多冷水死去了。在一种近于奇迹中，这遗孤居然已长大成人，一转眼间便十三岁了。为了住处两山多篁竹，翠色逼人而来，老船夫随便为这可怜的孤雏拾取了一个近身的名字，叫作“翠翠”。

翠翠在风日里长养着，把皮肤变得黑黑的，触目为青山绿水，一对眸子清明如水晶。自然既长养她且教育她，为人天真活泼，处处俨然如一只小兽物。人又那么乖，如山头黄麂一样，从不想到残忍事情，从不发愁，从不动气。平时在渡船上遇陌生人对她有所注意时，便把光光的眼睛瞅着那陌生人，作成随时皆可举步逃入深山的神气，但明白了人无机心后，就又从从容容地在水边玩耍了。

老船夫不论晴雨，必守在船头。有人过渡时，便略弯着腰，两手缘引了竹缆，把船横渡过小溪。有时疲倦了，躺在临溪大石上睡着了，人在隔岸招手喊过渡，翠翠不让祖父起身，就跳下船去，很敏捷地替祖父把路人渡过溪，一切皆溜刷在行，从不误事。有时又和祖父黄狗一同在船上，过渡时和祖父一同动手，船将近岸边，祖父正向客人招呼："慢点，慢点"时，那只黄狗便口衔绳子，最先一跃而上，且俨然懂得如何方为尽职似的，把船绳紧衔着拖船拢岸。

风日清和的天气，无人过渡，整日长闲，祖父同翠翠便坐在门前大岩石上晒太阳。或把一段木头从高处向水中抛去，嗾使身边黄狗自岩石高处跃下，把木头衔回来。或翠翠与黄狗皆张着耳朵，听祖父说些城中多年以前的战争故事。或祖父同翠翠两人，各把小竹做成的竖笛，逗在嘴边吹着迎亲送女的曲子。过渡人来了，老船夫放下了竹管，独自跟到船边去，横溪渡人，在岩上的一个，见船开动时，于是锐声喊着：

"爷爷，爷爷，你听我吹，你唱！"

爷爷到溪中央便很快乐地唱起来，哑哑的声音同竹管声振荡在寂静空气里，溪中仿佛也热闹了一些。（实则歌声的来复，反而使一切更寂静一些了。）

有时过渡的是从川东过茶峒的小牛，是羊群，是新娘子的花轿，翠翠必争着作渡船夫，站在船头，懒懒地攀引缆索，让船缓缓地过去。牛羊花轿上岸后，翠翠必跟着走，站到小山头，目送这些东西走去很远了，方回转船上，把船牵靠近家的岸边。且独自低低地学小羊叫着，学母牛叫着，或采一把野花缚在头上，独自装扮新娘子。

茶峒山城只隔渡头一里路，买油买盐时，逢年过节祖父得喝一杯酒时，祖父不上城，黄狗就伴同翠翠入城里去备办东西。到了卖杂货的铺子里，有大把的粉条，大缸的白糖，有炮仗，有红蜡烛，莫不给翠翠很深的印象，回到祖父身边，总把这些东西说个半天。那里河边还有许多上行船，百十船夫忙着起卸百货。这种船只比起渡船来全大得多，有趣味得多，翠翠也不容易忘记。

二

茶峒地方凭水依山筑城，近山的一面，城墙如一条长蛇，缘山爬去。临水一面则在城外河边留出余地设码头，湾泊小小篷船。船下行时运桐油青盐，染色的棓子。上行则运棉花棉纱以及布匹杂货同海味。贯串各个码头有一条河街，人家房子多一半着陆，一半在水，因为余地有限，那些房子莫不设有吊脚楼。河中涨了春水，到水逐渐进街后，河街上人家，便各用长长的梯子，一端搭在屋檐口，一端搭在城墙上，人人皆骂着嚷着，带了包袱、铺盖、米缸，从梯子上进城里去，水退时方又从城门口出城。某一年水若来得特别猛一些，沿河吊脚楼必有一处两处为大水冲去，大家皆在城上头呆望。受损失的也同样呆望着，对于所受的损失仿佛无话可说，与在自然安排下，眼见其他无可挽救的不幸来时相似。涨水时在城上还可望着骤然展宽的河面，流水浩浩荡荡，随同山水从上流浮沉而来的有房子、牛、羊、大树。于是在水势较缓处，税关趸船前面，便常常有人驾了小舢板，一见河心浮沉而来的是一匹牲畜，一段小木，或一只空船，船上有一个妇人或一个小孩哭喊的声音，便急急地把船桨去，在下游一些迎着了那个目的物，把它用长绳系定，再向岸边桨去。这些诚实勇敢的人，也爱利，也仗义，同一般当地人相似。不拘救人救物，却同样在一种愉快冒险行为中，做得十分敏捷勇敢，使人见及不能不为之喝彩。

那条河水便是历史上知名的酉水，新名字叫作白河。白河下游到辰州与沅水汇流后，便略显浑浊，有出山泉水的意思。若溯流而上，则三丈五丈的深潭皆清澈见底。深潭为白日所映照，河底小小白石子，有花纹的玛瑙石子，全看得明明白白。水中游鱼来去，全如浮在空气里。两岸多高山，山中多可以造纸的细竹，长年作深翠颜色，逼人眼目。近水人家多在桃杏花里，春天时只需注意，凡有桃花处必有人家，凡有人家处必可沽酒。夏天则晒晾在日光下耀目的紫花布衣裤，可以作为人家所在的旗帜。秋冬来时，房屋在悬崖上的，滨水的，无不朗然入目。黄泥的墙，乌黑的瓦，位置则永远那么妥帖，且与四围环境极其调和，使人迎面得到的印象，实在非常愉快。一个对于诗歌图画稍有兴味的旅客，在这小河中，蜷伏于一只小船上，做三十天的旅行，必不至于感到厌烦，正因为处处有奇迹，自然的大胆处与精巧处，无一处不使人神往倾心。

白河的源流，从四川边境而来，从白河上行的小船，春水发时可以直达川属的秀山。但属于湖南境界的，则茶峒为最后一个水码头。这条河水的河面，在茶峒时虽宽约半里，当秋冬之际水落时，河床流水处还不到二十丈，其余只是一滩青石。小船到此后，既无从上行，故凡川东的进出口货物，皆由这地方落水起岸。出口货物俱由脚夫用杉木扁担压在肩膊上挑抬而来，入口货物也莫不从这地方成束成担的用人力搬去。

这地方城中只驻扎一营由昔年绿营屯丁改编而成的戍兵，及五百家左右的住户。（这些住户中，除了一部分拥有了些山田同油坊，或放账屯油、屯米、屯棉纱的小资本家外，其余多数皆为当年屯戍来此有军籍的人家。）地方还有个厘金局，办事机关在城外河街下面小庙里，经常挂着一面长长的幡信。局长则住在城中。一营兵士驻扎老参将衙门，除了号兵每天上城吹号玩，使人知道这里还驻有军队以外，其余兵士皆仿佛并不存在。冬天的白日里，到城里去，便只见各处人家门前皆晾晒有衣服同青菜。红薯多带藤悬挂在屋檐下。用棕衣做成的口袋，装满了栗子榛子和其他硬壳果，也多悬挂在屋檐下。屋角隅各处有大小鸡叫着玩着。间或有什么男子，占据在自己屋前门限上锯木，或用斧头劈树，把劈好的柴堆到敞坪里去一座一座如宝塔。又或可以见到几个中年妇人，穿了浆洗得极硬的蓝布衣裳，胸前挂有白布扣花围裙，躬着腰在日光下一面说话一面做事。一切总永远那么静寂，所有人民每个日子皆在这种单纯寂寞里过去。一分安静增加了人对于“人事”的思索力，增加了梦。在这小城中生存的，各人也一定皆各在分定一份日子里，怀了对于人事爱憎必然的期待。但这些人想些什么？谁知道。住在城中较高处，门前一站便可以眺望对河以及河中的景致，船来时，远远的就从对河滩上看着无数纤夫。那些纤夫也有从下游地方，带了细点心洋糖之类，拢岸时却拿进城中来换钱的。船来时，小孩子的想象，当在那些拉船人一方面。大人呢，孵一窠小鸡，养两只猪，托下行船夫打副金耳环，带两丈官青布或一坛好酱油、一个双料的美孚灯罩回来，便占去了大部分做主妇的心了。

这小城里虽那么安静和平但地方既为川东商业交易接头处，因此城外小小河街，情形却不同了一点。也有商人落脚的客店，坐镇不动的理发馆。此外饭店、杂货铺、油行、盐栈、花衣庄，莫不各有一种地位，装点了这条河街。还有卖船上用的檀木活车、竹缆与罐锅铺子，介绍水手职业吃码头饭的人家。小饭店门前长案上，常有煎得焦黄的鲤鱼豆腐，身上装饰了红辣椒丝，卧在浅口钵头里，钵旁大竹筒中插着大把红筷子，不拘谁个愿意花点钱，这人就可以傍了门前长案坐下来，抽出一双筷子到手上，那边一个眉毛扯得极细脸上擦了白粉的妇人就走过来问："大哥，副爷，要甜酒？要烧酒？"男子火焰高一点的，谐趣的，对内掌柜有点意思的，必装成生气似的说："吃甜酒？又不是小孩，还问人吃甜酒！"那么，酽冽的烧酒，从大瓮里用竹筒舀出，倒进土碗里，即刻就来到身边案桌上了。杂货铺卖美孚油及点美孚油的洋灯，与香烛纸张。油行屯桐油。盐栈堆火井出的青盐。花衣庄则有白棉纱、大布、棉花以及包头的黑绉绸出卖。卖船上用物的，百物罗列，无所不备，且间或有重至百斤以外的铁锚搁在门外路旁，等候主顾问价的。专以介绍水手为事业，吃水码头饭的，则在河街的家中，终日大门敞开着，常有穿青羽缎马褂的船主与毛手毛脚的水手进出，地方像茶馆却不卖茶，不是烟馆又可以抽烟。来到这里的，虽说所谈的是船上生意经，然而船只的上下，划船拉纤人大都有一定规矩，不必做数目上的讨论。他们来到这里大多数倒是在“联欢”。以“龙头管事”作中心，谈论点本地时事，两省商务上情形，以及下游的“新事”。邀会的，集款时大多数皆在此地，扒骰子看点数多少轮作会首时，也常常在此举行。常常成为他们生意经的，有两件事：买卖船只，买卖媳妇。

大都市随了商务发达而产生的某种寄食者，因为商人的需要，水手的需要，这小小边城的河街，也居然有那么一群人，聚集在一些有吊脚楼的人家。这种妇人不是从附近乡下弄来，便是随同川军来湘流落后的妇人，穿了假洋绸的衣服，印花标布的裤子，把眉毛扯得成一条细线，大大的发髻上敷了香味极浓俗的油类。白日里无事，就坐在门口做鞋子，在鞋尖上用红绿丝线挑绣双凤，或为情人水手挑绣花抱兜，一面看过往行人，消磨长日。或靠在临河窗口上看水手铺货，听水手爬桅子唱歌。到了晚间，则轮流地接待商人同水手，切切实实尽一个妓女应尽的义务。

由于边地的风俗淳朴，便是做妓女，也永远那么浑厚，遇不相熟的人，做生意时得先交钱，再关门撒野，人既相熟后，钱便在可有可无之间了。妓女多靠四川商人维持生活，但恩情所结，则多在水手方面。感情好的，互相咬着嘴唇咬着颈脖发了誓，约好了“分手后各人皆不许胡闹”，四十天或五十天，在船上浮着的那一个，同留在岸上的这一个，便皆待着打发这一堆日子，尽把自己的心紧紧缚定远远的一个人。尤其是妇人感情真挚，痴到无可形容，男子过了约定时间不回来，做梦时，就总常常梦船拢了岸，一个人摇摇荡荡地从船跳板到了岸上，直向身边跑来。或日中有了疑心，则梦里必见男子在桅上向另一方面唱歌，却不理会自己。性格弱一点儿的，接着就在梦里投河吞鸦片烟，性格强一点儿的便手执菜刀，直向那水手奔去。他们生活虽那么同一般社会疏远，但是眼泪与欢乐，在一种爱憎得失间，揉进了这些人生活里时，也便同另外一片土地另外一些年轻生命相似，全个身心为那点爱憎所浸透，见寒作热，忘了一切。若有多少不同处，不过是这些人更真切一点，也更近于糊涂一点罢了。短期的包定，长期的嫁娶，一时间的关门，这些关于一个女人身体上的交易，由于民情的淳朴，身当其事的不觉得如何下流可耻，旁观者也就从不用读书人的观念，加以指摘与轻视。这些人既重义轻利，又能守信自约，即便是娼妓，也常常较之讲道德知羞耻的城市中人还更可信任。

掌水码头的名叫顺顺，一个前清时便在营伍中混过日子来的人物，革命时在著名的陆军四十九标做个什长。同样做什长的，有因革命成了伟人名人的，有杀头碎尸的，他却带少年喜事得来的脚疯痛，回到了家乡，把所积蓄的一点钱，买了一条六桨白木船，租给一个穷船主，代人装货在茶峒与辰州之间来往。气运好，半年之内船不坏事，于是他从所赚的钱上，又讨了一个略有产业的白脸黑发小寡妇。数年后，在这条河上，他就有了大小四只船，一个铺子，两个儿子了。

但这个大方洒脱的人，事业虽十分顺手，却因欢喜交朋结友，慷慨而又能济人之急，便不能同贩油商人一样大大发作起来。自己既在粮子里混过日子，明白出门人的甘苦，理解失意人的心情，故凡因船只失事破产的船家，过路的退伍兵士，游学文墨人，凡到了这个地方闻名求助的，莫不尽力帮助。一面从水上赚来钱，一面就这样洒脱散去。这人虽然脚上有点小毛病，还能泅水；走路难得其平，为人却那么公正无私。水面上各事原本极其简单，一切皆为一个习惯所支配，谁个船碰了头，谁个船妨害了别一个人别一只船的利益，皆照例有习惯方法来解决。惟运用这种习惯规矩排调一切的，必需一个高年硕德的中心人物。某年秋天，那原来执事人死去了，顺顺做了这样一个代替者。那时他还只五十岁，为人既明事明理，正直和平，又不爱财，故无人对他年龄怀疑。

到如今，他的儿子大的已十八岁，小的已十六岁。两个年轻人皆结实如小公牛，能驾船，能泅水，能走长路。凡从小乡城里出身的年轻人所能够做的事，他们无一不做，做去无一不精。年纪较长的，如他们爸爸一样，豪放豁达，不拘常套小节。年幼的则气质近于那个白脸黑发的母亲，不爱说话，眼眉却秀拔出群，一望即知其为人聪明而又富于感情。

两兄弟既年已长大，必须在各一种生活上来训练他们，做父亲的就轮流派遣两个小孩子各处旅行。向下行船时，多随了自己的船只充伙计，甘苦与人相共。荡桨时选最重的一把，背纤时拉头纤二纤，吃的是干鱼，辣子，臭酸菜，睡的是硬邦邦的舱板。向上行从旱路走去，则跟了川东客货，过秀山、龙潭、酉阳做生意，不论寒暑雨雪，必穿了草鞋按站赶路。且佩了短刀，遇不得已必需动手，便霍的把刀抽出，站到空阔处去，等候对面的一个，接着就同这个人用肉搏来解决。帮里的风气，既为“对付仇敌必须用刀，联结朋友也必须用刀”，故需要刀时，他们也就从不让它失去那点机会。学贸易，学应酬，学习到一个新地方去生活，且学习用刀保护身体同名誉，教育的目的，似乎在使两个孩子学得做人的勇气与义气。一分教育的结果，弄得两个人皆结实如老虎，却又和气亲人，不骄惰，不浮华，不倚势凌人，故父子三人在茶峒边境上为人所提及时，人人对这个名姓无不加以一种尊敬。

做父亲的当两个儿子很小时，就明白大儿子一切与自己相似，却稍稍见得溺爱那第二个儿子。由于这点不自觉的私心，他把长子取名天保，次子取名傩送。意思是天保佑的在人事上或不免有龃龉处，至于傩神所送来的，照当地习气，人便不能稍加轻视了。傩送美丽得很，茶峒船家人拙于赞扬这种美丽，只知道为他取出一个诨名为“岳云”。虽无什么人亲眼看到过岳云，一般的印象，却从戏台上小生岳云，得来一个相近的神气。

三

两省接壤处，十余年来主持地方军事的，注重在安辑保守，处置还得法，并无变故发生。水陆商务既不至于受战争停顿，也不至于为土匪影响，一切莫不极有秩序，人民也莫不安分乐生。这些人，除了家中死了牛，翻了船，或发生别的死亡大变，为一种不幸所绊倒觉得十分伤心外，中国其他地方正在如何不幸挣扎中的情形，似乎就永远不会为这边城人民所感到。

边城所在一年中最热闹的日子，是端午，中秋和过年。三个节日过去三五十年前如何兴奋了这地方人，直到现在，还毫无什么变化，仍能成为那地方居民最有意义的几个日子。

端午日，当地妇女小孩子，莫不穿了新衣，额角上用雄黄蘸酒画了个王字。任何人家到了这天必可以吃鱼吃肉。大约上午十一点钟左右，全茶峒人就吃了午饭，把饭吃过后，在城里住家的，莫不倒锁了门，全家出城到河边看划船。河街有熟人的，可到河街吊脚楼门口边看，不然就站在税关门口与各个码头上看。河中龙船以长潭某处作起点，税关前作终点。作比赛竞争。因为这一天军官税官以及当地有身份的人，莫不在税关前看热闹。划船的事各人在数天以前就早有了准备，分组分帮各自选出了若干身体结实手脚伶俐的小伙子，在潭中练习进退。船只的形式，与平常木船大不相同，形体一律又长又狭，两头高高翘起，船身绘着朱红颜色长线，平常时节多搁在河边干燥洞穴里，要用它时，拖下水去。每只船可坐十二个到十八个桨手，一个带头的，一个鼓手，一个锣手。桨手每人持一支短桨，随了鼓声缓促为节拍，把船向前划去。坐在船头上的，头上缠裹着红布包头，手上拿两支小令旗，左右挥动，指挥船只的进退。擂鼓打锣的，多坐在船只的中部，船一划动便即刻蓬蓬镗镗把锣鼓很单纯地敲打起来，为划桨水手调理下桨节拍。一船快慢既不得不靠鼓声，故每当两船竞赛到剧烈时，鼓声如雷鸣，加上两岸人呐喊助威，便使人想起梁红玉老鹳河时水战擂鼓，牛皋水擒杨幺时也是水战擂鼓。凡把船划到前面一点的，必可在税关前领赏，一匹红，一块小银牌，不拘缠挂到船上某一个人头上去，皆显出这一船合作的光荣。好事的军人，且当每次某一只船胜利时，必在水边放些表示胜利庆祝的五百响鞭炮。

赛船过后，城中的戍军长官，为了与民同乐，增加这节日的愉快起见，便把三十只绿头长颈大雄鸭，颈膊上缚了红布条子，放入河中，尽善于泅水的军民人等，下水追赶鸭子。不拘谁把鸭子捉到，谁就成为这鸭子的主人。于是长潭换了新的花样，水面各处是鸭子，各处有追赶鸭子的人。

船与船的竞赛，人与鸭子的竞赛，直到天晚方能完事。

掌水码头的龙头大哥顺顺，年轻时节便是一个泅水的高手，入水中去追逐鸭子，在任何情形下总不落空。但一到次子傩送年过十二岁时，已能入水闭气汆着到鸭子身边，再忽然冒水而出，把鸭子捉到，这做爸爸的便解嘲似的说："好，这种事有你们来做，我不必再下水了。"于是当真就不下水与人来竞争捉鸭子。但下水救人呢，当作别论。凡帮助人远离患难，便是入火，人到八十岁，也还是成为这个人一种不可逃避的责任！

天保傩送两人皆是当地泅水划船好选手。

端午又快来了，初五划船，河街上初一开会，就决定了属于河街的那只船当天入水。天保恰好在那天应向上行，随了陆路商人过川东龙潭送节货，故参加的就只傩送。十六个结实如牛犊的小伙子，带了香烛、鞭炮、同一个用生牛皮蒙好绘有朱红太极图的高脚鼓，到了搁船的河上游山洞边，烧了香烛，把船拖入水后，各人上了船，燃着鞭炮，擂着鼓，这船便如一支箭似的，很迅速地向下游长潭射去。

那时节还是上午，到了午后，对河渔人的龙船也下了水，两只龙船就开始预习种种竞赛的方法。水面上第一次听到了鼓声，许多人从这鼓声中，感到了节日临近的欢悦。住临河吊脚楼对远方人有所等待有所盼望的，也莫不因鼓声想到远人。在这个节日里，必然有许多船只可以赶回，也有许多船只只合在半路过节，这之间，便有些眼目所难见的人事哀乐，在这小山城河街间，让一些人嬉喜，也让一些人皱眉。

蓬蓬鼓声掠水越山到了渡船头那里时，最先注意到的是那只黄狗。那黄狗汪汪地吠着，受了惊似地绕屋乱走，有人过渡时，便随船渡过河东岸去，且跑到那小山头向城里一方面大吠。

翠翠正坐在门外大石上用棕叶编蚱蜢蜈蚣玩，见黄狗先在太阳下睡着，忽然醒来便发疯似的乱跑，过了河又回来，就问它骂它：

“狗，狗，你做什么！不许这样子！”

可是一会儿那声音被她发现了，她于是也绕屋跑着，且同黄狗一块儿渡过了小溪，站在小山头听了许久，让那点迷人的鼓声，把自己带到一个过去的节日里去。

四

还是两年前的事。五月端阳，渡船头祖父找人作了代替，便带了黄狗同翠翠进城，过大河边去看划船。河边站满了人，四只朱色长船在潭中滑着，龙船水刚刚涨过，河中水皆豆绿，天气又那么明朗，鼓声砰砰响着，翠翠抿着嘴一句话不说，心中充满了不可言说的快乐。河边人太多了一点，各人皆尽张着眼睛望河中，不多久，黄狗还在身边，祖父却挤得不见了。

翠翠一面注意划船，一面心想“过不久祖父总会找来的”。但过了许久，祖父还不来，翠翠便稍稍有点儿着慌了。先是两人同黄狗进城前一天，祖父就问翠翠：“明天城里划船，倘若一个人去看，人多怕不怕？”翠翠就说：“人多我不怕，但自己只是一个人可不好玩。”于是祖父想了半天，方想起一个住在城中的老熟人，赶夜里到城里去商量，请那老人来看一天渡船，自己却陪翠翠进城玩一天。且因为那人比渡船老人更孤单，身边无一个亲人，也无一只狗，因此便约好了那人早上过家中来吃饭，喝一杯雄黄酒。第二天那人来了，吃了饭，把职务委托那人以后，翠翠等便进了城。到路上时，祖父想起什么似的，又问翠翠，“翠翠，翠翠，人那么多，好热闹，你一个人敢到河边看龙船吗？”翠翠说：“怎么不敢？可是一个人有什么意思。”到了河边后，长潭里的四只红船，把翠翠的注意力完全占去了，身边祖父似乎也可有可无了。祖父心想：“时间还早，到收场时，至少还得三个时刻。溪边的那个朋友，也应当来看看年轻人的热闹，回去一趟，换换地位还赶得及。”因此就问翠翠，“人太多了，站在这里看，不要动，我到别处去有事情，无论如何总赶得回来伴你回家。”翠翠正为两只竞速并进的船迷着，祖父说的话毫不思索就答应了。祖父知道黄狗在翠翠身边，也许比他自己在她身边还稳当，于是便回家看船去了。

祖父到了那渡船处时，见代替他的老朋友，正站在白塔下注意听远处鼓声。

祖父喊他，请他把船拉过来，两人渡过小溪仍然站到白塔下去。那人问老船夫为什么又跑回来，祖父就说想替他一会儿故把翠翠留在河边，自己赶回来，好让他也过河边去看看热闹，且说，“看得好，就不必再回来，只需见了翠翠问她一声，翠翠到时自会回家的。小丫头不敢回家，你就伴她走走！”但那替手对于看龙船已无什么兴味，却愿意同老船夫在这溪边大石上各自再喝两杯烧酒。老船夫十分高兴，把葫芦取出，推给城中来的那一个。两人一面谈些端午旧事，一面喝酒，不到一会，那人却在岩石上为烧酒醉倒了。

人既醉倒了，无从入城，祖父为了责任又不便与渡船离开，留在河边的翠翠便不能不着急了。

河中划船的决了最后胜负后，城里军官已派人驾小船在潭中放了一群鸭子，祖父还不见来。翠翠恐怕祖父也正在什么地方等着她，因此带了黄狗各处人丛中挤着去找寻祖父，结果还是不得祖父的踪迹。后来看看天快要黑了，军人扛了长凳出城看热闹的，皆已陆续扛了那凳子回家。潭中的鸭子只剩下三五只，捉鸭人也渐渐地少了。落日向上游翠翠家中那一方落去，黄昏把河面装饰了一层薄雾。翠翠望到这个景致，忽然起了一个怕人的想头，她想：“假若爷爷死了？”

她记起祖父嘱咐她不要离开原来地方那一句话，便又为自己解释这想头的错误，以为祖父不来必是进城去或到什么熟人处去，被人拉着喝酒，故一时不能来的。正因为这也是可能的事，她又不愿在天未断黑以前，同黄狗赶回家去，只好站在那石码头边等候祖父。

再过一会，对河那两只长船已泊到对河小溪里去不见了，看龙船的人也差不多全散了。吊脚楼有娼妓的人家，已上了灯，且有人敲小斑鼓弹月琴唱曲子。另外一些人家，又有划拳行酒的吵嚷声音。同时停泊在吊脚楼下的一些船只，上面也有人在摆酒炒菜，把青菜萝卜之类，倒进滚热油锅里去时发出吵——的声音。河面已朦朦胧胧，看去好像只有一只白鸭在潭中浮着，也只剩一个人追着这只鸭子。

翠翠还是不离开码头，总相信祖父会来找她，同她一起回家。

吊脚楼上唱曲子声音热闹了一些，只听到下面船上有人说话，一个水手说：“金亭，你听你那铺子陪川东庄客喝酒唱曲子，我赌个手指，说这是她的声音！”另一个水手就说：“她陪他们喝酒唱曲子，心里可想我。她知道我在船上！”先前那一个又说：“身体让别人玩着，心还想着你；你有什么凭据？”另一个说：“有凭据。”于是这水手吹着唿哨，做出一个古怪的记号，一会儿，楼上歌声便停止了。歌声停止后，两个水手皆笑了。两人接着便说了些关于那个女人的一切，使用了不少粗鄙字眼，翠翠很不习惯把这种话听下去，但又不能走开。且听水手之一说，楼上妇人的爸爸是在棉花坡被人杀死的，一共杀了十七刀。翠翠心中那个古怪的想头，“爷爷死了呢？”便仍然占据到心里有一忽儿。

两个水手还正在谈话，潭中那只白鸭慢慢地向翠翠所在的码头边游来，翠翠想：“再过来些我就捉住你！”于是静静地等着，但那鸭子将近岸边三丈远近时，却有个人笑着，喊那船上水手。原来水中还有个人，那人已把鸭子捉到手，却慢慢地“踹水”游近岸边的。船上人听到水面的喊声，在隐约里也喊道：“二老，二老，你真干，你今天得了五只吧。”那水上人说：“这家伙狡猾得很，现在可归我了。”“你这时捉鸭子，将来捉女人，一定有同样的本领。”水上那一个不再说什么，手脚并用地拍着水傍了码头。湿淋淋地爬上岸时，翠翠身旁的黄狗，仿佛警告水中人似的，汪汪地叫了几声，那人方注意到翠翠。码头上已无别的人，那人问：

“是谁？”

“是翠翠！”

“翠翠又是谁？”

“是碧溪岨撑渡船的孙女。”

“你在这儿做什么？”

“我等我爷爷。我等他来好回家去。”

“等他来他可不会来，你爷爷一定到城里军营里喝了酒，醉倒后被人抬回去了！”

“他不会。他答应来，他就一定会来的。”

“这里等也不成。到我家里去，到那边点了灯的楼上去，等爷爷来找你好不好？”

翠翠误会邀他进屋里去那个人的好意，正记着水手说的妇人丑事，她以为那男子就是要她上有女人唱歌的楼上去，本来从不骂人，这时正因等候祖父太久了，心中焦急得很，听人要她上去，以为欺侮了她，就轻轻地说：

“你个悖时砍脑壳的！”

话虽轻轻的，那男的却听得出，且从声音上听得出翠翠年纪，便带笑说："怎么，你骂人！你不愿意上去，要待在这儿，回头水里大鱼来咬了你，可不要叫喊！"

翠翠说："鱼咬了我也不管你的事。"

那黄狗好像明白翠翠被人欺侮了，又汪汪地吠起来。那男子把手中白鸭举起，向黄狗吓了一下，便走上河街去了。黄狗为了自己被欺侮还想追过去，翠翠便喊："狗，狗，你叫人也看人叫！"翠翠意思仿佛只在问给狗"那轻薄男子还不值得叫"，但男子听去的却是另外一种好意，男的以为是她要狗莫向好人叫，放肆地笑着，不见了。

又过了一阵，有人从河街拿了一个废缆做成的火炬，喊叫着翠翠的名字来找寻她，到身边时翠翠却不认识那个人。那人说：老船夫回到家中，不能来接她，故搭了过渡人口信来，告翠翠要她即刻就回去。翠翠听说是祖父派来的，就同那人一起回家，让打火把的在前引路，黄狗时前时后，一同沿了城墙向渡口走去。翠翠一面走一面问那拿火把的人，是谁告他就知道她在河边。那人说是二老告他的，他是二老家里的伙计，送翠翠回家后还得回转河街。

翠翠说："二老他怎么知道我在河边？"

那人便笑着说："他从河里捉鸭子回来，在码头上见你，他说好意请你上家里坐坐，等候你爷爷，你还骂过他！"

翠翠带了点儿惊讶轻轻地问："二老是谁？"

那人也带了点儿惊讶说："二老你都不知道？就是我们河街上的傩送二老！就是岳云！他要我送你回去！"傩送二老在

茶峒地方不是一个生疏的名字！

翠翠想起自己先前骂人那句话，心里又吃惊又害羞，再也不说什么，默默地随了那火把走去。

翻过了小山岨，望得见对溪家中火光时，那一方面也看见了翠翠方面的火把，老船夫即刻把船拉过来，一面拉船一面哑声儿喊问："翠翠，翠翠，是不是你？"翠翠不理会祖父，口中却轻轻地说："不是翠翠，不是翠翠，翠翠早被大河里鲤鱼吃去了。"翠翠上了船，二老派来的人，打着火把走了，祖父牵着船问："翠翠，你怎么不答应我，生我的气了吗？"

翠翠站在船头还是不作声。翠翠对祖父那一点儿埋怨，等到把船拉过了溪，一到了家中，看明白了醉倒的另一个老人后，就完事了。但另一件事，属于自己不关祖父的，却使翠翠沉默了一个夜晚。

五

两年日子过去了。

这两年来两个中秋节，恰好都无月亮可看，凡在这边城地方，因看月而起整夜男女唱歌的故事，皆不能如期举行，故两个中秋留给翠翠的印象，极其平淡无奇。两个新年却照例可以看到军营里与各乡来的狮子龙灯，在小教场迎春，锣鼓喧阗很热闹。到了十五夜晚，城中舞龙耍狮子的镇箪兵士，还各自赤裸着肩膊，往各处去欢迎炮仗烟火。城中军营里，税关局长公馆，河街上一些大字号，莫不预先截老毛竹筒，或镂空棕榈树根株，用洞硝拌和磺炭钢砂，一千捶八百捶把烟火做好。好勇取乐的军士，光赤着个上身，玩着灯打着鼓来了，小鞭炮如落雨的样子，从悬到长竿尖端的空中落到玩灯的肩背上，锣鼓催动急促的拍子，大家皆为这事情十分兴奋。鞭炮放过一阵后，用长凳绑着的大筒灯火，在敞坪一端燃起了引线，先是嗞嗞的流泻白光，慢慢地这白光便吼啸起来，做出如雷如虎惊人的声音，白光向上空冲去，高至二十丈，下落时便洒散着满天花雨。玩灯的兵士，在火花中绕着圈子，俨然毫不在意的样子。翠翠同他的祖父，也看过这样的热闹，留下一个热闹的印象，但这印象不知为什么原因，总不如那个端午所经过的事情甜而美。

翠翠为了不能忘记那件事，上年一个端午又同祖父到城边河街去看了半天船，一切玩得正好时，忽然落了行雨，无人衣衫不被雨湿透。为了避雨，祖孙二人同那只黄狗，走到顺顺吊脚楼上去，挤在一个角隅里。有人扛凳子从身边过去，翠翠认得那人是去年打了火把送她回家的人，就告给祖父：

“爷爷，那个人去年送我回家，他拿了火把走路时，真像个喽啰！”

祖父当时不作声，等到那人回头又走过面前时，就一把抓住那个人，笑嘻嘻说：

“嗨嗨，你这个人！要你到我家喝一杯也不成，还怕酒里有毒，把你这个真命天子毒死！”

那人一看是守渡船的，且看到了翠翠，就笑了。“翠翠，你大长了！二老说你在河边大鱼会吃你，我们这里河中的鱼，现在可吞不下你了。”

翠翠一句话不说，只是抿起嘴唇笑着。

这一次虽在这喽啰长年口中听到个“二老”名字，却不曾见及这个人。从祖父与那长年谈话里，翠翠听明白了二老是在下游六百里外青浪滩过端午的。但这次不见二老却认识了“大老”，且见着了那个一地出名的顺顺。大老把河中的鸭子捉回家里后，因为守渡船的老家伙称赞了那只肥鸭两次，顺顺就要大老把鸭子给翠翠。且知道祖孙二人所过的日子十分拮据，节日里自己不能包粽子，又送了许多尖角粽子。

那水上名人同祖父谈话时，翠翠虽装作眺望河中景致，耳朵却把每一句话听得清清楚楚。那人向祖父说翠翠长得很美，问过翠翠年纪，又问有不有人家。祖父则很快乐地夸奖了翠翠不少，且似乎不许别人来关心翠翠的婚事，故一到这件事便闭口不谈。

回家时，祖父抱了那只白鸭子同别的东西，翠翠打火把引路。两人沿城墙走去，一面是城，一面是水。祖父说：“顺顺真是个好人，大方得很。大老也很好。这一家人都好！”翠翠说：“一家人都好，你认识他们一家人吗？”祖父不明白这句话的意思所在，因为今天太高兴一点，便笑着说：“翠翠，假若大老要你做媳妇，请人来做媒，你答应不答应？”翠翠就说：“爷爷，你疯了！再说我就生你的气！”

祖父话虽不说了，心中却很显然的还转着这些可笑的不好的念头。翠翠着了恼，把火炬向路两旁乱晃着，向前怏怏地走去了。

“翠翠，莫闹，我摔到河里去，鸭子会走脱的！”

“谁也不希罕那只鸭子！”

祖父明白翠翠为什么事不高兴，祖父便唱起摇橹人驶船下滩时催橹的歌，声音虽然哑沙沙的，字眼儿却稳稳当当毫不含糊。翠翠一面听着一面向前走去，忽然停住了发问：

“爷爷，你的船是不是正在下青浪滩呢？”

祖父不说什么，还是唱着，两人皆记起顺顺家二老的船正在青浪滩过节，但谁也不明白另外一个人的记忆所止处。祖孙二人便沉默的一直走还家中。到了渡口，那代理看船的，正把船泊在岸边等候他们。几人渡过溪到了家中，剥粽子吃，到后那人要进城去，翠翠赶即为那人点上火把，让他有火把照路。人过了小溪上小山时，翠翠同祖父在船上望着，翠翠说：

“爷爷，看喽啰上山了啊！”

祖父把手攀引着横缆，注目溪面的薄雾，仿佛看到了什么东西，轻轻地吁了一口气。祖父静静地拉船过对岸家边时，要翠翠先上岸去，自己却守在船边，因为过节，明白一定有乡下人上城里看龙船，还得乘黑赶回家去。

白日里，老船夫正在渡船上同个卖皮纸的过渡人有所争持。一个不能接受所给的钱，一个却非把钱送给老人不可。正似乎因为那个过渡人送钱气派，使老船夫受了点压迫，这撑渡船人就俨然生气似的，迫着那人把钱收回，使这人不得不把钱捏在手里。但船拢岸时，那人跳上了码头，一手铜钱向船舱里一撒，却笑眯眯地匆匆忙忙走了。老船夫手还得拉着船让别人上岸，无法去追赶那个人，就喊小山头的孙女：

“翠翠，翠翠，帮我拉着那个卖皮纸的小伙子，不许他走！”

翠翠不知道是怎么回事，当真便同黄狗去拦那第一个下山人。那人笑着说：

“不要拦我！……”

正说着，第二个商人赶来了，就告给翠翠是什么事情。翠翠明白了，更拉着卖纸人衣服不放，只说：“不许走！不许走！”黄狗为了表示同主人的意见一致，也便在翠翠身边汪汪汪地吠着。其余商人皆笑着，一时不能走路。祖父气吁吁地赶来了，把钱强迫塞到那人手心里，且搭了一大束草烟到那商人担子上去，搓着两手笑着说：“走呀！你们上路走！”那些人于是全笑着走了。

翠翠说：“爷爷，我还以为那人偷你东西同你打架！”

祖父就说：“他送我好些钱。我才不要这些钱！告他不要钱，他还同我吵，不讲道理！”

翠翠说：“全还给他了吗？”

祖父抿着嘴把头摇摇，装成狡猾得意神气笑着，把扎在腰带上留下的那枚单铜子取出，送给翠翠。且说：“他得了我们那把烟叶，可以吃到镇筸城！”

远处鼓声又砰砰地响起来了，黄狗张着两个耳朵听着。翠翠问祖父，听不听到什么声音。祖父一注意，知道是什么声音了，便说：

“翠翠，端午又来了。你记不记得去年天保大老送你那只肥鸭子。早上大老同一群人上川东去，过渡时还问你。你一定忘记那次落的行雨。我们这次若去，又得打火把回家；你记不记得我们两人用火把照路回家？”

翠翠还正想起两年前的端午一切事情哪。但祖父一问，翠翠却微带点儿恼着的神气，把头摇摇，故意说：“我记不得，我记不得。”其实她那意思就是“我怎么记不得？！”

祖父明白那话里意思，又说：“前年还更有趣，你一个人在河边等我，差点儿不知道回来，我还以为大鱼会吃掉你！”

提起旧事翠翠嗤地笑了。

“爷爷，你还以为大鱼会吃掉我？是别人家说我，我告给你的！你那天只是恨不得让城中的那个爷爷把装酒的葫芦吃掉！你这种记性！”

“我人老了，记性也坏透了。翠翠，现在你人长大了，一个人一定敢上城看船，不怕鱼吃掉你了。”

“人大了就应当守船哩。”

“人老了才当守船。”

“人老了应当歇憩！”

“你爷爷还可以打老虎，人不老！”祖父说着，于是，把膀子弯曲起来，努力使筋肉在局束中显得又有力又年轻，且说：“翠翠，你不信，你咬。”

翠翠睨着腰背微驼白发满头的祖父，不说什么话。远处有吹唢呐的声音，她知道那是什么事情，且知道唢呐方向，要祖父同她下了船，把船拉过家中那边岸旁去。为了想早早地看到那迎婚送亲的喜轿，翠翠还爬到屋后塔下去眺望。过不久，那一伙人来了，两个吹唢呐的，四个强壮乡下汉子，一顶空花轿，一个穿新衣的团总儿子模样的青年，另外还有两只羊，一个牵羊的孩子，一坛酒，一盒糍粑，一个担礼物的人。一伙人上了渡船后，翠翠同祖父也上了渡船，祖父拉船，翠翠却傍花轿站定，去欣赏每一个人的脸色与花轿上的流苏。拢岸后，团总儿子模样的人，从扣花抱肚里掏出了一个小红纸包封，递给老船夫。这是规矩，祖父再不能说不接收了。但得了钱祖父却说话了，问那个人，新娘是什么地方人，明白了，又问姓什么，明白了，又问多大年纪，一起皆弄明白了。吹唢呐的一上岸后又把唢呐呜呜喇喇吹起来，一行人便翻山走了。祖父同翠翠留在船上，感情仿佛皆追着那唢呐声音走去，走了很远的路方回到自己身边来。

祖父掂着那红纸包封的分量说："翠翠，宋家堡子里新嫁娘只十五岁。"

翠翠明白祖父这句话的意思所在，不作理会，静静地把船拉动起来。

到了家边，翠翠跑回家去取小小竹子做的双管唢呐，请祖父坐在船头吹"娘送女"曲子给她听，她却同黄狗躺到门前大岩石上荫处看天上的云。白日渐长，不知什么时节，祖父睡着了，翠翠同黄狗也睡着了。

七

到了端午。祖父同翠翠在三天前业已预先约好，祖父守船，翠翠同黄狗过顺顺吊脚楼去看热闹。翠翠先不答应，后来答应了。但过了一天，翠翠又翻悔回来，以为要看两人去看，要守船两人守船。祖父明白那个意思，是翠翠玩心与爱心相战争的结果。为了祖父的牵绊，应当玩的也无法去玩，这不成！祖父含笑说："翠翠，你这是为什么？说定了的又翻悔，同茶峒人平素品德不相称。我们应当说一是一，不许三心二意。我记性并不坏到这样子，把你答应了我的即刻忘掉！"祖父虽那么说，很显然的事，祖父对于翠翠的打算是同意的。但人太乖了，祖父有点愀然不乐了。见祖父不再说话，翠翠就说："我走了，谁陪你？"

祖父说："你走了，船陪我。"

翠翠把眉毛皱拢去苦笑着，"船陪你，嗨，嗨，船陪你。爷爷，你真是……"

祖父心想："你总有一天会要走的。"但不敢提这件事。祖父一时无话可说，于是走过屋后塔下小圃里去看葱，翠翠跟过去。

"爷爷，我决定不去，要去让船去，我替船陪你！"

"好，翠翠，你不去我去，我还得戴了朵红花，装刘姥姥进城去见世面！"

两人都为这句话笑了许久。

祖父理葱，翠翠却摘了一根大葱呜呜吹着。有人在东岸喊过渡，翠翠不让祖父占先，便忙着跑下去，跳上了渡船，援着横溪缆子拉船过溪去接人。一面拉船一面喊祖父：

"爷爷，你唱，你唱！"

祖父不唱，却只站在高岩上望翠翠，把手摇着，一句话不说。

祖父有点心事。心事重重的，翠翠长大了。

翠翠一天比一天大了，无意中提到什么时会红脸了。时间在成长她，似乎正催促她，使她在另外一件事情上负点儿责。她欢喜看扑粉满脸的新嫁娘，欢喜说到关于新嫁娘的故事，欢喜把野花戴到头上去，还欢喜听人唱歌。茶峒人的歌声，缠绵处她已领略得出。她有时仿佛孤独了一点，爱坐在岩石上去，向天空一片云一颗星凝眸。祖父若问："翠翠，想什么？"她便带着点儿害羞情绪，轻轻地说："在看水鸭子打架！"照当地习惯意思就是"翠翠不想什么"。但在心里却同时又自问："翠翠，你真在想什么？"同是自己也在心里答着："我想得很远，很多。可是我不知想些什么。"她的确在想，又的确连自己也不知在想些什么。这女孩子身体既发育得很完全，在本身上因年龄自然而来的一件"奇事"，到月就来，也使她多了些思索，多了些梦。

祖父明白这类事情对于一个女子的影响，祖父心情也变了些。祖父是一个在自然里活了七十年的人，但在人事上的自然现象，就有了些不能安排处。因为翠翠的长成，使祖父记起了些旧事，从掩埋在一大堆时间里的故事中，重新找回了些东西。

翠翠的母亲，某一时节原同翠翠一个样子。眉毛长，眼睛大，皮肤红红的。也乖得使人怜爱——也懂在一些小处，起眼动眉毛，使家中长辈快乐。也仿佛永远不会同家中这一个分开。但一点不幸来了，她认识了那个兵。到末了丢开老的和小的，却陪那个兵死了。这些事从老船夫说来谁也无罪过，只应“天”去负责。翠翠的祖父口中不怨天，心却不能完全同意这种不幸的安排。摊派到本身的一份，说来实在不公平！说是放下了，也正是不能放下的莫可奈何容忍到的一件事！

那时还有个翠翠。如今假若翠翠又同妈妈一样，老船夫的年龄，还能把小雏儿再抚育下去吗？人愿意神却不同意！人太老了，应当休息了，凡是一个良善的乡下人，所应得到的劳苦与不幸，全得到了。假若另外高处有一个上帝，这上帝且有一双手支配一切，很明显的事，十分公道的办法，是应把祖父先收回去，再来让那个年轻的在新的生活上得到应分接受那幸或不幸，才合道理。

可是祖父并不那么想。他为翠翠担心。他有时便躺到门外岩石上，对着星子想他的心事。他以为死是应当快到了的，正因为翠翠人已长大了，证明自己也真正老了。无论如何，得让翠翠有个着落。翠翠既是她那可怜母亲交把他的，翠翠大了，他也得把翠翠交给一个人，他的事才算完结！交给谁？必需什么样的人方不委屈她？

前几天顺顺家天保大老过溪时，同祖父谈话，这心直口快的青年人，第一句话就说：

“老伯伯，你翠翠长得真标致，像个观音样子。再过两年，若我有闲空能留在茶峒照料事情，不必像老鸦到处飞，我一定每夜到这溪边来为翠翠唱歌。”

祖父用微笑奖励这种自白。一面把船拉动，一面把那双小眼睛瞅着大老。

于是大老又说：

“翠翠太娇了，我担心她只宜于听点茶峒人的歌声，不能做茶峒女子做媳妇的一切正经事。我要个能听我唱歌的情人，却更不能缺少个照料家务的媳妇。‘又要马儿不吃草，又要马儿走得好，’唉，这两句话恰是古人为我说的！”

祖父慢条斯理把船掉了头，让船尾傍岸，就说：

“大老，也有这种事儿！你瞧着吧。”究竟是什么事，祖父可并不明白说下去。

那青年走去后，祖父温习着那些出于一个男子口中的真话，实在又愁又喜。翠翠若应当交把一个人，这个人是不是适宜于照料翠翠？当真交把了他，翠翠是不是愿意？

八

初五大清早落了点毛毛雨，上游且涨了点“龙船水”，河水全变作豆绿色。祖父上城买办过节的东西，戴了个粽粑叶“斗篷”，携带了一个篮子，一个装酒的大葫芦，肩头上挂了个褡裢，其中放了一吊六百钱，就走了。因为是节日，这一天从小村小寨带了铜钱担了货物上城去办货调货的极多，这些人起身也极早，故祖父走后，黄狗就伴同翠翠守船。翠翠头上戴了一个崭新的斗篷，把过渡人一趟一趟地送来送去。黄狗坐在船头，每当船拢岸时必先跳上岸边去衔绳头，引起每个过渡人的兴味。有些过渡乡下人也携了狗上城，照例如俗话说的，“狗离不得屋”，一离了自己的家，即或傍着主人，也变得非常老实了。到过渡时，翠翠的狗必走过去嗅嗅，从翠翠方面讨取了一个眼色，似乎明白翠翠的意思，就不敢有什么举动。直到上岸后，把拉绳子的事情做完，眼见到那只陌生的狗上小山去了，也必跟着追去。或者向狗主人轻轻吠着，或者逐着那陌生的狗，必得翠翠带点儿嗔恼地嚷着："狗，狗，你狂什么？还有事情做，你就跑呀！"于是这黄狗赶快跑回船上来，且依然满船闻嗅不已。翠翠说："这算什么轻狂举动！跟谁学得的！还不好好蹲到那边去！"狗俨然极其懂事，便即刻到它自己原来地方去，只间或又像想起什么似的，轻轻地吠几声。

雨落个不止，溪面一起烟。翠翠在船上无事可做时，便算着老船夫的行程。她知道他这一去应到什么地方碰到什么人，谈些什么话，这一天城门边应当是些什么情形，河街上应当是些什么情形，"心中一本册"，她完全如同眼见到的那么明明白白。她又知道祖父的脾气，一见城中相熟粮子上人物，不管是马夫伙夫，总会把过节时应有的颂祝说出。这边说，"副爷，你过节吃饱喝饱！"那一个便也将说，"划船的，你吃饱喝饱！"这边若说着如上的话，那边人说，"有什么可以吃饱喝饱？四两肉，两碗酒，既不会饱也不会醉！"那么，祖父必很诚实邀请这熟人过碧溪岨喝个够量。倘若有人当时就想喝一口祖父葫芦中的酒，这老船夫也从不吝啬，必很快的就把葫芦递过去。酒喝过了，那兵营中人卷舌子舔着嘴唇，称赞酒好，于是又必被勒迫着喝第二口。酒在这种情形下少起来了，就又跑到原来铺上去，加满为止。翠翠且知道祖父还会到码头上去同刚拢岸一天两天的上水船水手谈谈话，问问下河的米价盐价，有时且弯着腰钻进那带有海带鱿鱼味，以及其他油味、醋味、柴烟味的船舱里去，水手们从小坛中抓出一把红枣，递给老船夫，过一阵，等到祖父回家被翠翠埋怨时，这红枣便成为祖父与翠翠和解的东西。祖父一到河街上，且一定有许多铺子上商人送他粽子与其他东西，作为对这个忠于职守的划船人一点敬意，祖父虽嚷着“我带了那么一大堆，回去会把老骨头压断”，可是不管如何，这些东西多少总得领点情。走到卖肉案桌边去，他想“买肉”人家却不愿接钱，屠户若不接钱，他却宁可到另外一家去，决不想沾那点便宜。那屠户说，“爷爷，你为人那么硬算什么？又不是要你去做犁口耕田！”但不行，他以为这是血钱，不比别的事情，你不收钱他会把钱预先算好，猛地把钱掷到大而长的钱筒里去，攫了肉就走去的。卖肉的明白他那种性情，到他称肉时总选取最好的一处，且把分量故意加多，他见及时却将说：“喂喂，大老板，我不要你那些好处！腿上的肉是城里人炒鱿鱼肉丝用的肉，莫同我开玩笑！我要夹项肉，我要浓的糯的，我是个划船人，我要拿去炖胡萝卜喝酒的！”得了肉，把钱交过手时，自己先数一次，又嘱咐屠户再数，屠户却照例不理会他，把一手钱哗的向长竹筒口丢去，他于是简直是妩媚地微笑着走了。屠户与其他买肉人，见到他这种神气，必笑个不止……

翠翠还知道祖父必到河街上顺顺家里去。

翠翠温习着两次过节两个日子所见所闻的一切，心中很快乐，好像目前有一个东西，同早间在床上闭了眼睛所看到那种捉摸不定的黄葵花一样，这东西仿佛很明朗的在眼前，却看不准，抓不住。

翠翠想：“白鸡关真出老虎吗？”她不知道为什么忽然想起白鸡关。白鸡关是酉水中部一个地名，离茶峒两百多里路！

于是又想：“三十二个人摇六匹橹，上水走风时张起个大篷，一百幅白布铺成的一片东西，先在这样大船上过洞庭湖，多可笑……”她不明白洞庭湖有多大，也就从没见过这种大船，更可笑的，还是她自己也不知道为什么却想到这个问题！

一群过渡人来了，有担子，有送公事跑差模样的人物，另外还有母女二人。母亲穿了新浆洗得硬朗的蓝布衣服，女孩子脸上涂着两饼红色，穿了不甚合身的新衣，上城到亲戚家中去拜节看龙船的。等待众人上船稳定后，翠翠一面望着那小女孩，一面把船拉过溪去。那小孩从翠翠估来年纪也将十三四岁了，神气却很娇，似乎从不曾离开过母亲。脚下穿的是一双尖头新油过的钉鞋，上面玷污了些黄泥。裤子是那种泛紫的葱绿布做的。见翠翠尽是望她，她也便看着翠翠，眼睛光光的如同两粒水晶球。有点害羞，有点不自在，同时也有点不可言说的爱娇。那母亲模样的妇人便问翠翠年纪有几岁。翠翠笑着，不高兴答应，却反问小女孩今年几岁。听那母亲说十三岁时，翠翠忍不住笑了。那母女显然是财主人家的妻女，从神气上就可看出的。翠翠注视那女孩，发现了女孩子手上还戴得有一副麻花绞的银手镯，闪着白白的亮光，心中有点儿歆羡。船傍岸后，人陆续上了岸，妇人从身上摸出一铜子，塞到翠翠手中，就走了。翠翠当时竟忘了祖父的规矩了，也不说道谢，也不把钱退还，只望着这一行人中那个女孩子身后发痴。一行人正将翻过小山时，翠翠忽又忙匆匆地追上去，在山头上把钱还给那妇人。那妇人说："这是送你的！"翠翠不说什么，只微笑把头尽摇，且不等妇人来得及说第二句话，就很快地向自己渡船边跑去了。

到了渡船上，溪那边又有人喊过渡，翠翠把船又拉回去。第二次过渡是七个人，又有两个女孩子，也同样因为看龙船特意换了干净衣服，像貌却并不如何美观，因此使翠翠更不能忘记先前那一个。

今天过渡的人特别多，其中女孩子比平时更多，翠翠既在船上拉缆子摆渡，故见到什么好看的，极古怪的，人乖的，眼睛眶子红红的，莫不在记忆中留下个印象。无人过渡时，等着祖父祖父又不来，便尽只反复温习这些女孩子的神气。且轻轻地无所谓地唱着：

白鸡关出老虎咬人，不咬别人，团总的小姐派第一。……大姐戴副金簪子，二姐戴副银钏子，只有我三妹没得什么戴，耳朵上长年戴条豆芽菜。

城中有人下乡的，在河街上一个酒店前面，曾见及那个撑渡船的老头子，把葫芦嘴推让给一个年轻水手，请水手喝他新买的白烧酒，翠翠问及时，那城中人就告给她所见到的事情。翠翠笑祖父的慷慨不是时候，不是地方。过渡人走了，翠翠就在船上又轻轻地哼着巫师十二月里为人还愿迎神的歌玩：

你大仙，你大神，睁眼看看我们这里人！
他们既诚实，又年轻，又身无疾病。
他们大人会喝酒，会做事，会睡觉；
他们孩子能长大，能耐饥，能耐冷；
他们牯牛肯耕田，山羊肯生仔，鸡鸭肯孵卵；
他们女人会养儿子，会唱歌，会找她心中欢喜的情人！

你大神，你大仙，排驾前来站两边。
关夫子身跨赤兔马，
尉迟公手拿大铁鞭！
你大仙，你大神，云端下降慢慢行！
张果老驴得坐稳，
铁拐李脚下要小心！

福禄绵绵是神恩，
和风和雨神好心，
好酒好饭当前阵，
肥猪肥羊火上烹！

洪秀全，李鸿章，
你们在生是霸王，
杀人放火尽节全忠各有道，
今来坐席又何妨！

慢慢吃，慢慢喝，
月白风清好过河。
醉时携手同归去，
我当为你再唱歌！

那首歌声音既极柔和，快乐中又微带忧郁。唱完了这歌，翠翠觉得心上有一丝儿凄凉。她想起秋末酬神还愿时田坪中的火燎同鼓角。

远处鼓声已起来了，她知道绘有朱红长线的龙船这时节已下河了，细雨还依然落个不止，溪面一片烟。

九

祖父回家时，大约已将近平常吃早饭时节了，肩上手上全是东西，一上小山头便喊翠翠，要翠翠拉船过小溪来迎接他。翠翠眼看到多少人皆进了城，正在船上急得莫可奈何，听到祖父的声音，精神旺了，锐声答着："爷爷，爷爷，我来了！"老船夫从码头边上了渡船后，把肩上手上的东西搁到船头上，一面帮着翠翠拉船，一面向翠翠笑着，如同一个小孩子，神气充满了谦虚与羞怯。"翠翠，你急坏了，是不是？"翠翠本应埋怨祖父的，但她却回答说："爷爷，我知道你在河街上劝人喝酒，好玩得很。"翠翠还知道祖父极高兴到河街上去玩，但如此说来，将更使祖父害羞乱嚷了，因此话到口边却不提出。

翠翠把搁在船头的东西一一估记在眼里，不见了酒葫芦。

翠翠嗤的笑了。

“爷爷，你倒大方，请副爷同船上人吃酒，连葫芦也吃到肚里去了！”

祖父笑着忙做说明：

“哪里，哪里，我那葫芦被顺顺大伯扣下了，他见我在河街上请人喝酒，就说：‘喂，喂，摆渡的张横，这不成的。你不开槽坊，如何这样子！把你那个放下来，请我全喝了吧。’他当真那么说，‘请我全喝了吧。’我把葫芦放下了。但我猜想他是同我闹着玩的。他家里还少烧酒吗？翠翠，你说，……”

“爷爷，你以为人家真想喝你的酒，便是同你开玩笑吗？”

“那是怎么的？”

“你放心，人家一定因为你请客不是地方，所以扣下你的葫芦，不让你请人把酒喝完。等等就会为你送来的，你还不明白，真是！——”

“唉，当真会是这样的！”

说着船已拢了岸，翠翠抢先帮祖父搬东西，但结果却只拿了那尾鱼，那个花褡裢；褡裢中钱已用光了，却有一包白糖，一包小芝麻饼子。两人刚把新买的东西搬运到家中，对溪就有人喊过渡，祖父要翠翠看着肉菜免得被野猫拖去，争着下溪去做事，一会儿，便同那个过渡人嚷着到家中来了。原来这人便是送酒葫芦的。只听到祖父说：“翠翠，你猜对了。人家当真把酒葫芦送来了！”

翠翠来不及向灶边走去，祖父同一个年纪轻轻的脸黑肩膊宽的人物，便进到屋里了。

翠翠同客人皆笑着，让祖父把话说下去。客人又望着翠翠笑，翠翠仿佛明白为什么被人望着，有点不好意思起来，走到灶边烧火去了。溪边又有人喊过渡，翠翠赶忙跑出门外船上去，把人渡过了溪。恰好又有人过溪。天虽落小雨，过渡人却分外多，一连三次。翠翠在船上一面做事一面想起祖父的趣处。不知怎么的，从城里被人打发来送酒葫芦的，她觉得好像是个熟人。可是眼睛里像是熟人，却不明白在什么地方见过面。但也正像是不肯把这人想到某方面去，方猜不着这来人的身份。

祖父在岩坎上边喊："翠翠，翠翠，你上来歇歇，陪陪客！"本来无人过渡便想上岸去烧火，但经祖父一喊，反而不上岸了。

来客问祖父"进不进城看船"，老渡船夫就说"应当看守渡船"。两人又谈了些别的话。到后来客方言归正传：

"伯伯，你翠翠像个大人了，长得很好看！"

撑渡船的笑了。"口气同哥哥一样，倒爽快呢。"这样想着，却那么说："二老，这地方配受人称赞的只有你，人家都说你好看！'八面山的豹子，地地溪的锦鸡，'全是特为颂扬你这个人好处的警句！"

"但是，这很不公平。"

"很公平的！我听船上人说，你上次押船，船到三门下面白鸡关滩出了事，从急浪中你援救过三个人。你们在滩上过夜，被村子里女人见着了，人家在你棚子边唱歌一整夜，是不是真有其事？"

“不是女人唱歌一夜，是狼嗥。那地方著名多狼，只想得机会吃我们！我们烧了一大堆火，吓住了它们，才不被吃掉！”

老船夫笑了，“那更妙！人家说的话还是很对的。狼是只吃姑娘，吃小孩，吃十八岁标致青年，像我这种老骨头，它不要吃的！”

那二老说：“伯伯，你到这里见过两万个日头，别人家全说我们这个地方风水好，出大人，不知为什么原因，如今还不出大人？”

“你是不是说风水好应出有大名头的人？我以为这种人不生在我们这个小地方，也不碍事。我们有聪明，正直，勇敢，耐劳的年轻人，就够了。像你们父子兄弟，为本地增光彩已经很多很多！”

“伯伯，你说得好，我也是那么想。地方不出坏人出好人，如伯伯那么样子，人虽老了，还硬朗得同棵楠木树一样，稳稳当当地活到这块地面，又正经，又大方，难得的咧。”

“我是老骨头了，还说什么。日头，雨水，走长路，挑分量沉重的担子，大吃大喝，挨饿受寒，自己分上的都拿过了，不久就会躺到这冰凉土地上喂蛆吃的。这世界有的是你们小伙子分上的一切，好好地干，日头不辜负你们，你们也莫辜负日头！”

“伯伯，看你那么勤快，我们年轻人不敢辜负日头！”

说了一阵，二老想走了，老船夫便站到门口去喊叫翠翠，要她到屋里来烧水煮饭，调换他自己看船。翠翠不肯上岸，客人却已下船了，翠翠把船拉动时，祖父故意装作埋怨神气说：

“翠翠，你不上来，难道要我在家里做媳妇煮饭吗？”

翠翠斜睨了客人一眼，见客人正盯着她，便把脸背过去，抿着嘴儿，很自负地拉着那条横缆，船慢慢拉过对岸了。客人站在船头同翠翠说话：

“翠翠，吃了饭，同你爷爷去看划船吧？”

翠翠不好意思不说话，便说：“爷爷说不去，去了无人守这个船！”

“你呢？”

“爷爷不去我也不去。”

“你也守船吗？”

“我陪我爷爷。”

“我要一个人来替你们守渡船，好不好？”

砰的一下船头已撞到岸边土坎上了，船拢岸了。二老向岸上一跃，站在斜坡上说：

“翠翠，难为你！……我回去就要人来替你们，你们快吃饭，一同到我家里去看船，今天人多咧，热闹咧！”

翠翠不明白这陌生人的好意，不懂得为什么一定要到他家中去看船，抿着小嘴笑笑，就把船拉回去了。到了家中一边溪岸后，只见那个人还正在对溪小山上，好像等待什么，不即走开。翠翠回转家中，到灶口边去烧火，一面把带点湿气的草塞进灶里去，一面向正在把客人带回的那一葫芦酒试着的祖父询问：

“爷爷，那人说回去就要人来替你，要我们两人去看船，你去不去？”

“你高兴去吗？”

“两人同去我高兴。那个人很好，我像认得他，他是谁？”

祖父心想：“这倒对了，人家也觉得你好！”祖父笑着说：

“翠翠，你不记得你前年在大河边时，有个人说要让大鱼咬你吗？”

翠翠明白了，却仍然装不明白问：“他是谁？”

“你想想看，猜猜看。”

“一本《百家姓》好多人，我猜不着他是张三李四。”

“顺顺船总家的二老，他认识你你不认识他啊！”他抿了一口酒，像赞美酒又像赞美人，低低地说：“好的，妙的，这是难得的。”

过渡的人在门外坎下叫唤着，老祖父口中还是“好的，妙的……”匆匆下船做事去了。

十

吃饭时隔溪有人喊过渡，翠翠抢着下船，到了那边，方知道原来过渡的人，便是船总顺顺家派来做替手的水手，一见翠翠就说道：“二老要你们一吃了饭就去，他已下河了。”见了祖父又说：“二老要你们吃了饭就去，他已下河了。”

张耳听听，便可听出远处鼓声已较密，从鼓声里使人想到那些极狭的船，在长潭中笔直前进时，水面上画着如何美丽的长长的线路！

新来的人茶也不吃，便在船头站妥了，翠翠同祖父吃饭时，邀他喝一杯，只是摇头推辞。祖父说：

“翠翠，我不去，你同小狗去好不好？”

“要不去，我也不想去！”

“我去呢？”

“我本来也不想去，但我愿意陪你去。”

祖父微笑着，“翠翠，翠翠，你陪我去，好的，你陪我去！”

祖父同翠翠到城里大河边时河边早站满了人。细雨已经停止，地面还是湿湿的。祖父要翠翠过河街船总家吊脚楼上去看船，翠翠却以为站在河边较好。两人在河边站定不多久，顺顺便派人把他们请去了。吊脚楼上已有了很多的人。早上过渡时，为翠翠所注意的乡绅妻女，受顺顺家的款待，占据了最好窗口，一见到翠翠，那女孩子就说：“你来，你来！”翠翠带着点儿羞怯走去，坐在他们身后条凳上，祖父便走开了。

祖父并不看龙船竞渡，却为一个熟人拉到河上游半里路远近，到一个新碾坊看水碾子去了。老船夫对于水碾子原来就极有兴味的。倚山滨水来一座小小茅屋，屋中有那么一个圆石片子，固定在一个横轴上，斜斜地搁在石槽里。当水闸门抽去时，流水冲击地下的暗轮，上面的石片便飞转起来。做主人的管理这个东西，把毛谷倒进石槽中去，把碾好的米弄出放在屋角隅筛子里，再筛去糠灰。地上全是糠灰，主人头上包着块白布帕子，头上肩上也全是糠灰。天气好时就在碾坊前后隙地里种些萝卜、青菜、大蒜、四季葱。水沟坏了，就把裤子脱去，到河里去堆砌石头修理泄水处。水碾坝若修筑得好，还可装个小小鱼梁，涨小水时就自会有鱼上梁来，不劳而获！在河边管理一座碾坊比管理一只渡船多变化有趣味，情形一看也就明白了。但一个撑渡船的若想有座碾坊，那简直是不可能的妄想。凡碾坊照例是属于当地小财主的产业。那熟人把老船夫带到碾坊边时，就告给他这碾坊业主为谁。两人一面各处视察一面说话。

那熟人用脚踢着新碾盘说：

“中寨人自己坐在高山砦子上，却欢喜来到这大河边置产业；这是中寨王团总的，大钱七百吊！”

老船夫转着那双小眼睛，很羡慕地去欣赏一切，估计一切，把头点着，且对于碾坊中物件一一加以很得体的批评。后来两人就坐到那还未完工的白木条凳上去，熟人又说到这碾坊的将来，似乎是团总女儿陪嫁的妆奁。那人于是想起了翠翠，且记起大老托过他的事情来了，便问道：

“伯伯，你翠翠今年十几岁？”

“满十四进十五岁。”老船夫说过这句话后，便接着在心中计算过去的年月。

“十四岁多能干！将来谁得她真有福气！”

“有什么福气？又无碾坊陪嫁，一个光人。”

“别说一个光人，一个有用的人，两只手抵得五座碾坊！洛阳桥也是鲁班两只手造的！……”这样那样地说着，说到后来，那人笑了。

老船夫也笑了，心想：“翠翠有两只手将来也去造洛阳桥吧，新鲜事！”

那人过了一会又说：

“茶峒人年轻男子眼睛光，选媳妇也极在行。伯伯，你若不多我的心时，我就说个笑话给你听。”

老船夫问：“是什么笑话。”

那人说：“伯伯你若不多心时，这笑话也可以当真话去听咧。”

接着说下去的就是顺顺家大老如何在人家面前赞美翠翠，且如何托他来探听老船夫口气那么一件事。末了同老船夫来转述另一回会话的情形。“我问他：‘大老，大老，你是说真话还是说笑话？’他就说：‘你为我去探听探听那老的，我欢喜翠翠，想要翠翠，是真话！’我说：‘我这口钝得很，说出了口老的一巴掌打来呢？’他说：‘你怕打，你先当笑话去说，不会挨打的！’所以，伯伯，我就把这件真事情当笑话来同你说了。你试想想，他初九从川东回来见我时，我应当如何回答他？”

老船夫记前一次大老亲口所说的话，知道大老的意思很真，且知道顺顺也欢喜翠翠，心里很高兴。但这件事照规矩得这个人带封点心亲自到碧溪岨家中去说，方见得慎重起事，老船夫就说：“等他来时你说：老家伙听过了笑话后，自己也说了个笑话，他说，‘车是车路，马是马路，各有走法。大老走的是车路，应当由大老爹爹做主，请了媒人来正正经经同我说。走的是马路，应当自己做主，站在渡口对溪高崖上，为翠翠唱三年六个月的歌。’”

“伯伯，若唱三年六个月的歌动得了翠翠的心，我赶明天就自己来唱歌了。”

“你以为翠翠肯了我还会不肯吗？”

“不咧，人家以为这件事你老人家肯了，翠翠便无有不肯呢。”

“不能那么说，这是她的事呵！”

“便是她的事，可是必需老的做主，人家也仍然以为在日头月光下唱三年六个月的歌，还不如得伯伯说一句话好！”

“那么，我说，我们就这样办，等他从川东回来时要他同顺顺去说明白。我呢，我也先问问翠翠；若以为听了三年六个月的歌再跟那唱歌人走去有意思些，我就请你劝大老走他那弯弯曲曲的马路。”

“那好的。见了他我就说：‘大老，笑话吗，我已说过了。真话呢，看你自己的命运去了。’当真看他的命运去了，不过我明白他的命运，还是在你老人家手上捏着的。”

“不是那么说！我若捏得定这件事，我马上就答应了。”

这里两人把话说妥后，就过另一处看一只顺顺新近买来的三舱船去了。河街上顺顺吊脚楼方面，却有了如下事情。

翠翠虽被那乡绅女孩喊到身边去坐，地位非常之好，从窗口望出去，河中一切朗然在望，然而心中可不安宁。挤在其他几个窗口看热闹的人，似乎皆常常把眼光从河中景物挪到这边几个人身上来。还有些人故意装成有别的事情样子，从楼这边走过那一边，事实上却全为的是好仔细看看翠翠这方面几个人。翠翠心中老不自在，只想借故跑去。一会儿河下的炮声响了，几只从对河取齐的船只，直向这方面划来。先是四条船皆相去不远，如四支箭在水面射着，到了一半，已有两只船占先了些，再过一会子，那两只船中间便又有一只超过了并进的船只而前。看看船到了税局门前时，第二次炮声又响，那船便胜利了。这时节胜利的已判明属于河街人所划的一只，各处便皆响着庆祝的小鞭炮。那船于是沿了河街吊脚楼划去，鼓声砰砰作响，河边与吊脚楼各处，都同时呐喊表示快乐的祝贺。翠翠眼见在船头站定摇动小旗指挥进退头上包着红布的那个年轻人，便是送酒葫芦到碧溪岨的二老，心中便印着三年前的旧事，“大鱼吃掉你！”“吃掉不吃掉，不用你管！”“狗，狗，你也看人叫！”想起狗，翠翠才注意到自己身边那只黄狗，已不知跑到什么地方去，便离了座位，在楼上各处找寻她的黄狗，把船头人忘掉了。

她一面在人丛里找寻黄狗，一面听人家正说些什么话。

一个大脸妇人问：“是谁家的人，坐到顺顺家当中窗口前的那块好地方？”

一个妇人就说：“是砦子上王乡绅家大姑娘，今天说是来看船，其实来看人，同时也让人看！人家命好，有福分坐那好地方！”

“看谁人？被谁看？”

“嗨，你还不明白，那乡绅想同顺顺打亲家呢。”

“那姑娘配什么人？是大老，还是二老？”

“说是二老呀，等等你们看这岳云，就会上楼来看他丈母娘的！”

另一个女人便插嘴说：“事弄妥了，好得很呢！人家有一座崭新碾坊陪嫁，比十个长年还好一些。”

有人问：“二老怎么样？可乐意？”

有人就轻轻地说："二老已说过了，这不必看。第一件事我就不想做那个碾坊的主人！"

"你听岳云二老亲口说吗？"

"我听别人说的。还说二老欢喜一个撑渡船的。"

"他又不是傻小二，不要碾坊，要渡船吗？"

"那谁知道。横顺人是'牛肉炒韭菜，各人心里爱'，只看各人心里爱什么就吃什么。渡船不会不如碾坊！"

当时各人眼睛对着河里，口中说着这些闲话，却无一个人回头来注意到身后边的翠翠。

翠翠脸发火发烧走到另外一处去，又听有两个人提到这件事。且说："一切早安排好了，只需要二老一句话。"又说："只看二老今天那么一股劲儿，就可以猜想得出这劲儿是岸上一个黄花姑娘给他的！"

谁是激动二老的黄花姑娘？听到这个，翠翠心中不免有点儿乱。

翠翠人矮了些，在人背后已望不见河中情形，只听到敲鼓声渐近渐激越，岸上呐喊声自远而近，便知道二老的船恰恰经过楼下。楼上人也大喊着，杂夹叫着二老的名字，乡绅太太那方面，且有人放小百子鞭炮。忽然又用另外一种惊讶声音喊着，且同时便见许多人出门向河下走去。翠翠不知出了什么事，心中有点迷乱，正不知走回原来座位边去好，还是依然站在人背后好。只见那边正有人拿了个托盘，装了一大盘粽子同细点心，在请乡绅太太小姐用点心，不好意思再过那边去，便想也挤出大门外到河下去看看。从河街一个盐店旁边甬道下河时，正在一排吊脚楼的梁柱间，迎面碰头一群人，拥着那个头包红布的二老来了。原来二老因失足落水，已从水中爬起来了。路太窄了一些，翠翠虽闪过一旁，与迎面来的人仍然得肘子触着肘子。二老一见翠翠就说：

“翠翠，你来了，爷爷也来了吗？”

翠翠脸还发着烧不便作声，心想：“黄狗跑到什么地方去了呢？”

二老又说：

“怎不到我家楼上去看呢？我已要人替你弄了个好位子。”

翠翠心想：“碾坊陪嫁，希奇事情咧。”

二老不能逼迫翠翠回去，到后便各自走开了。翠翠到河下时，小小心中充满了一种说不分明的东西。是烦恼吧，不是！是忧愁吧，不是！是快乐吧，不，有什么事情使这个女孩子快乐呢？是生气了吧，——是的，她当真仿佛觉得自己是在生一个人的气，又像是在生自己的气。河边人太多了，码头边浅水中，船桅船篷上，以至于吊脚楼的柱子上，也莫不有人。翠翠自言自语说：“人那么多，有什么三脚猫好看？”先还以为可以在什么船上发现她的祖父，但搜寻了一阵，各处却无祖父的影子。她挤到水边去，一眼便看到了自己家中那条黄狗，同顺顺家一个长年，正在去岸数丈一只空船上看热闹。翠翠锐声叫喊了两声，黄狗张着耳叶昂头四面一望，便猛地扑下水中，向翠翠方面泅来了。到了身边时狗身上已全是水，把水抖着且跳跃不已，翠翠便说：“得了，装什么疯。你又不翻船，谁要你落水呢？”

翠翠同黄狗找祖父去，在河街上一个木行前恰好遇着了祖父。

老船夫说："翠翠，我看了个好碾坊，碾盘是新的，水车是新的，屋上稻草也是新的！水坝管着一绺水，急溜溜的，抽水闸时水车转得如陀螺。"

翠翠带着点做作问："是什么人的？"

"是什么人的？住在山上的王团总的。我听人说是那中寨人为女儿作嫁妆的东西，好不阔气，包工就是七百吊大钱，还不管风车，不管家什！"

"谁讨那个人家的女儿？"

祖父望着翠翠干笑着，"翠翠，大鱼咬你，大鱼咬你。"

翠翠因为对于这件事心中有了个数目，便仍然装着全不明白，只询问祖父，"爷爷，谁个人得到那个碾坊？"

"岳云二老！"祖父说了又自言自语地说，"有人羡慕二老得到碾坊，也有人羡慕碾坊得到二老！"

"谁羡慕呢，爷爷？"

"我羡慕。"祖父说着便又笑了。

翠翠说："爷爷，你喝醉了。"

"可是二老还称赞你长得美呢。"

翠翠说："爷爷，你醉疯了。"

祖父说："爷爷不醉不疯……去，我们到河边看他们放鸭子去。"他还想说，"二老捉的鸭子，一定又会送给我们的。"话不及说，二老来了，站在翠翠面前微笑着。翠翠也微笑着。

于是三个人回到吊脚楼上去。

十一

有人带了礼物到碧溪岨，掌水码头的顺顺，当真请了媒人为儿子向渡船的攀亲起来了。老船夫慌慌张张把这个人渡过溪口，一同到家里去。翠翠正在屋门前剥豌豆，来了客并不如何注意。但一听到客人进门说“贺喜贺喜”，心中有事，不敢再待在屋门边，就装作追赶菜园地的鸡，拿了竹响篙唰唰地摇着，一面口中轻轻喝着，向屋后白塔跑去了。

来人说了些闲话，言归正传转述到顺顺的意见时，老船夫不知如何回答，只是很惊惶地搓着两只茧结的大手，好像这不会真有其事，而且神气中只像在说：“那好，那好，”其实这老头子却不曾说过一句话。

来人把话说完后，就问做祖父的意见怎么样。老船夫笑着把头点着说：“大老想走车路，这个很好。可是我得问问翠翠，看她自己主张怎么样。”来人走后，祖父在船头叫翠翠下河边来说话。

翠翠拿了一簸箕豌豆下到溪边，上了船，娇娇地问他的祖父：“爷爷，你有什么事？”祖父笑着不说什么，只偏着个白发盈颠的头看着翠翠，看了许久。翠翠坐到船头，低下头去剥豌豆，耳中听着远处竹篁里的黄鸟叫。翠翠想：“日子长咧，爷爷话也长了。”翠翠心轻轻地跳着。

过了一会祖父说：“翠翠，翠翠，先前来的那个伯伯来做什么，你知道不知道？”

翠翠说：“我不知道。”说后脸同颈脖全红了。

祖父看看那种情景，明白翠翠的心事了，便把眼睛向远处望去，在空雾里望见了十五年前翠翠的母亲，老船夫心中异常柔和了。轻轻地自言自语说：“每一只船总要有个码头，每一只雀儿得有个巢。”他同时想起那个可怜的母亲过去的事情，心中有了一点隐痛，却勉强笑着。

翠翠呢，正从山中黄鸟杜鹃叫声里，以及山谷中伐竹人吵吵一下一下地砍伐竹子声音里，想到许多事情。老虎咬人的故事，与人对骂时四句头的山歌，造纸作坊中的方坑，铁工厂熔铁炉里泄出的铁汁……耳朵听来的，眼睛看到的，她似乎都要去温习温习。她其所以这样做，又似乎全只为了希望忘掉眼前的一桩事而起。但她实在有点误会了。

祖父说：“翠翠，船总顺顺家里请人来做媒，想讨你做媳妇，问我愿不愿。我呢，人老了，再过三年两载会过去的，我没有不愿的事情。这是你自己的事，你自己想想，自己来说。愿意，就成了；不愿意，也好。”

翠翠不知如何处理这个问题，装作从容，怯怯地望着老祖父。又不便问什么，当然也不好回答。

祖父又说：“大老是个有出息的人，为人又正直，又慷慨，你嫁了他，算是命好！”

翠翠明白了，人来做媒的大老！不曾把头抬起，心忡忡地跳着，脸烧得厉害，仍然剥她的豌豆，且随手把空豆荚抛到水中去，望着它们在流水中从从容容地流去，自己也俨然从容了许多。

见翠翠总不作声，祖父于是笑了，且说："翠翠，想几天不碍事。洛阳桥并不是一个晚上造得好的，要日子咧。前次那人来就向我说到这件事，我已经就告过他：车是车路，马是马路，各有规矩。想爸爸做主，请媒人正正经经来说是车路；要自己做主，站到对溪高崖竹林里为你唱三年六个月的歌是马路，——你若欢喜走马路，我相信人家会为你在日头下唱热情的歌，在月光下唱温柔的歌，一直唱到吐血喉咙烂！"

翠翠不作声，心中只想哭，可是也无理由可哭。祖父再说下去，便引到死去了的母亲来了。老人说了一阵，沉默了。翠翠悄悄把头撂过一些，祖父眼中业已酿了一汪眼泪。翠翠又惊又怕怯生生地说："爷爷，你怎么的？"祖父不作声，用大手掌擦着眼睛，小孩子似的咕咕笑着，跳上岸跑回家中去了。

翠翠心中乱乱的，想赶去却不敢去。

雨后放晴的天气，日头炙到人肩上背上已有了点儿力量。溪边芦苇水杨柳，菜园中菜蔬，莫不繁荣滋茂，带着一分有野性的生气。草丛里绿色蚱蜢各处飞着，翅膀搏动空气时窸窸作声。枝头新蝉声音已渐渐洪大。两山深翠逼人竹篁中，有黄鸟与竹雀杜鹃鸣叫。翠翠感觉着，望着，听着，同时也思索着：

"爷爷今年七十岁……三年六个月的歌——谁送那只白鸭子呢？……得碾子的好运气，碾子得谁更是好运气？……"

痴着，忽地站起，半簸箕豌豆便倾倒到水中去了。伸手把那簸箕从水中捞起时，隔溪有人喊过渡。

十二

翠翠第二天在白塔下菜园地里，第二次被祖父询问到自己主张时，仍然心儿忡忡地跳着，把头低下不作理会，只顾用手去掐葱。祖父笑着，心想："还是等等看，再说下去这一坪葱会全掐掉了。"同时似乎又觉得这其间有点古怪处，不好再说下去，便自己按捺住言语，用一个做作的笑话，把问题引到另外一件事情上去了。

天气渐渐地越来越热了。近六月时，天气热了些，老船夫把一个满是灰尘的黑陶缸子从屋角隅里搬出，自己还匀出闲工夫，拼了几方木板做成一个圆盖。又锯木头做成一个三脚架子，且削刮了个大竹筒，用葛藤系定，放在缸边作为舀茶的家具。自从这茶缸移到屋门溪边后，每早上翠翠就烧一大锅开水，倒进那缸子里去。有时缸里加些茶叶，有时却只放下一些用火烧焦的锅巴，乘那东西还燃着时便抛进缸里去。老船夫且照例准备了些发痧肚痛治疱疮疡子的草根木皮，把这些药搁在家中当眼处，一见过渡人神气不对，就忙匆匆地把药取来，善意地勒迫这过路人使用他的药方，且告人这许多救急丹方的来源（这些丹方自然全是他从城中军医同巫师学来的）。他终日裸着两只膀子，在方头船上站定，头上还常常是光光的，一头短短白发，在日光下如银子。翠翠依然是个快乐人，屋前屋后跑着唱着，不走动时就坐在门前高崖树荫下吹小竹管儿玩。爷爷仿佛把大老提婚的事早已忘掉，翠翠自然也早忘掉这件事情了。

可是那做媒的不久又来探口气了，依然是同从前一样，祖父把事情成否全推到翠翠身上去，打发了媒人上路。回头又同翠翠谈了一次，也依然不得结果。

老船夫猜不透这事情在这什么方面有个疙瘩，解除不去，夜里躺在床上便常常陷入一种沉思里去，隐隐约约体会到一件事情——翠翠爱二老不爱大老，想到了这里时，他笑了，为了害怕而勉强笑了。其实他有点忧愁，因为他忽然觉得翠翠一切全像那个母亲，而且隐隐约约便感觉到这母女二人共同的命运。一堆过去的事情蜂拥而来，不能再睡下去了，一个人便跑出门外，到那临溪高崖上去，望天上的星辰，听河边纺织娘以及一切虫类如雨的声音，许久许久还不睡觉。

这件事翠翠是毫不注意的，这小女孩子日里尽管玩着，工作着，也同时为一些很神秘的东西驰骋她那颗小小的心，但一到夜里，却甜甜地睡眠了。

不过一切皆得在一份时间中变化。这一家安静平凡的生活，也因了一堆接连而来的日子，在人事上把那安静空气完全打破了。

船总顺顺家中一方面，则天保大老的事已被二老知道了，傩送二老同时也让他哥哥知道了弟弟的心事。这一对难兄难弟原来同时爱上了那个撑渡船的外孙女。这事情在本地人说来并不希奇，边地俗话说：“火是各处可烧的，水是各处可流的，日月是各处可照的，爱情是各处可到的。”有钱船总儿子，爱上一个弄渡船的穷人家女儿，不能成为希罕的新闻，有一点困难处，只是这两兄弟到了谁应娶得这个女人做媳妇时，是不是也还得照茶峒人规矩，来一次流血的挣扎？

兄弟两人在这方面是不至于动刀的，但也不做兴有“情人奉让”如大都市懦怯男子爱与仇对面时做出的可笑行为。

那哥哥同弟弟在河上游一个造船的地方，看他家中那一只新船，在新船旁把一切心事全告给了弟弟，且附带说明，这点爱还是两年前植下根基的。弟弟微笑着，把话听下去。两人从造船处沿了河岸又走到王乡绅新碾坊去，那大哥就说：

“二老，你倒好，做了团总女婿，有座碾坊；我呢，若把事情弄好了，我应当接那个老的手来划渡船了。我欢喜这个事情，我还想把碧溪岨两个山头买过来，在界线上种大南竹，围着这一条小溪作为我的砦子！”

那二老仍然地听着，把手中拿的一把弯月形镰刀随意斫削路旁的草木，到了碾坊时，却站住了向他哥哥说：

“大老，你信不信这女子心上早已有了个人？”

“我不信。”

“大老，你信不信这碾坊将来归我？”

“我不信。”

两人于是进了碾坊。

二老说：“你不必——大老，我再问你，假若我不想得这座碾坊，却打量要那只渡船，而且这念头也是两年前的事，你信不信呢？”

那大哥听来真着了一惊，望了一下坐在碾盘横轴上的傩送二老，知道二老不是开玩笑，于是站近了一点，伸手在二老肩上拍打了一下，且想把二老拉下来。他明白了这件事，他笑了。他说，“我相信的，你说的是真话！”

二老把眼睛望着他的哥哥，很诚实地说：

“大老，相信我，这是真事。我早就那么打算到了。家中不答应，那边若答应了，我当真预备去弄渡船的！——你告我，你呢？”

“爸爸已听了我的话，为我要城里的杨马兵做保山，向划渡船说亲去了！”大老说到这个求亲手续时，好像知道二老要笑他，又解释要保山去的用意，只是因为老的说车有车路，马有马路，我就走了车路。

“结果呢？”

“得不到什么结果。老的口上含李子，说不明白。”

“马路呢？”

“马路呢，那老的说若走马路，得在碧溪岨对溪高崖上唱三年六个月的歌。把翠翠心唱软，翠翠就归我了。”

“这并不是个坏主张！”

“是呀，一个结巴人话说不出还唱得出。可是这件事轮不到我了。我不是竹雀，不会唱歌。鬼知道那老的存心是要把孙女儿嫁个会唱歌的水车，还是预备规规矩矩嫁个人！”

“那你怎么样？”

“我想告那老的，要他说句实在话。只一句话。不成，我跟船下桃源去了；成呢，便是要我撑渡船，我也答应了他。”

“唱歌呢？”

“这是你的拿手好戏，你要去做竹雀你就去吧，我不会捡马粪塞你嘴巴的。”

二老看到哥哥那种样子，便知道为这件事哥哥感到的是一种如何烦恼了。他明白他哥哥的性情，代表了茶峒人粗鲁爽直一面，弄得好，掏出心子来给人也很慷慨做去，弄不好，亲舅舅也必一是一二是二。大老何尝不想在车路上失败时走马路；但他一听到二老的坦白陈述后，他就知道马路只二老有分，自己的事不能提了。因此他有点气恼，有点愤慨，自然是无从掩饰的。

二老想出了个主意，就是两兄弟月夜里同到碧溪岨去唱歌，莫让人知道是弟兄两个，两人轮流唱下去，谁得到回答，谁便继续用那张唱歌胜利的嘴唇，服侍那划渡船的外孙女。大老不善于唱歌，轮到大老时也仍然由二老代替。两人凭命运来决定自己的幸福，这么办可说是极公平了。提议时，那大老还以为他自己不会唱，也不想请二老替他作竹雀。但二老那种诗人性格，却使他很固持的要哥哥实行这个办法。二老说必需这样做，一切才公平一点。

大老把弟弟提议想想，作了一个苦笑。“×娘的，自己不是竹雀，还请老弟做竹雀！好，就是这样子，我们各人轮流唱，我也不要你帮忙，一切我自己来吧。树林子里的猫头鹰，声音不动听，要老婆时，也仍然是自己叫下去，不请人帮忙的！”

两人把事情说妥当后，算算日子，今天十四，明天十五，后天十六，接连而来的三个日子，正是有大月亮天气。气候既到了中夏，半夜里不冷不热，穿了白家机布汗褂，到那些月光照及的高崖上去，遵照当地的习惯，很诚实与坦白去为一个“初生之犊”的黄花女唱歌。露水降了，歌声涩了，到应当回家了时，就趁残月赶回家去。或过那些熟识的整夜工作不息的碾坊里去，躺到温暖的谷仓里小睡，等候天明。一切安排皆极其自然，结果是什么，两人虽不明白，但也看得极其自然。两人便决定了从当夜起始，来做这种为当地习惯所认可的竞争。

十三

黄昏来时翠翠坐在家中屋后白塔下，看天空为夕阳烘成桃花色的薄云。十四中寨逢场，城中生意人过中寨收买山货的很多，过渡人也特别多，祖父在渡船上忙个不息。天快夜了，别的雀子似乎都在休息了，只杜鹃叫个不息。石头泥土为白日晒了一整天，草木为白日晒了一整天，到这时节皆放散一种热气。空气中有泥土气味，有草木气味，且有甲虫类气味。翠翠看着天上的红云，听着渡口飘乡生意人的杂乱声音，心中有些儿薄薄的凄凉。

黄昏照样的温柔，美丽，平静。但一个人若体念到这个当前一切时，也就照样的在这黄昏中会有点儿薄薄的凄凉。于是，这日子成为痛苦的东西了。翠翠觉得好像缺少了什么。好像眼见到这个日子过去了，想在一件新的人事上攀住它，但不成。好像生活太平凡了，忍受不住。

“我要坐船下桃源县过洞庭湖，让爷爷满城打锣去叫我，点了灯笼火把去找我。”

她便同祖父故意生气似的，很放肆的去想到这样一件事，她且想象她出走后，祖父用各种方法寻觅全无结果，到后如何无可奈何躺在渡船上。

人家喊，“过渡，过渡，老伯伯，你怎么的，不管事！”“怎么的！翠翠走了，下桃源县了！”“那你怎么办？”“怎么办吗？拿把刀，放在包袱里，搭下水船去杀了她！”……

翠翠仿佛当真听着这种对话，吓怕起来了，一面锐声喊着她的祖父，一面从坎上跑向溪边渡口去。见到了祖父正把船拉在溪中心，船上人喁喁说着话，小小心子还依然跳跃不已。

“爷爷，爷爷，你把船拉回来呀！”

那老船夫不明白她的意思，还以为是翠翠要为他代劳了，就说：

“翠翠，等一等，我就回来！”

“你不拉回来了吗？”

“我就回来！”

翠翠坐在溪边，望着溪面为暮色所笼罩的一切，且望到那只渡船上一群过渡人，其中有个吸旱烟的打着火镰吸烟，且把烟杆在船边剥剥的敲着烟灰，就忽然哭起来了。

祖父把船拉回来时，见翠翠痴痴地坐在岸边，问她是什么事，翠翠不作声。祖父要她去烧火煮饭，想了一会儿，觉得自己哭得可笑，一个人便回到屋中去，坐在黑黝黝的灶边把火烧燃后，她又走到门外高崖上去，喊叫她的祖父，要他回家里来，在职务上毫不儿戏的老船夫，因为明白过渡人皆是赶回城中吃晚饭的人，来一个就渡一个，不便要人站在那岸边待等，故不上岸来。只站在船头告翠翠，且让他做点事，把人渡完事后，就回家里来吃饭。

翠翠第二次请求祖父，祖父不理会，她坐在悬崖上，很觉得悲伤。

天夜了，有一只大萤火虫尾上闪着蓝光，很迅速地从翠翠身旁飞过去，翠翠想，“看你飞得多远！”便把眼睛随着那萤火虫的明光追去。杜鹃又叫了。

“爷爷，为什么不上来？我要你！”

在船上的祖父听到这种带着娇有点儿埋怨的声音，一面粗声粗气地答道：“翠翠，我就来，我就来！”一面心中却自言自语：“翠翠，爷爷不在了，你将怎么样？”

老船夫回到家中时，见家中还黑黝黝的，只灶间有火光，见翠翠坐在灶边矮条凳上，用手蒙着眼睛。

走过去才晓得翠翠已哭了许久。祖父一个下半天来，皆弯着个腰在船上拉来拉去，歇歇时手也酸了，腰也酸了，照规矩，一到家里就会嗅到锅中所焖瓜菜的味道，且可见到翠翠安排晚饭在灯光下跑来跑去的影子。今天情形竟不同了一点。

祖父说：“翠翠，我来慢了，你就哭，这还成吗？我死了呢？”

翠翠不作声。

祖父又说：“不许哭，做一个大人，不管有什么事都不许哭。要硬扎一点，结实一点，才配活到这块土地上！”

翠翠把手从眼睛边移开，靠近了祖父身边去，“我不哭了。”

两人吃饭时，祖父为翠翠说到一些有趣味的故事。因此提到了死去了的翠翠的母亲。两人在豆油灯下把饭吃过后，老船夫因为工作疲倦，喝了半碗白酒，因此饭后兴致极好，又同翠翠到门外高崖上月光下去说故事。说了些那个可怜母亲的乖巧处，同时且说到那可怜母亲性格强硬处，使翠翠听来神往倾心。

翠翠抱膝坐在月光下，傍着祖父身边，问了许多关于那个可怜母亲的故事。间或吁一口气，似乎心中压上了些分量沉重的东西，想挪移得远一点，才吁着这种气，可是却无从把那东西挪开。

月光如银子，无处不可照及，山上篁竹在月光下皆成为黑色。身边草丛中虫声繁密如落雨。间或不知道从什么地方，忽然会有一只草莺“落落落落嘘！”啭着它的喉咙，不久之间，这小鸟儿又好像明白这是半夜，不应当那么吵闹，便仍然闭着那小小眼儿安睡了。

祖父夜来兴致很好，为翠翠把故事说下去，就提到了本城人二十年前唱歌的风气，如何驰名于川黔边地。翠翠的父亲，便是唱歌的第一手，能用各种比喻解释爱与憎的结子，这些事也说到了。翠翠母亲如何爱唱歌，且如何同父亲在未认识以前在白日里对歌，一个在半山上竹篁里砍竹子，一个在溪面渡船上拉船，这些事也说到了。

翠翠问：“后来怎么样？”

祖父说：“后来的事长得很，最重要的事情，就是这种歌唱出了你。”

十四

老船夫做事累了睡了，翠翠哭倦了也睡了。翠翠不能忘记祖父所说的事情，梦中灵魂为一种美妙歌声浮起来了，仿佛轻轻地各处飘着，上了白塔，下了菜园，到了船上，又复飞蹿过悬崖半腰——去做什么呢？摘虎耳草！白日里拉船时，她仰头望着崖上那些肥大虎耳草已极熟悉。崖壁三五丈高，平时攀折不到手，这时节却可以选顶大的叶子作伞。

一切皆像是祖父说的故事，翠翠只迷迷糊糊地躺在粗麻布帐子里草荐上，以为这梦做得顶美顶甜。祖父却在床上醒着，张起个耳朵听对溪高崖上的人唱了半夜的歌。他知道那是谁唱的，他知道是河街上天保大老走马路的第一着，又忧愁又快乐地听下去。翠翠因为日里哭倦了，睡得正好，他就不去惊动她。

第二天天一亮，翠翠就同祖父起身了，用溪水洗了脸，把早上说梦的忌讳去掉了，翠翠赶忙同祖父去说昨晚上所梦的事情。

“爷爷，你说唱歌，我昨天就在梦里听到一种顶好听的歌声，又软又缠绵，我像跟了这声音各处飞，飞到对溪悬崖半腰，摘了一大把虎耳草，得到了虎耳草，我可不知道把这个东西交给谁去了。我睡得真好，梦的真有趣！”

祖父温和悲悯地笑着，并不告给翠翠昨晚上的事实。

祖父心里想：“做梦一辈子更好，还有人在梦里做宰相中状元咧。”

昨晚上唱歌的，老船夫还以为是天保大老，日来便要翠翠守船，借故到城里去送药，探听情况。在河街见到了大老，就一把拉住那小伙子，很快乐地说：

“大老，你这个人，又走车路又走马路，是怎样一个狡猾东西！”

但老船夫却做错了一件事情，把昨晚唱歌人“张冠李戴”了。这两弟兄昨晚上同时到碧溪岨去，为了做哥哥的走车路占了先，无论如何也不肯先开腔唱歌，一定得让那弟弟先唱。弟弟一开口，哥哥却因为明知不是敌手，更不能开口了。翠翠同她祖父晚上听到的歌声，便全是那个傩送二老所唱的。大老伴弟弟回家时，就决定了同茶峒地方离开，驾家中那只新油船下驶，好忘却了上面的一切。这时正想下河去看新船装货。老船夫见他神情冷冷的，不明白他的意思，就用眉眼做了一个可笑的记号，表示他明白大老的冷淡是装成的，表示他有消息可以奉告。

他拍了大老一下，轻轻地说：

“你唱得很好，别人在梦里听着你那个歌，为那个歌带得很远，走了不少的路！你是第一号，是我们地方唱歌第一号。”

大老望着弄渡船的老船夫涎皮的老脸，轻轻地说：

“算了吧，你把宝贝孙女儿送给会唱歌的竹雀吧。”

这句话使老船夫完全弄不明白它的意思。大老从一个吊脚楼甬道走下河去了，老船夫也跟着下去。到了河边，见那只新船正在装货，许多油篓子搁到岸边。一个水手正在用茅草扎成长束，备作船舷上挡浪用的茅把，还有人在河边用脂油擦桨板。老船夫问那个坐在大太阳下扎茅把的水手，这船什么日子下行，谁押船。那水手把手指着大老。老船夫搓着手说：

“大老，听我说句正经话，你那件事走车路，不对；走马路，你有分的！”

那大老把手指着窗口说："伯伯，你看那边，你要竹雀做孙女婿，竹雀在那里啊！"

老船夫抬头望到二老，正在窗口整理一个渔网。

回碧溪岨到渡船上时，翠翠问：

"爷爷，你同谁吵了架，脸色那样难看！"

祖父莞尔而笑，他到城里的事情，不告给翠翠一个字。

十五

大老坐了那只新油船向下河走去了，留下傩送二老在家。老船夫方面还以为上次歌声既归二老唱的，在此后几个日子里，自然还会听到那种歌声。一到了晚间就故意从别样事情上，促翠翠注意夜晚的歌声。两人吃完饭坐在屋里，因屋前滨水，长脚蚊子一到黄昏就嗡嗡地叫着，翠翠便把蒿艾束成的烟包点燃，向屋中角隅各处晃着驱逐蚊子。晃了一阵，估计全屋子里已为蒿艾烟气熏透了，才搁到床前地上去，再坐在小板凳上来听祖父说话。从一些故事上慢慢地谈到了唱歌，祖父话说得很妙。祖父到后发问道：

"翠翠，梦里的歌可以使你爬上高崖去摘那虎耳草，若当真有谁来在对溪高崖上为你唱歌，你怎么样？"祖父把话当笑话说着的。

翠翠便也当笑话答道："有人唱歌我就听下去，他唱多久我也听多久！"

"唱三年六个月呢？"

“唱得好听，我听三年六个月。”

“这不公平吧。”

“怎么不公平？为我唱歌的人，不是极愿意我长远听他的歌吗？”

“照理说：炒菜要人吃，唱歌要人听。可是人家为你唱，是要你懂他歌里的意思！”

“爷爷，懂歌里什么意思？”

“自然是他那颗想同你要好的真心！不懂那点心事，不是同听竹雀唱歌一样了吗？”

“我懂了他的心又怎么样？”

祖父用拳头把自己腿重重地捶着，且笑着：“翠翠，你人乖，爷爷笨得很，话也不说得温柔，莫生气。我信口开河，说个笑话给你听。你应当当笑话听。河街天保大老走车路，请保山来提亲，我告给过你这件事了，你那神气不愿意，是不是？可是，假若那个人还有个兄弟，走马路，为你来唱歌，向你求婚，你将怎么说？”

翠翠吃了一惊，低下头去。因为她不明白这笑话有几分真，又不清楚这笑话是谁诌的。

祖父说：“你告诉我，愿意哪一个？”

翠翠便微笑着轻轻地带点儿恳求的神气说：

“爷爷莫说这个笑话吧。”翠翠站起身了。

“我说的若是真话呢？”

“爷爷你真是个……”翠翠说着走出去了。

祖父说：“我说的是笑话，你生我的气吗？”

翠翠不敢生祖父的气，走近门限边时，就把话引到另外一件事情上去："爷爷看天上的月亮，那么大！"说着，出了屋外，便在那一派清光的露天中站定。站了一忽儿，祖父也从屋中出到外边来了。翠翠于是坐到那白日里为强烈阳光晒热的岩石上去，石头正散发日间所储的余热。祖父就说："翠翠，莫坐热石头，免得生坐板疮。"但自己用手摸摸后，自己便也坐到那岩石上了。

月光极其柔和，溪面浮着一层薄薄白雾，这时节对溪若有人唱歌，隔溪应和，实在太美丽了。翠翠还记着先前祖父说的笑话。耳朵又不聋，祖父的话说得极分明，一个兄弟走马路，唱歌来打发这样的晚上，算是怎么回事？她似乎为了等着这样的歌声，沉默了许久。

她在月光下坐了一阵，心里却当真愿意听一个人来唱歌。久之，对溪除了一片草虫的清音复奏以外别无所有。翠翠走回家里去，在房门边摸着了那个芦管，拿出来在月光下自己吹着。觉吹得不好，又递给祖父要祖父吹。老船夫把那个芦管竖在嘴边，吹了个长长的曲子，翠翠的心被吹柔软了。

翠翠依傍祖父坐着，问祖父：

"爷爷，谁是第一个做这个小管子的人？"

"一定是个最快乐的人，因为他分给人的也是许多快乐；可又像是个最不快乐的人做的，因为他同时也可以引起人不快乐！"

"爷爷，你不快乐了吗？生我的气了吗？"

"我不生你的气。你在我身边，我很快乐。"

"我万一跑了呢？"

“你不会离开爷爷的。”

“万一有这种事，爷爷你怎么样？”

“万一有这种事，我就驾了这只渡船去找你。”

翠翠嗤的笑了。“凤滩、茨滩不为凶，下面还有绕鸡笼；绕鸡笼也容易下，青浪滩浪如屋大。爷爷，你渡船也能下凤滩、茨滩、青浪滩吗？那些地方的水，你不说过像疯子吗？”

祖父说：“翠翠，我到那时可真像疯子，还怕大水大浪？”

翠翠俨然极认真地想了一下，就说：“爷爷，我一定不走。可是，你会不会走？你会不会被一个人抓到别处去？”

祖父不作声了，他想到被死亡抓走那一类事情。

老船夫打量着自己被死亡抓走以后的情形，痴痴地看望天南角上一颗星子，心想：“七月八月天上方有流星，人也会在七月八月死去吧？”又想起白日在河街上同大老谈话的经过，想起中寨人陪嫁的那座碾坊，想起二老，想起一大堆事情，心中有点儿乱。

翠翠忽然说：“爷爷，你唱个歌给我听听，好不好？”

祖父唱了十个歌，翠翠傍在祖父身边，闭着眼睛听下去，等到祖父不作声时，翠翠自言自语说：“我又摘了一把虎耳草了。”

祖父所唱的歌便是那晚上听来的歌。

十六

二老有机会唱歌却从此不再到碧溪岨唱歌。十五过去了，十六也过去了，到了十七，老船夫忍不住了，进城往河街去找寻那个年轻小伙子，到城门边正预备入河街时，就遇着上次为大老作保山的杨马兵，正牵了一匹骡马预备出城，一见老船夫，就拉住了他：

“伯伯，我正有事情告你，碰巧你就来城里！”

“什么事？”

“天保大老坐下水船到茨滩出了事，闪不知这个人掉到滩下漩水里就淹坏了。早上顺顺家里得到这个信，听说二老一早就赶去了。”

这消息同有力巴掌一样重重地掴了老船夫那么一下，他不相信这是当真的消息。他故作从容地说：

“天保大老淹坏了吗？从不听说有水鸭子被水淹坏的！”

“可是那只水鸭子仍然有那么一次被淹坏了……我赞成你的卓见，不让那小子走车路十分顺手。”

从马兵言语上，老船夫还十分怀疑这个新闻，但从马兵神气上注意，老船夫却看清楚这是个真的消息了。他惨惨地说：

“我有什么卓见可言？这是天意！一切都有天意……”老船夫说时心中充满了感情。

特为证明那马兵所说的话有多少可靠处，老船夫同马兵分手后，于是匆匆赶到河街上去。到了顺顺家门前，正有人烧纸钱，许多人围在一处说话。走近去听听，所说的便是杨马兵提到的那件事。但一到有人发现了身后的老船夫时，大家便把话语转了方向，故意来谈下河油价涨落情形了。老船夫心中很不安，正想找一个比较要好的水手谈谈。

一会儿船总顺顺从外面回来了，样子沉沉的，这豪爽正直的中年人，正似乎为不幸打倒努力想挣扎爬起的神气，一见到老船夫就说：

“老伯伯，我们谈的那件事情吹了吧。天保大老已经坏了，你知道了吧？”

老船夫两只眼睛红红的，把手搓着：“怎么的，这是真事！是昨天，是前天？”

另一个像是赶路，同来报信的，插嘴说道：“十六中上，船搁到石包子上，船头进了水，大老想把篙撇着，人就弹到水中去了。”

老船夫说：“你眼见他下水吗？”

“我还与他同时下水！”

“他说什么？”

“什么都来不及说！这几天来他都不说话！”

老船夫把头摇摇，向顺顺那么怯怯地溜了一眼。船总顺顺像知道他心中不安处，就说：“伯伯，一切是天，算了吧。我这里有大兴场人送来的好烧酒，你拿一点去喝吧。”一个伙计用竹筒上了一筒酒，用新桐木叶蒙着筒口，交给了老船夫。

老船夫把酒拿走，到了河街后，低头向河码头走去，到河边天保大老前天上船处去看看。杨马兵还在那里放马到沙地上打滚，自己坐在柳树荫下乘凉。老船夫就走过去请马兵试试那大兴场的烧酒，两人喝了点酒后，兴致似乎皆好些了，老船夫就告给杨马兵，十四夜里二老过碧溪岨唱歌那件事情。

那马兵听到后便说：

“伯伯，你是不是以为翠翠愿意二老应该派归二老……”

话没说完，傩送二老却从河街下来了。这年轻人正像要远行的样子，一见了老船夫就回头走去。杨马兵就喊他说：

“二老，二老，你来，有话同你说呀！”

二老站定了，很不高兴神气，问马兵“有什么话说”。马兵望望老船夫，就向二老说：“你来，有话说！”

“什么话？”

“我听人说你已经走了——你过来我同你说，我不会吃掉你！”

那黑脸宽肩膊，样子虎虎有生气的傩送二老，勉强笑着，到了柳荫下时，老船夫想把空气缓和下来，指着河上游远处那座新碾坊说：“二老，听人说那碾坊将来是归你的！归了你，派我来守碾子，行不行？”

二老仿佛听不惯这个询问的用意，便不作声。杨马兵看风头有点儿僵，便说：“二老，你怎么的，预备下去吗？”那年轻人把头点点，不再说什么，就走开了。

老船夫讨了个没趣，很懊恼地赶回碧溪岨去，到了渡船上时，就装作把事情看得极随便似的，告给翠翠。

“翠翠，今天城里出了件新鲜事情，天保大老驾油船下辰州，运气不好，掉到茨滩淹坏了。”

翠翠因为听不懂，对于这个报告最先好像全不在意。祖父又说：

“翠翠，这是真事。上次来到这里做保山的杨马兵，还说我早不答应亲事，极有见识！”

翠翠瞥了祖父一眼，见他眼睛红红的，知道他喝了酒，且有了点事情不高兴，心中想："谁擦你生气？"船到家边时，祖父不自然地笑着向家中走去。翠翠守船，半天不闻祖父声息，赶回家去看看，见祖父正坐在门槛上编草鞋耳子。

翠翠见祖父神气极不对，就蹲到他身前去。

"爷爷，你怎么的？"

"天保当真死了！二老生了我们的气，以为他家中出这件事情，是我们分派的！"

有人在溪边大声喊渡船过渡，祖父匆匆出去了。翠翠坐在那屋角隅稻草上，心中极乱，等等还不见祖父回来，就哭起来了。

十七

祖父似乎生谁的气，脸上笑容减少了，对于翠翠方面也不大注意了。翠翠像知道祖父已不很疼她，但又像不明白它的原因。但这并不是很久的事，日子一过去，也就好了。两人仍然划船过日子，一切依旧，惟对于生活，却仿佛什么地方有了个看不见的缺口，始终无法填补起来。祖父过河街去仍然可以得到船总顺顺的款待，但很明显的事，那船总却并不忘掉死去者死亡的原因。二老出白河下辰州走了六百里，沿河找寻那个可怜哥哥的尸骸，毫无结果，在各处税关上贴下招字，返回茶峒来了。过不久，他又过川东去办货，过渡时见到老船夫。老船夫看看那小伙子，好像已完全忘掉了从前的事情，就同他说话。

"二老，大六月日头毒人，你又上川东去，不怕辛苦？"

"要饭吃，头上是火也得上路！"

“要吃饭！二老家还少饭吃！”

“有饭吃，爹爹说年轻人也不应该在家中白吃不做事！”

“你爹爹好吗？”

“吃得做得，有什么不好。”

“你哥哥坏了，我看你爹爹为这件事情也好像萎悴多了！”二老听到这句话，不作声了，眼睛望着老船夫屋后那个白塔。他似乎想起了过去那个晚上那件旧事，心中十分惆怅。老船夫怯怯地望了年轻人一眼，一个微笑在脸上漾开。

“二老，我家翠翠说，五月里有天晚上，做了个梦……”说时他又望望二老，见二老并不惊讶，也不厌烦，于是又接着说，“她梦得古怪，说在梦中被一个人的歌声浮起来，上悬岩摘了一把虎耳草！”

二老把头偏过一旁去作了一个苦笑，心中想到“老头子倒会做作”。这点意思在那个苦笑上，仿佛同样泄露出来，仍然被老船夫看到了，老船夫就说：“二老，你不信吗？”

那年轻人说：“我怎么不相信？因为我做傻子在那边岩上唱过一晚的歌！”

老船夫被一句料想不到的老实话窘住了，口中结结巴巴地说：“这是真的……这是假的……”

“怎么不是真的？天保大老的死，难道不是真的！”

“可是，可是……”

老船夫的做作处，原意只是想把事情弄明白一点，但一起始自己叙述这段事情时，方法上就有了错处，因此反被二老误会了。他这时正想把那夜的情形好好说出来，船已到了岸边。

二老一跃上了岸，就想走去。老船夫在船上显得更加忙乱的样子说：

“二老，二老，你等等，我有话同你说，你先前不是说到那个——你做傻子的事情吗？你并不傻，别人才当真叫你那歌弄成傻相！”

那年轻人虽站定了，口中却轻轻地说：“得了够了，不要说了。”

老船夫说：“二老，我听人说你不要碾子要渡船，这是杨马兵说的，不是真的吧？”

那年轻人说：“要渡船又怎样？”

老船夫看看二老的神气，心中忽然高兴起来了，就情不自禁地高声叫着翠翠，要她下溪边来。可是，不知翠翠是故意不从屋里出来，还是到别处去了，许久还不见到翠翠的影子，也不闻这个女孩子的声音。二老等了一会，看看老船夫那副神气，一句话不说，便微笑着，大踏步同一个挑担粉条白糖货物的脚夫走去了。

过了碧溪岨小山，两人应沿着一条曲曲折折的竹林走去，那个脚夫这时节开了口：

“傩送二老，看那弄渡船的神气，很欢喜你！”

二老不作声，那人就又说道：

“二老，他问你要碾坊还是要渡船，你当真预备做他的孙女婿，接替他那只渡船吗？”

二老笑了，那人又说：

“二老，若这件事派给我，我要那座碾坊。一座碾坊的出息，每天可收七升米，三斗糠。”

二老说：“我回来时向我爹爹去说，为你向中寨人做媒，让你得到那座碾坊吧。至于我呢，我想弄渡船是很好的。只是老的为人弯弯曲曲，不利索，大老是他弄死的。”

老船夫见二老那么走去了，翠翠还不出来，心中很不快乐。走回家去看看，原来翠翠并不在家。过一会，翠翠提了个篮子从小山后回来了，方知道大清早翠翠已出门掘竹鞭笋去了。

“翠翠，我喊了你好久，你不听到！”

“喊我做什么？”

“一个过渡……一个熟人，我们谈起你……我喊你你可不答应！”

“是谁？”

“你猜，翠翠。不是陌生人……你认识他！”

翠翠想起适间从竹林里无意中听来的话，脸红了，半天不说话。

老船夫问：“翠翠，你得了多少鞭笋？”

翠翠把竹篮向地下一倒，除了十来根小小鞭笋外，只是一大把虎耳草。

老船夫望了翠翠一眼，翠翠两颊绯红跑了。

十八

日子平平的过了一个月，一切人心上的病痛，似乎皆在那份长长的白日下医治好了。天气特别热，各人只忙着流汗，用凉水淘江米酒吃，不用什么心事，心事在人生活中，也就留不住了。翠翠每天皆到白塔下背太阳的一面去午睡，高处既极凉快，两山竹篁里叫得使人发松的竹雀和其它鸟类又如此之多，致使她在睡梦里尽为山鸟歌声所浮着，做的梦也便常是顶荒唐的梦。

这并不是人的罪过。诗人们会在一件小事上写出一整本整部的诗，雕刻家在一块石头上雕得出骨血如生的人像，画家一撇儿绿，一撇儿红，一撇儿灰，画得出一幅一幅带有魔力的彩画，谁不是为了惦着一个微笑的影子，或是一个皱眉的记号，方弄出那么些古怪成绩？翠翠不能用文字，不能用石头，不能用颜色把那点心头上的爱憎移到别一件东西上去，却只让她的心，在一切顶荒唐事情上驰骋。她从这分隐秘里，常常得到又惊又喜的兴奋。一点儿不可知的未来，摇撼她的情感极厉害，她无从完全把那种痴处不让祖父知道。

祖父呢，可以说一切都知道了的。但事实上他又却是个一无所知的人。他明白翠翠不讨厌那个二老，却不明白那小伙子二老怎么样。他从船总处与二老处，皆碰过了钉子，但他并不灰心。

“要安排得对一点，方合道理，一切有个命！”他那么想着，就更显得好事多磨起来了。睁着眼睛时，他做的梦比那个外孙女翠翠便更荒唐更寥廓。

他向各个过渡本地人打听二老父子的生活，关切他们如同自己家中人一样。但也古怪，因此他却怕见到那个船总同二老了。一见他们他就不知说些什么，只是老脾气把两只手搓来搓去，从容处完全失去了。二老父子方面皆明白他的意思，但那个死去的人，却用一个凄凉的印象，镶嵌到父子心中，两人便对于老船夫的意思，俨然全不明白似的，一同把日子打发下去。

明明白白夜来并不做梦，早晨同翠翠说话时，那做祖父的会说：

“翠翠，翠翠，我昨晚上做了个好不怕人的梦！”

翠翠问：“什么怕人的梦？”

就装作思索梦境似的，一面细看翠翠小脸长眉毛，一面说出他另一时张着眼睛所做的好梦。不消说，那些梦原来都并不是当真怎样使人吓怕的。

一切河流皆得归海，话起始说得纵极远，到头来总仍然是归到使翠翠红脸那件事情上去。待到翠翠显得不大高兴，神气上露出受了点小窘时，这老船夫又才像有了一点儿吓怕，忙着解释，用闲话来遮掩自己所说到那问题的原意。

“翠翠，我不是那么说，我不是那么说。爷爷老了，糊涂了，笑话多咧。”

但有时翠翠却静静地把祖父那些笑话糊涂话听下去，一直听到后来还抿着嘴儿微笑。

翠翠也会忽然说道：

“爷爷，你真是有一点儿糊涂！”

祖父听过了不再作声，他将说，“我有一大堆心事，”但来不及说，恰好就被过渡人喊走了。

天气热了，过渡人从远处走来，肩上挑的是七十斤担子，到了溪边，贪凉快不即走路，必蹲在岩石下茶缸边喝凉茶，与同伴交换"吹吹棒"烟管，且一面与弄渡船的攀谈。许多子虚乌有的话皆从此说出口来，给老船夫听到了。过渡人有时还因溪水清洁，就溪边洗脚抹澡的，坐得更久话也就更多。祖父把些话转说给翠翠，翠翠也就学懂了许多事情。货物的价钱涨落呀，坐轿搭船的用费呀，放木筏的人把他那个木筏从滩上流下时，十来把大桡子如何活动呀，在小烟船上吃荤烟，大脚娘如何烧烟呀……无一不备。

傩送二老从川东押物回到了茶峒。时间已近黄昏了，溪面很寂静，祖父同翠翠在菜园地里看萝卜秧子。翠翠白日中觉睡久了些，觉得有点寂寞，好像听人嘶声喊过渡，就争先走下溪边去。下坎时，见两个人站在码头边，斜阳影里背身看得极分明，正是傩送二老同他家中的长年！翠翠大吃一惊，同小兽物见到猎人一样，回头便向山竹林里跑掉了。但那两个在溪边的人，听到脚步响时，一转身，也就看明白这件事情了。等了一下再也不见人来，那长年又嘶声音喊叫过渡。

老船夫听得清清楚楚，却仍然蹲在萝卜秧地上数菜，心里觉得好笑。他已见到翠翠走去，他知道必是翠翠看明白了过渡人是谁，故蹲在那高岩上不理会。翠翠人小不管事，过渡人求她不干，奈何她不得，故只好嘶着个喉咙叫过渡了。那长年叫了几声，见无人来，就停了，同二老说："这是什么玩意儿，难道老的害病弄翻了，只剩下翠翠一个人了吗？"二老说："等等看，不算什么！"就等了一阵。因为这边在静静地等着，园地上老船夫却在心里想："难道是二老吗？"他仿佛担心搅恼了翠翠似的，就仍然蹲着不动。

但再过一阵，溪边又喊起过渡来了，声音不同了一点，这才真是二老的声音。生气了吧？等久了吧？吵嘴了吧？老船夫一面胡乱估着一面跑到溪边去。到了溪边，见两个人业已上了船，其中之一正是二老。老船夫惊讶地喊叫：

“呀，二老，你回来了！”

年轻人很不高兴似的，“回来了，——你们这渡船是怎么的，等了半天也不来个人！”

“我以为——”老船夫四处一望，并不见翠翠的影子，只见黄狗从山上竹林里跑来，知道翠翠上山了，便改口说，“我以为你们过了渡。”

“过了渡！不得你上船，谁敢开船？”那长年说着，一只水鸟掠着水面飞去，“翠鸟儿归窠了，我们还得赶回家去吃夜饭！”

“早咧，到河街早咧，”说着，老船夫已跳上了船，且在心中一面说着，“你不是想承继这只渡船吗！”一面把船索拉动，船便离岸了。

“二老，路上累得很！……”

老船夫说着，二老不置可否不动感情听下去。船拢了岸，那年轻小伙子同家中长年挑担子翻山走了。那点淡漠印象留在老船夫心上，老船夫于是在两个人身后，捏紧拳头威吓了三下，轻轻地吼着，把船拉回去了。

十九

翠翠向竹林里跑去，老船夫半天还不下船，这件事从傩送二老看来，前途显然有点不利。虽老船夫言辞之间，无一句话不在说明“这事有边”，但那畏畏缩缩的说明，极不得体，二老想起他的哥哥，便把这件事曲解了。他有一点愤愤不平，有一点儿气恼。回到家里第三天，中寨有人来探口风，在河街顺顺家中住下，把话问及顺顺，想明白二老是不是还有意接受那座新碾坊，顺顺就转问二老自己意见怎么样。

二老说：“爸爸，你以为这事为你，家中多座碾坊多个人，你可以快活，你就答应了。若果为的是我，我要好好去想一下，过些日子再说它吧。我还不知道我应当得座碾坊，还是应当得一只渡船：我命里或只许我撑个渡船！”

探口风的人把话记住，回中寨去报命，到碧溪岨过渡时，到了老船夫，想起二老说的话，不由得不咪咪地笑着。老船夫问明白了他是中寨人，就又问他过茶峒做什么事。

那心中有分寸的中寨人说：

“什么事也不做，只是过河街船总顺顺家里坐了一会儿。”

“无事不登三宝殿，坐了一定就有话说！”

“话倒说了几句。”

“说了些什么话？”那人不再说了，老船夫却问道，“听说你们中寨人想把大河边一座碾坊连同家中闺女送给河街上顺顺，这事情有不有了点眉目？”

那中寨人笑了，“事情成了。我问过顺顺，顺顺很愿意同中寨人结亲家，又问过那小伙子……”

“小伙子意思怎么样？”

“他说：我眼前有座碾坊，有条渡船，我本想要渡船，现在就决定要碾坊吧。渡船是活动的，不如碾坊固定。这小子会打算盘呢。”

中寨人是个米场经纪人，话说得极有斤两，他明知道“渡船”指的是什么，但他可并不说穿。他看到老船夫口唇蠕动，想要说话，中寨人便又抢着说道：

“一切皆是命，半点不由人。可怜顺顺家那个大老，相貌仪表堂堂，会淹死在水里！”

老船夫被这句话在心上戳了一下，把想问的话咽住了。中寨人上岸走去后，老船夫闷闷地立在船头，痴了许久。又把二老日前过渡时落寞神气温习一番，心中大不快乐。

翠翠在塔下玩得极高兴，走到溪边高岩上想要祖父唱唱歌，见祖父不理会她，一路埋怨赶下溪边去，到了溪边方见到祖父神气十分沮丧，不明白为什么原因。翠翠来了，祖父看看翠翠的快活黑脸儿，粗鲁地笑笑。对溪有扛货物过渡的，便不说什么，沉默地把船拉过溪，到了中心却大声唱起歌来了。把人渡了过溪，祖父跳上码头走近翠翠身边来，还是那么粗鲁地笑着，把手抚着头额。

翠翠说：

“爷爷怎么的，你发痧了？你躺到荫下去歇歇，我来管船！”

“你来管船，好，这只船归你管！”

老船夫似乎当真发了痧，心头发闷，虽当着翠翠还显出硬扎样子，独自走回屋里后，找寻得到一些碎瓷片，在自己臂上腿上扎了几下，放出了些乌血，就躺到床上睡了。

翠翠自己守船，心中却古怪的快乐，心想：“爷爷不为我唱歌，我自己会唱！”

她唱了许多歌，老船夫躺在床上闭着眼睛，一句一句听下去，心中极乱。但他知道这不是能够把他打倒的大病，他明天就仍然会爬起来的。他想明天进城，到河街去看看，又想起许多旁的事情。

但到了第二天，人虽起了床，头还沉沉的。祖父当真已病了。翠翠显得懂事了些，为祖父煎了一罐大发药，逼着祖父喝，又在屋后菜园地里摘取蒜苗泡在米汤里做酸蒜苗。一面照料船只，一面还时时刻刻抽空赶回家里来看祖父，问这样那样。祖父可不说什么，只是为一个秘密痛苦着。躺了三天，人居然好了。屋前屋后走动了一下，骨头还硬硬的，心中惦念到一件事情，便预备进城过河街去。翠翠看不出祖父有什么要紧事情必须当天进城，请求他莫去。

老船夫把手搓着，估量到是不是应说出那个理由。翠翠一张黑黑的瓜子脸，一双水汪汪的眼睛，使他吁了一口气。

他说：“我有要紧事情，得今天去！”

翠翠苦笑着说：“有多大要紧事情，还不是……”

老船夫知道翠翠脾气，听翠翠口气已有点不高兴，不再说要走了，把预备带走的竹筒，同扣花褡裢搁到条几上后，带点儿谄媚笑着说：“不去吧，你担心我会摔死，我就不去吧。我以为早上天气不很热，到城里把事办完了就回来——不去也得，我明天去！”

翠翠轻声的温柔地说：“你明天去也好，你腿还软，好好地躺一天再起来。”

老船夫似乎心中还不甘服，洒着两手走出去，门限边一个打草鞋的棒槌，差点儿把他绊了一大跤。稳住了时翠翠苦笑着说：“爷爷，你瞧，还不服气！”老船夫拾起那棒槌，向屋角隅摔去，说道：“爷爷老了！过几天打豹子给你看！”

到了午后，落了一阵行雨，老船夫却同翠翠好好商量，仍然进了城。翠翠不能陪祖父进城，就要黄狗跟去。老船夫在城里被一个熟人拉着谈了许久的盐价米价，又过守备衙门看了一会新买的骡马，才到河街顺顺家里去。到了那里，见到顺顺正同三个人打纸牌，不便谈话，就站在身后看了一阵牌，后来顺顺请他喝酒，借口病刚好点不敢喝酒，推辞了。牌既不散场，老船夫又不想即走，顺顺似乎并不明白他等着有何话说，却只注意手中的牌。后来老船夫的神气倒为另外一个人看出了，就问他是不是有什么事情。老船夫方忸忸怩怩照老方子搓着他那两只大手，说别的事没有，只想同船总说两句话。

那船总方明白在身后看牌半天的理由，回头对老船夫笑将起来。

“怎不早说？你不说，我还以为你在看我牌学张子！”

“没有什么，只是三五句话，我不便扫兴，不敢说出。”船总把牌向桌上一撒，笑着向后房走去了，老船夫跟在身后。

“什么事？”船总问着，神气似乎先就明白了他来此要说的话，显得略微有点儿怜悯的样子。

“我听一个中寨人说，你预备同中寨团总打亲家，是不是真事？”

船总见老船夫的眼睛盯着他的脸，想得一个满意的回答，就说：“有这事情。”那么答应，意思却是：“有了你怎么样？”

老船夫说：“真的吗？”

那一个又很自然地说：“真的。”意思却依旧包含了“真的又怎么样？”

老船夫装得很从容地问：“二老呢？”

船总说：“二老坐船下桃源好些日子了！”

二老下桃源的事，原来还同他爸爸吵了一阵才走的。船总性情虽异常豪爽，可不愿意间接把第一个儿子弄死的女孩子，又来做第二个儿子的媳妇，这是很明白的事情。若照当地风气，这些事认为只是小孩子的事，大人管不着，二老当真欢喜翠翠，翠翠又爱二老，他也并不反对这种爱怨纠缠的婚姻。但不知怎么的，老船夫对于这件事的关心，使二老父子对于老船夫反而有了一点误会。船总想起家庭间的近事，以为全与这老而好事的船夫有关。虽不见诸形色，心中却有个疙瘩。

船总不让老船夫再开口了，就语气略粗地说道：

“伯伯，算了吧，我们的口只应当喝酒了，莫再只想替儿女唱歌！你的意思我全明白，你是好意。可是我也求你明白我的意思，我以为我们只应当谈点自己分上的事情，不适宜于想那些年轻人的门路了。”

老船夫被一个闷拳打倒后，还想说两句话，但船总却不让他再有说话机会，把他拉出到牌桌边去。

老船夫无话可说，看看船总时，船总虽还笑着谈到许多笑话，心中却似乎很沉郁，把牌用力掷到桌上去。老船夫不说什么，戴起他那个斗笠，自己走了。

天气还早，老船夫心中很不高兴，又进城去找杨马兵。那马兵正在喝酒，老船夫虽推病，也免不了喝个三五杯。回到碧溪岨，走得热了一点，又用溪水去抹身子。觉得很疲倦，就要翠翠守船，自己回家睡去了。

黄昏时天气十分郁闷，溪面各处飞着红蜻蜓。天上已起了云，热风把两山竹篁吹得声音极大，看样子到晚上必落大雨。翠翠守在渡船上，看着那些溪面飞来飞去的蜻蜓，心也极乱。看祖父脸上颜色惨惨的，放心不下，便又赶回家中去。先以为祖父一定早睡了，谁知还坐在门限上打草鞋！

“爷爷，你要多少双草鞋，床头上不是还有十四双吗？怎么不好好地躺一躺？”

老船夫不作声，却站起身来昂头向天空望着，轻轻地说：

“翠翠，今晚上要落大雨响大雷的！回头把我们的船系到岩下去，这雨大哩。”

翠翠说：“爷爷，我真吓怕！”翠翠怕的似乎并不是晚上要来的雷雨。

老船夫似乎也懂得那个意思，就说：“怕什么？一切要来的都得来，不必怕！”

二十

夜间果然落了大雨，夹以吓人的雷声。电光从屋脊上掠过时，接着就是訇的一个炸雷。翠翠在暗中抖着。祖父也醒了，知道她害怕，且担心她着凉，还起身来把一条布单搭到她身上去。祖父说：

“翠翠，不要怕！”

翠翠说：“我不怕！”说了还想说：“爷爷你在这里我不怕！”

訇的一个大雷，接着是一种超越雨声而上的洪大闷重倾圮声。两人都以为一定是溪岸悬崖崩塌了，担心到那只渡船会压在崖石下面去了。

祖孙两人便默默地躺在床上听雨声雷声。

但无论如何大雨，过不久，翠翠却依然睡着了。醒来时天已亮了，雨不知在何时业已止息，只听到溪两岸山沟里注水入溪的声音。翠翠爬起身来，看看祖父还似乎睡得很好，开了门走出去。门前已成为一个水沟，一股水便从塔后哗哗地流来，从前面悬崖直堕而下。并且各处都是那么一种临时的水道。屋旁菜园地已为山水冲乱了，菜秧皆掩在粗砂泥里了。再走过前面去看看溪里，才知道溪中也涨了大水，已漫过了码头，水脚快到茶缸边了。下到码头去的那条路，正同一条小河一样，哗哗的泄着黄泥水。过渡的那一条横溪牵定的缆绳，也被水淹没了，泊在崖下的渡船，已不见了。

翠翠看看屋前悬崖并不崩坍，故当时还不注意渡船的失去。但再过一阵，她上下搜索不到这东西，无意中回头一看，屋后白塔已不见了。一惊非同小可，赶忙向屋后跑去，才知道白塔业已坍倒，大堆砖石极凌乱的摊在那儿。翠翠吓慌得不知所措，只锐声叫她的祖父。祖父不起身，也不答应，就赶回家里去，到得祖父床边摇了祖父许久，祖父还不作声。原来这个老年人在雷雨将息时已死去了。

翠翠于是大哭起来。

过一阵，有从茶峒过川东跑差事的人，到了溪边，隔溪喊过渡，翠翠正在灶边一面哭着一面烧水预备为死去的祖父抹澡。

那人以为老船夫一家还不醒，急于过河，喊叫不应，就抛掷小石头过溪，打到屋顶上。翠翠鼻涕眼泪成一片的走出来，跑到溪边高崖前站定。

“喂，不早了！把船划过来！”

“船跑了！”

“你爷爷做什么事情去了呢？他管船，有责任！”

“他管船，管五十年的船——他死了啊！”

翠翠一面向隔溪人说着一面大哭起来。那人知道老船夫死了，得进城去报信，就说：

“真死了吗？不要哭吧，我回去通知他们，要他们弄条船带东西来！”

那人回到茶峒城边时，一见熟人就报告这件事，不多久，全茶峒城里外都知道这个消息了。河街上船总顺顺，派人找了一只空船，带了副白木匣子，即刻向碧溪岨撑去。城中杨马兵却同一个老军人，赶到碧溪岨去，砍了几十根大毛竹，用葛藤编作筏子，作为来往过渡的临时渡船。筏子编好后，撑了那个东西，到翠翠家中那一边岸下，留老兵守竹筏来往渡人，自己跑到翠翠家去看那个死者，眼泪湿莹莹的，摸了一会躺在床上硬僵僵的老友，又赶忙着做些应做的事情。到后帮忙的人来了，从大河船上运来棺木也来了，住在城中的老道士，还带了许多法器，一件旧麻布道袍，并提了一只大公鸡，来尽义务办理念经起水诸事，也从筏上渡过来了。家中人出出进进，翠翠只坐在灶边矮凳上呜呜地哭着。

到了中午，船总顺顺也来了，还跟着一个人扛了一口袋米，一坛酒，一腿猪肉。见了翠翠就说：

“翠翠，爷爷死了我知道了，老年人是必需死的，不要发愁，一切有我！”各方面看看，就回去了。

到了下午入了殓，一些帮忙的回的回家去了，晚上便只剩下了那老道士、杨马兵同顺顺家派来的两个年轻长年。黄昏以前老道士用红绿纸剪了一些花朵，用黄泥做了一些烛台。天断黑后，棺木前小桌上点起黄色九品蜡，燃了香，棺木周围也点了小蜡烛，老道士披上那件蓝麻布道服，开始了丧事中绕棺仪式。老道士在前拿着小小纸幡引路，孝子第二，马兵殿后，绕着那寂寞棺木慢慢转着圈子。两个长年则站在灶边空处，胡乱地打着锣钹。老道士一面闭了眼睛走去，一面且唱且哼，安慰亡灵。提到关于亡魂所到西方极乐世界花香四季时，老马兵就把木盘里的纸花，向棺木上高高撒去，象征西方极乐世界情形。

到了半夜，事情办完了，放过爆竹，蜡烛也快熄灭了，翠翠泪眼婆娑的，赶忙又到灶边去烧火，为帮忙的人办宵夜。吃了宵夜，老道士歪到死人床上睡着了。剩下几个人还得照规矩在棺木前守灵，老马兵为大家唱丧堂歌，用个空的量米木升子，当作小鼓，把手剥剥剥地一面敲着一面唱下去——唱“王祥卧冰”的事情，唱“黄香扇枕”的事情。

翠翠哭了一整天，同时也忙了一整天，到这时已倦极，把头靠在棺前眯着了。两长年同马兵吃了宵夜，喝过两杯酒，精神还虎虎的，便轮流把丧堂歌唱下去。但只一会儿，翠翠又醒了，仿佛梦到什么，惊醒后明白祖父已死，于是又幽幽地哭起来。

“翠翠，翠翠，不要哭啦，人死了哭不回来的！”

秃头陈四四接着就说了一个做新嫁娘的人哭泣的笑话，话语中夹杂了三五个粗野字眼儿，因此引起两个长年咕咕地笑了许久。黄狗在屋外吠着，翠翠开了大门，到外面去站了一下，耳听到各处是虫声，天上月色极好，大星子嵌进透蓝天空里，非常沉静温柔。翠翠想：

“这是真事吗？爷爷当真死了吗？”

老马兵原来跟在她的后边，因为他知道女孩子心门儿窄，说不定一炉火闷在灰里，痕迹不露，见祖父去了，自己一切无望，跳崖悬梁，想跟着祖父一块儿去，也说不定！故随时小心监视到翠翠。

老马兵见翠翠痴痴地站着，时间过了许久还不回头，就打着咳叫翠翠说：

“翠翠，露水落了，不冷么？”

“不冷。”

“天气好得很！”

“呀……”一颗大流星使翠翠轻轻地喊了一声。

接着南方又是一颗流星划空而下。对溪有猫头鹰叫。

“翠翠，”老马兵业已同翠翠并排一块块儿站定了，很温和地说，“你进屋里睡去吧，不要胡思乱想！”

翠翠默默地回到祖父棺木前面，坐在地上又呜咽起来。守在屋中两个长年已睡着了。

杨马兵便幽幽地说道：“不要哭了！不要哭了！你爷爷也难过咧，眼睛哭胀喉咙哭嘶有什么好处。听我说，爷爷的心事我全都知道，一切有我。我会把一切安排得好好的，对得起你爷爷。我会安排，什么事都会。我要一个爷爷欢喜你也欢喜的人来接收这渡船！不能如我们的意，我老虽老，还能拿镰刀同他们拼命。翠翠，你放心，一切有我！……”

远处不知什么地方鸡叫了，老道士在那边床上糊糊涂涂地自言自语：“天亮了吗？早咧！”

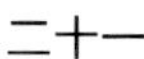

二十一

大清早，帮忙的人从城里拿了绳索杠子赶来了。

老船夫的白木小棺材，为六个人抬着到那个倾圮了的塔后山岨上去埋葬时，船总顺顺，马兵，翠翠，老道士，黄狗皆跟在后面。到了预先掘就的方阱边，老道士照规矩先跳下去，把一点朱砂颗粒同白米安置到阱中四隅及中央，又烧了一点纸钱，爬出阱时就要抬棺木的人动手下肂。翠翠哑着喉咙干号，伏在棺木上不起身。经马兵用力把她拉开，方能移动棺木。一会儿，那棺木便下了阱，拉去绳子，调整了方向，被新土掩盖了，翠翠还坐在地上呜咽。老道士要回城去替人做斋，过渡走了。船总把一切事托给老马兵，也赶回城去了。帮忙的皆到溪边去洗手，家中各人还有各人的事，且知道这家人的情形，不便再叨扰，也不再惊动主人，过渡回家去了。于是碧溪岨便只剩下三个人，一个是翠翠，一个是老马兵，一个是由船总家派来暂时帮忙照料渡船的秃头陈四四。黄狗因被那秃头打了一石头，对于那秃头仿佛很不高兴，尽是轻轻地吠着。

到了下午，翠翠同老马兵商量，要老马兵回城去把马托给营里人照料，再回碧溪岨来陪她。老马兵回转碧溪岨时，秃头陈四四被打发回城去了。

翠翠仍然自己同黄狗来弄渡船，让老马兵坐在溪岸高崖上玩，或嘶着个老喉咙唱歌给她听。

过三天后船总来商量接翠翠过家里去住，翠翠却想看守祖父的坟山，不愿即刻进城。只请船总过城里衙门去为说句话，许杨马兵暂时同她住住，船总顺顺答应了这件事，就走了。

杨马兵既是个上五十岁了的人，说故事的本领比翠翠祖父高一筹，加之凡事特别关心，做事又勤快又干净，因此同翠翠住下来，使翠翠仿佛去了一个祖父，却新得了一个伯父。过渡时有人问及可怜的祖父，黄昏时想起祖父，皆使翠翠心酸，觉得十分凄凉。但这分凄凉日子过久一点，也就渐渐淡薄些了。两人每日在黄昏中同晚上，坐在门前溪边高崖上，谈点那个躺在湿土里可怜祖父的旧事，有许多是翠翠先前所不知道的，说来便更使翠翠心中柔和。又说到翠翠的父亲，那个又要爱情又惜名誉的军人，在当时按照绿营军勇的装束，如何使女孩子动心。又说到翠翠的母亲，如何善于唱歌，而且所唱的那些歌在当时如何流行。

时候变了，一切也自然不同了，皇帝已不再坐江山，平常人还消说！杨马兵想起自己年轻作马夫时，牵了马匹到碧溪岨来对翠翠母亲唱歌，翠翠母亲不理会，到如今这自己却成为这孤雏的唯一靠山唯一信托人，不由得不苦笑。

因为两人每个黄昏必谈祖父以及这一家有关系的事情，后来便说到了老船夫死前的一切，翠翠因此明白了祖父活时所不提到的许多事。二老的唱歌，顺顺大儿子的死，顺顺父子对于祖父的冷淡，中寨人用碾坊作陪嫁妆奁诱惑傩送二老，二老既记忆着哥哥的死亡，且因得不到翠翠理会，又被家中逼着接受那座碾坊，意思还在渡船，因此赌气下行，祖父的死因，又如何与翠翠有关……凡是翠翠不明白的事，如今可全明白了。翠翠把事弄明白后，哭了一个夜晚。

过了四七，船总顺顺派人来请马兵进城去，商量把翠翠接到他家中去，作为二老的媳妇。但二老人既在辰州，先就莫提这件事，且搬过河街去住，等二老回来时再看二老意思。马兵以为这件事得问翠翠。回来时，把顺顺的意思向翠翠说过后，又为翠翠出主张，以为名分既不定妥，到一个生人家里去不好，还是不如在碧溪岨等，等到二老驾船回来时，再看二老意思。

这办法决定后，老马兵以为二老不久必可回来的，就依然把马匹托营上人照料，在碧溪岨为翠翠作伴，把一个一个日子过下去。

碧溪岨的白塔，与茶峒风水有关系，塔圮坍了，不重新做一个自然不成。除了城中营管，税局以及各商号各平民捐了些钱以外，各大寨子也有人拿册子去捐钱。为了这塔成就并不是给谁一个人的好处，应尽每个人来积德造福，尽每个人皆有捐钱的机会，因此在渡船上也放了个两头有节的大竹筒，中部锯了一口，尽过渡人自由把钱投进去，竹筒满了马兵就捎进城中首事人处去，另外又带了个竹筒回来。过渡人一看老船夫不见了，翠翠辫子上扎了白线，就明白那老的已做完了自己分上的工作，安安静静躺到土坑里去了，必一面用同情的眼色瞧着翠翠，一面就摸出钱来塞到竹筒中去。“天保佑你，死了的到西方去，活下的永保平安。”翠翠明白那些捐钱人的意思，心里酸酸的，忙把身子背过去拉船。

到了冬天，那个圮坍了的白塔，又重新修好了。可是那个在月下唱歌，使翠翠在睡梦里为歌声把灵魂轻轻浮起的年轻人，还不曾回到茶峒来。

……

这个人也许永远不回来了，也许“明天”回来！

一九三三年冬至一九三四年春完成

媚金·豹子·与那羊

不知道麻梨场麻梨的甜味的人，告他白脸苗的女人唱的歌是如何好听也是空话。听到摇橹的声音觉得很美是有人。听到雨声风声觉得美的也有人。听到小孩子半夜哭喊，以及芦苇在小风中说梦话那样细细的响，以为美，也总不缺少那呆子。这些是诗。但更其是诗，更其容易把情绪引到醉里梦里的，就是白脸族苗女人的歌。听到这歌的男子，把流血成为自然的事，这是历史上相传下来的魔力了。一个熟悉苗中掌故的人，他可以告你五十个有名美男子被丑女人的好歌声缠倒的故事，他又可以另外告你五十个美男子被白脸苗女人的歌声唱失魂的故事。若是说了这些故事的人，还有故事不说，那必定是他还忘了把媚金的事情相告。

媚金的事是这样。她是一个白脸苗中顶美的女人，同到凤凰族像貌极美又顶有一切美德的一个男子，因唱歌成了一对。两方面在唱歌中把热情交流了。于是女人就约他夜间往一个洞中相会。男子答应了。这男子名叫豹子。豹子答应了女人夜里到洞中去，因为是初次，他预备牵一匹小山羊去送女人，用白羊换媚金贞女的红血，所做的纵是罪恶，似乎神也许可了。谁知到夜豹子把事情忘了，等了一夜的媚金，因无男子的温暖，就冷死在洞中。豹子在家中睡到天明才记起，赶即去，则女人已死了，豹子就用自己身边的刀自杀在女人身旁。尚有一说则豹子的死，为此后仍然常听到媚金的歌，因寻不到唱歌人，所以自杀。

但是传闻全为人所撰拟，事情并不那样。看看那遗传下来据说是豹子临死前用树枝画在洞里地面沙上最后的一首诗，那意思，却是媚金有怨豹子爽约的语气。媚金是等候豹子不来，以为自己被欺，终于自杀了。豹子是因了那一只羊的缘故，爽了约，到时则媚金已死，所以豹子就从媚金胸上拔出那把刀来，陷到自己胸里去，也倒在洞中。至于羊此后的消息，以及为什么平时极有信用的豹子，却在这约会上成了无信的男子，是应当问那一只羊了。都因为那一只羊，一件喜事变成了一件悲剧，无怪乎白脸族苗人如今有不吃羊肉的理由。

但是问羊又到什么地方去问？每一个情人送他情妇的全是一只小小白山羊，而且为了表示自己的忠诚，与这恋爱的坚固，男人总说这一只羊是当年豹子送媚金姑娘那一只羊的血族。其实说到当年那一只羊，究竟是公山羊或母山羊，谁也还不能够分明。

让我把我所知道的写来罢。我的故事的来源是得自大盗吴柔。吴柔是当年承受豹子与媚金遗下那一只羊的后人，他的祖先又是豹子的拳棍师傅，所传下来的事实，可靠的自然较多。

后面是那故事。

媚金站在山南，豹子站在山北，从早唱到晚。山就是现在还名为唱歌山的山。当年名字是野菊，因为菊花多，到秋来满山一片黄。如今还是一样黄花满山，名字是因为媚金的事而改了。唱到后来的媚金，承认是输了，是应当把自己交把与豹子，尽豹子如何处置了，就唱道：

红叶过冈是任那九秋八月的风，
把我成为妇人的只有你。

豹子听到这歌，欢喜得踊跃。他明白他胜利了。他明白这个白脸族中最美丽风流的女人，心归了自己所有，就答道：

白脸族一切全属第一的女人，
请你到黄村的宝石洞里去。
天上大星子能互相望到时，
那时我看见你你也能看见我。

媚金又唱：

我的风，我就照到你的意见行事。
我但愿你的心如太阳光明不欺，
我但愿你的热如太阳把我融化。
莫让人笑凤凰族美男子无信，

你要我做的事自己也莫忘记。

豹子又唱：

放心，我心中的最大的神。
豹子的美丽你眼睛曾为证明。
豹子的信实有一切人作证。
纵天空中到时落的雨是刀，
我也将不避一切来到你身边与你亲嘴。

天是渐渐夜了。野猪山包围在紫雾中如今日黄昏景致一样。天上剩一些起花的红云，送太阳回地下，太阳告别了。到这时打柴人都应归家，看牛羊人应当送牛羊归栏，一天已完了。过着平静日子的人，在生命上翻过一页，也不必问第二页上面所载的是些什么，他们这时应当从山上，或从水边，或从田坝，回到家中吃饭时候了。

豹子打了一声呼哨，与媚金告别，匆匆赶回家，预备吃过饭时找一只新生的小羊到宝石洞里去与媚金相会。媚金也回了家。

回到家中的媚金，吃过了晚饭，换过了内衣，身上擦了香油，脸上擦了宫粉，对了青铜镜把头发挽成一个大髻，缠上一匹长一丈六尺的绉绸手帕，一切已停当，就带了一个装满了酒的长颈葫芦，以及一个装满了钱的绣花荷包，一把锋利的小刀，走到宝石洞去了。

宝石洞当年，并不与今天两样。洞中是干燥的，铺满了白色细沙，有用石头做成的床同板凳，有烧火地方，有天生凿空的窟窿，可以望星子，所不同，不过是当年的洞供媚金豹子两人做新房，如今变成圣地罢了。时代是过去了。好的风俗是如好的女人一样，都要渐渐老去的。一个不怕伤风，不怕中暑，完完全全天生为少年情人预备的好地方，如今却供奉了菩萨，虽说菩萨就是当年殉爱的两人，但媚金豹子若有灵，都会以为把这地方盘踞为不应当吧。这样好地方，既然是两个情人死去的地方，为了纪念这一对情人，除了把这地方来加以人工，好好布置，专为那些唱歌互相爱悦的少男少女聚会方便外，真没有再适当的用处了。不过我说过，地方的好习惯是消灭了，民族的热情是下降了，女人也慢慢地像中国女人，把爱情移到牛羊金银虚名虚事上来了，爱情的地位显然是已经堕落，美的歌声与美的身体同样被其他物质战胜成为无用东西了，就是有这样好地方供年轻人许多方便，恐怕媚金同豹子，也见不惯这些假装的热情与虚伪的恋爱，倒不如还是当成圣地，省得来为现代的爱情脏污好！

如今且说媚金到宝石洞的情形。

她是早先来，等候豹子的。她到了洞中，就坐到那大青石做成的床边。这是她行将做新妇的床。石的床，铺满了干麦秆草，又有大草把做成的枕头，干爽的穹形洞顶仿佛是帐子，似乎比起许多床来还合用。她把酒葫芦挂到洞壁钉上，把绣花荷包放到枕边（这两样东西是她为豹子而预备的），就在黑暗中等候那年轻壮美的情人。洞口微微的光照到外面，她就坐着望到洞口有光处，期待那黑的巨影显现。

她轻轻地唱着一切歌，愉悦到自己。她用歌去称赞山中豹子的武勇与人中豹子的美丽，又用歌形容到自己此时的心情与豹子的心情。她用手揣自己身上各处，又用鼻子闻嗅自己各处；揣到的地方全是丰腴滑腻如油如脂，嗅到的气味全是一种甜香气味。她又把头上的手巾除去，把髻拆松，比黑夜还黑的头发一散就拖地。媚金原是白脸族极美的女人，男子中也只有豹子，才配在这样女人身上做一切撒野的事。

这女人，全身发育到成圆形，各处的线全是弧线，整个的身材却又极其苗条相称。有小小的嘴与圆圆的脸，有一个长长的鼻子。有一个尖尖的下巴。还有一对长长的眉毛。样子似乎是这人的母亲，照到何仙姑捏塑成就的，人间决不应当有这样完全的精致模型。请想想，再过一点钟，两点钟，就应当把所有衣衫脱去，做一个男子的新妇，这样的女人，在这种地方，略为害着羞，容纳了一个莽撞男子的热与力，是怎样动人的事！

生长于二十世纪，一九二八年，在中国上海地方，善于在朋友中刺探消息，各处造谣，天生一张好嘴，得人怜爱的文学家，聪明伶俐为世所惊服，但请他来想想媚金是如何美丽的一个女人，仍然是很难的一件事。

白脸族苗女人的秀气清气，是随到媚金灭了多日了。这事是谁也能相信的。如今所见到的女人，只不过是下品中的下品，还足使无数男子倾心，使有身份的汉人低头，媚金的美貌也就可以仿佛得知了。

爱情的字眼，是已经早被无数肮脏的虚伪的情欲所玷污，再不能还到另一时代的纯洁了。为了说明当时媚金的心情，我们是不愿再引用时行的话语来装饰，除了说媚金心跳着在等候那男子来压她以外，她并不如一般天才所想象的叹气或独白！

她只望豹子快来，明知是豹子要咬人她也愿意被吃被咬。

那一只人中豹子呢？

豹子家中无羊，到一个老地保家买羊去了。他拿了四吊青钱，预备买一只白毛的小母山羊，进了地保的门就说要羊。

地保见到豹子来问羊，就明白是有好事了，向豹子说：

“年轻的标致的人，今夜是预备做什么人家的新郎？”

豹子说：

“在伯伯眼中，看得出豹子的新妇所在。”

“是山茶花的女神，才配为豹子屋里人。是大鬼洞的女妖，才配与豹子相爱。人中究竟是谁，我还不明白。”

“伯伯，人人都说凤凰族的豹子相貌堂堂，但是比起新妇来，简直不配为她做垫脚蒲团！”

“年轻人，不要太自谦卑。一个人投降在女人面前时，是看起自己来本就一钱不值的。”

“伯伯说的话正是！我是不能在我那个人面前说到自己的。得罪伯伯，我今夜里就要去做丈夫了。对于我那人，我的心，要怎样来诉说呢？我来此是为伯伯匀一只小羊，拿去献给那给我血的神。”

地保是老年人，是预言家，是相面家，听豹子在喜事上说到血，就一惊。这老年人似乎就有一种预兆在心上明白了，他说：

“年轻人，你神气不对。”

“伯伯呵！今夜你的儿子是自然应当与往日两样的。”

“你把脸到灯下来我看。”

豹子就如这老年人的命令，把脸对那大青油灯。地保看过后，把头点点，不作声。

豹子说：

“明于见事的伯伯，可不可以告我这事的吉凶？”

“年轻人，知识只是老年人的一种消遣，于你们是无用的东西！你要羊，到栏里去拣选，中意的就拿去吧。不要给我钱。不要致谢。我愿意在明天见到你同你新妇的……”

地保不说了，就引导豹子到屋后羊栏里去。豹子在羊群中找取所要的羔羊，地保为掌灯相照。羊栏中，羊数近五十，小羊占一半，但看去看来却无一只小羊中豹子的意。毛色纯白的又嫌稍大，较小的又多脏污。大的羊不适用那是自然的事，毛色不纯的羊又似乎不配送给媚金。

“随随便便罢，年轻人，你自己选。”

“选过了。”

“羊是完全不合用么？”

“伯伯，我不愿意用一只驳杂毛色的羊与我那新妇洁白贞操相比。”

“不过我愿意你随随便便选一只，赶即去看你那新妇。”

“我不能空手，也不能用伯伯这里的羊，还是要到别处去找！”

“我是愿意你随便点。”

“道谢伯伯，今天是豹子第一次与女人取信的事，我不好把一只平常的羊充数。”

“但是我劝你不要羊也成。使新妇久候不是好事。新妇所要的并不是羊。”

“我不能照伯伯的忠告行事，因为我答应了我的新妇。”

豹子谢了地保，到别一人家去看羊。送出大门的地保，望到这转瞬即消失在黑暗中的豹子，叹了一口气，大数所在这预言者也无可奈何，只有关门在家等消息了。他走了五家，全无合意的羊，不是太大就是毛色不纯。好的羊在这地方原是如好的女人一样，使豹子中意全是偶然的事！

当豹子出了第五家养羊人家的大门时，星子已满天，是夜静时候了。他想，第一次答应了女人做的事，就做不到，此后尚能取信于女人么？空手地走去，去与女人说羊是找遍了全个村子还无中意的羊，所以空手来，这谎话不是显然了么？他于是下了决心，非找遍全村不可。

凡是他所知道的地方他都去拍门，把门拍开时就低声柔气说出要羊的话。豹子是用着他的壮丽在平时就使全村人皆认识了的，听到说要羊，送女人，所以人人无有不答应。像地保那样热心耐烦地引他到羊栏去看羊，是村中人的事。羊全看过了，很可怪的事是无一只合适的小羊。

在洞中等候的媚金着急情形，不是豹子所忘记的事。见了星子就要来的临行嘱托，也还在豹子耳边停顿。但是，答应了女人为抱一只小羔羊来，如今是羊还不曾得到，所以豹子这时着急的，倒只是这羊的寻找，把时间忘了。

想在本村里找寻一只净白小羊是办不到的事，若是一定要，那就只有到离此三里远近的另一个村里询问了。他看看天空，以为时间尚早。豹子为了守信，就决心一气跑到另一村里去买羊。

到别一村去的道路在豹子走来是极其熟悉的，离了自己的村庄，不到半里，大路上，他听到路旁草里有羊叫的声音。声音极低极弱，这汉子一听就明白这是小羊的声音。他停了。又详细地侧耳探听，那羊又低低地叫了一声。他明白是有一只羊掉在路旁深坑里了，羊是独自留在坑中有了一天，失了娘，念着家，故在黑暗中叫着哭着。

豹子藉到星光拨开了野草，见到了一个地口。羊听到草动，就又叫，那柔弱的声音从地口出来。豹子欢喜极了。豹子知道近来天气晴明，坑中无水，就溜下去。坑只齐豹子的腰，坑底的土已干硬了，豹子下到坑中以后稍过一阵，就见到那羊了。羊知道来了人便叫得更可怜，也不走拢到豹子身边来，原来羊是初生不到十天的小羔，看羊人不小心，把羊群赶走，尽它掉下了坑，把前面一只脚跌断了。

豹子见羊已受了伤，就把羊抱起，爬出坑来，以为这羊无论如何是用得着了，就走向与媚金约会的宝石洞路上去。在路上，羊却仍然低低地喊叫。豹子悟出羊的痛苦来了，心想只有抱它到地保家去，请地保为敷上一点药，再带去。他就又反向地保家走去。

到了地保家，拍门时，正因为豹子事无从安睡的老人，还以为是豹子的凶信来了。老人隔门问是谁。

“伯伯，是你的侄儿。羊是得到了，因为可怜的小东西受了伤，跌坏了脚，所以到伯伯处求治。”

“年轻人，你还不去你新妇那里吗？这时已半夜了，快把羊放到这里，不要再耽搁一分一秒罢。”

“伯伯，这一只羊我断定是我那新妇所欢喜的。我还不能看清楚它的毛色，但我抱了这东西时，就猜得这是一只纯白的羊！它的温柔与我的新妇一样，它的……”那地保真急了，见到这汉子对于无意中拾来一只受伤的羊，像对这羊在作诗，就把门闩抽去砰地把门打开。一线灯光照到豹子怀中的小羊身上，豹子看出了小羊的毛色。

羊的一身白得像大理的积雪。豹子忙把羊抱起来亲嘴。

“年轻人，你这是做什么？你忘了你是应当在今夜做新郎了。”

“伯伯，我并不忘记！我的羊是天赐的。我请你赶紧设法把它脚搽一点药水，我就应当抱它去见我的新妇了。”

地保只摇头，把羊接过手来在灯下检视，这小羊见了灯光再也不喊了，只闭了眼睛，鼻孔里咻咻的出气。

过了不久豹子已在向宝石洞的一条路上走着了。小羊在他怀中得了安眠。豹子满心希望到宝石洞时见到了媚金，同到媚金说到天赐这羊的事。他把脚步放宽，一点不停，一直上了山，过了无数高崖，过了无数水涧，走到宝石涧。

到得洞外时东方的天已经快明了。这时天上满是星，星光照到洞门，内中冷冷清清不见人。他轻轻地喊，“媚金，媚金，媚金！”

他再走近一点，则一股气味从洞中奔出，全无回声，多经验的豹子一嗅便知道这是血腥气。豹子愕然了。稍稍发痴，即刻把那小羊向地下一掼，奔进洞中去。

到了洞中以后，向床边走去，为时稍久，豹子就从天空星子的微光返照下望到媚金倒在床上的情形了。血腥气也就从那边而来。豹子扑拢去，摸到媚金的额，摸到脸，摸到口；口鼻只剩了微热。

“媚金！媚金！”

喊了两声以后，媚金微微的嘤地应了一声。

“你做什么了呢？”

先是听嘘嘘的放气，这气似乎并不是从口鼻出，又似乎只是在肚中响，到后媚金转动了，想爬起不能，就幽幽地继续地说道：

“喊我的是日里唱歌的人不？”

“是的，我的人！他日里常常是忧郁地唱歌，夜里则常是孤独地睡觉；他今天这时却是预备来做新郎的……为什么你是这个样子了呢？”

“为什么？”

“是！是谁害了你？”

“是那不守信实的凤凰族年轻男子，他说了谎。一个美丽的完人，总应当有一些缺点，所以菩萨就给他一点说谎的本能。我不愿在说谎人前面受欺，如今我是完了。”

“并不是！你错了！全因为凤凰族男子不愿意第一次对一个女人就失信，所以他找了一整夜才无意中把那所答应的羊找到，如今是得了羊倒把人失了。天啊，告我应当在什么事情上面守着那信用。”

临死的媚金听到这语，知道豹子迟来的理由是为了那羊，知道并不是失约了，对于自己在失望中把刀陷进胸膛里的事是觉得做错了。她就要豹子扶她起来，把头靠到豹子的胸前，让豹子的嘴放到她额上。

女人说：

“我是要死了。……我因为等你不来，看看天已快亮，心想自己是被欺了，……所以把刀放进胸膛里了。……你要我的血我如今是给你血了。我不恨你。……你为我把刀拔去，让我死。……你也乘天未大明就逃到别处去，因为你并无罪。”

豹子听着女人断断续续地说到死因，流着泪，不作声。他想了一阵，轻轻地去摸媚金的胸，摸着了全染了血的媚金的奶，奶与奶之间则一把刀柄浴着血。豹子心中发冷，打了一个颤。

女人说：

“豹子，为什么不照到我的话行事呢？你说是一切为我所有，那么就听我命令，把刀拔去了，省得我受苦。”

豹子还是不作声。

女人过了一阵，又说：“豹子，我明白你了，你不要难过。你把你得来的羊拿来我看。”

豹子就好好把媚金放下，到洞外去捉那只羊。可怜的羊是无意中被豹子已掼得半死，也卧在地下喘气了。

豹子望一望天，天是完全发白了。远远的有鸡在叫了。他听到远处的水车响声，像平常做梦日子。

他把羊抱进洞去给媚金，放到媚金的胸前。

“豹子，扶我起来，让我同你拿来的羊亲嘴。”

豹子把她抱起，又把她的手代为抬起，放到羊身上。“可怜这只羊也受伤了，你带它去了吧。……为我把刀拔了，我的人。不要哭。……我知道你是爱我，我并不怨恨。你带羊逃到别处去好了。……呆子，你预备做什么？”

豹子是把自己的胸也坦出来了，他去拔刀。陷进去很深的刀是用了大的力才拔出的。刀一拔出血就涌出来了，豹子全身浴着血。豹子把全是血的刀子扎进自己的胸脯，媚金还能见到就含着笑死了。

天亮了，天亮了以后，地保带了人寻到宝石洞，见到的是两具死尸，与那曾经自己手为敷过药此时业已半死的羊，以及似乎是豹子临死以前用树枝在沙上写着的一首歌。地保于是乎把歌读熟，把羊抱回。

白脸苗的女人，如今是再无这种热情的种子了。她们也仍然是能原谅男子，也仍然常常为男子牺牲，也仍然能用口唱出动人灵魂的歌，但都不能做媚金的行为了！

一九二八年冬作

薄 寒

她是本市第×中学的史地教员。

得到一个信，她就哭了。几天来她非常想哭。每月同样的，一到了初十，人便不大高兴，既从不与人发生争执，生活仍然是习惯上的几种：到第三教室去上国语，到西城去赴会，到师大去看老同学……一切照常，却特别容易生气，容易倦，容易哭。没有人知道她这个脾气。但她要谁知道呢？密司周，密司凌，或者——全没用处。什么人也不曾得罪她。她没有冤屈，也无须乎要谁体恤或关照。

她把那个来信念着：

……我想死了，这世界我实在没有用处。

……我不同她们玩，又不同他们说，无一个人知道我。

……天气很好。有时冷，有时热，大家都忙。我太闲了。

……我常常想男子都是蠢东西。

信无意思。情感琐碎，观念紊乱。这是一个在山东女子师范做教员的旧日同学写来的信，说的是未嫁人女子极普通的悒郁的心被一种暧昧欲望所烦恼时的种种感觉。

这时节她若写信给谁，也就必然那样说的。她不明白她需要什么，缺少什么。一种固定的工作，一些属于人情通常的过往，一些琐事的消磨，都感到厌烦。平时能发生兴味的，到这时节她也觉得无聊。她应当做什么？凡是女子，对于虚荣，对于金钱，对于衣饰，对于一个半生不熟男子从某一种暧昧意义出发而来的殷勤，她似乎都无用处。她有钱，又有相当的地位。衣服并不与流行的时髦相反。最后，是男子一点爱了，这个更多因为仪容在中人以上，同时不缺乏一种好性情，各方面同事，注意集中了。同事男子中，自然就不缺少那伴在路上走时使路人燃烧妒忌的火的俊伟温存人物。然而这些人却似乎与她隔得很远很远。

同事极多，许多人在她面前都红过脸。许多人因为她一到这学校，成为另一人了。这些事，她看得很明白。一个年龄过了二十岁的女人，平时既身心健康，获过完全教育的机会，那慧心柔情，在其他事业即无所表现，关于检察男子的心的方向，是照例秉赋着一种特殊本能的。天赋的静柔的气质，更具有对男性特殊的敏感。她看见一切。就因为“看见”，她伤心了。

许多人都在那里作诗写小说，想爱人也需要别人爱他。许多可怜的自白，在杂志上登载出来，勇敢荒唐到使人不敢相信。许多因失恋而自杀的新闻，每日都可见到。社会上一种超越制度律动，有力的，摇撼到她的心。若是有一种比文字还来得顽固的力量，想征服她，她是愿意被征服的。她时常想象自己投降到那种近于野蛮的热情下时的光荣。她心上需要一种压迫，这压迫当出之于男子直接的、专私的、无商量余地的那种气概。但是，她的生活中，没有这些遭遇。把这些说为“灾难”时，虽不缺少这遭遇“灾难”的资格，那种真的或仿佛是真的“灾难”，却从不曾来到头上。关于这件事她的过去是一页白纸，简直没有过去。

面前男子一群，微温，多礼貌，整洁，这些东西全是与热情离远的东西。在他们方以为可以胜利奏凯的行为，客气的行径呀，委婉的雅致的书信呀，略带自夸的献媚呀，凡是用在社交场中必须具有绅士风度的行为，都有人做过。出乎意料以外的是他们的失败。他们并没有人明白这失败理由。他们都以为一个女人，心上壁垒全不缺少重叠，所谓克服这壁垒的战术者，第一，是“温柔”；第二，还是温柔。一面因为自卫的谨慎，胆小到使女人见来可笑，这温柔有什么用？可以“无用”为基，由“怜悯”而得到女人的倾心相从，在习惯中自然也有不少人，居然如此处置自己到一个幸福乐园中去。然而希望她，那是不行了。她不需要男子什么，就是不需要这种自作多情微温小量的男子。

时已深秋天气。凡把春天同夏天虚度的一切人，幸福的梦，生活锐变的希望，近于荒唐的设计，完全秋天一般衰落了。一切在夏天还缺少勇敢的心，想在她心上培下爱情的种子的男子，到此时来以为这事完全无望，在挫折中度着比本来更悒郁的生活。一切本来尚知道荒唐，或想学荒唐的男子，以为看错了人，承认失败，注意到其他方面去了。春天夏天就没有在某一男子面前解释自己的气力的她，到这时，自然也更无机会了。

她老是在一种荒唐的幻想上驰骋，却从没有把自己生活放在一种具体的梦想上面，也没有把梦想放在一种现实的熟人身上。一切人类的纠纷，正像于她全无关系。她显得有点孤僻，可不在行为孤僻上加以辩护。她不讨厌男子，可不将任何方便颜色给那些孱弱男子。她绝不是一个荡妇，可是并不拒绝一种极端的放荡的迫害。她就等候这样的人。她的贞节是为这勇敢的热情的男子保留，也将牺牲到这种迫害上面的。

这时，她哭着。她觉得烦恼。她不能睡。她不愿找人谈话。

只有跑出去，预备一个人到一个可以独自坐下无人纠缠的什么幽僻地方，去大哭一场，把郁积泄尽。

她觉得有点冷，身上的衣太薄，就加上一件夹氅，拿了钱包，有意不让同事中人注意，走出了学校。谁知在校门前就遇到一个同事，向她点头行礼，本来上课时无结结巴巴习气，这时节却结结巴巴地想说什么又说不出口，只做成那不体面的憨笑，拘谨到与年龄衣服皆十分不相称。他问她到什么地方去，意思是若有命令，愿意奉陪。她露着讨嫌的鄙视的眼睛望一望，傲然地一笑，就匆匆离开这个地方与这个人了。

到了路上，许多学生见了她，都向她敬礼。她以为二十岁左右的年轻人应当鲁莽，应当有一颗心在习惯的压力下跃起反抗，应当有些达不到的野心，谁知同事把这些学生教成如他自己一样，也全是想在有礼貌上使人感到好处，全显得近于虚伪和油滑的神气。

见一个学生对她行礼，她就想，又是一个伪君子，感谢你的老师罢。一个蠢东西，一个什么也不懂的东西！行路的学生何尝无那野心扩张为她的美丽所苦恼的人？他们行礼，他们不躲避，何尝不是一种不端方的行为的表现？然而人全是那样康健年轻的人，为什么却无一个人能把世俗中所谓“斯文”除去，取一种与道德相悖驰的手段，拼牺牲一切作注，求达到一握手或一拥抱的事？因为名分上是先生，于是连心上的侵犯也不敢，她对于这些无希望的年轻人，更感到一种说不分明的嫌恶。

她到大街上去，秋天的街，各处所见全是瓜皮，一种吃剩了的残余，一种渣滓，她感到自己的生活有同样情调，就上了车。

到×××去玩，玩了一阵。看人。看树。看得秋独先的辞枝病叶，在平地上被风所刮，碎步跑去的情形。她又去看鱼，鱼也憔悴了，不知为什么。游人全是绅士。真的绅士则古貌盎然，携妻带妾，儿子成群。假的绅士则脸儿极白，衣裳整洁，眼睛各处溜转不定。她对于假绅士的印象比其他还坏。她故意坐到一个无人的地方去，为假绅士溜转的眼睛见到了，独自或两个，走过来，馋馋如狗的卑鄙的神气，从不知打什么地方学来的孱头行止，心儿紧紧，眼睛微斜，停了一停，看看不是路，仍然又悠悠走去了。其中自然就有不少上等人，不少教授，硕士同学士。他们除了平时很有礼貌以外，就是做这些事。他们就是作恋诗的诗人。他们就是知识阶级。知识把这些人变成如此可怜，如此虚伪。

她又见到一些兵士，来到此地的兵士，也全是规矩到异常可笑，全不与一般人概念中的兵士德性相称。

后来走到温室中去。一些花，从温室中培养成功的，没有强烈的香，也缺少刺目的色，等于那普遍流行的爱情，毫无意思。然而她坐到温室中了。来这里坐下的人少，过路的人却很多，她可以用眼睛看他人的一切。她记起刚才见到的那个军官学校模样的学生，在女人面前走过身时连头也不抬的情形，完全不与平时"奸淫掳掠"的传说中军人相近。军人当真是以杀人放火为生活的么？军人比在城市中培养出来的人还坏么？善于造谣的，有知识做造谣与作恶工具的，所做的事一切比军人合乎情理么？他们的勇敢是打仗。简单的朴素的，为一件看来全无意义的牺牲。他们做过了，并不夸张也不掩饰。他们从不辩解别人所加到他们头上的罪恶，他们无阴谋，也并无预定的计划。他们……

其时又来了一个军人。一个长脸的，有一种乡下人的气分，属于北方人型的汉子。双手插在马裤口袋里，沉沉的脚步，踏着砖地，目向前视，若在思想一种与身体壮伟相称的心事，又过去了。她心上感受一点轻微的压迫。壮观的朴素的美在眼前晃着。她望到这人转了个弯，不见了，像心上掉了一点看不见的东西。她想：这是能杀人的人。想着，汉子却回头了，仍然是沉沉的脚步，踏着砖地，从面前走过。仿佛是每一个脚步的重量全落在她心上。她沉默着，目送这巨大的灰色背影，消失到一个花格子门后面。她仍然想：这是能杀人也能……

寂寞袭上心来了。

仿佛没有其他办法比尽这人来侵犯自己威胁自己一阵更好。

一种荒唐的想象在眼前开展。她觉得她需要那一个军人。

她愿意被人欺骗，愿意被弃，愿意被蹂躏，只要这人是有胆气的人。别人叩头请求还不许可的事，若这人用力量来强迫她时，她甘心投降。她并不迷醉到此后一种幸福来献身于人。她能做的事她不要人感谢。她只是期望一个顽固的人，用顽固的行为加到她身上，损失的分量是不计较的。她要的是与人间本性的对面，因为她，便失去了一切拘束，来做那合乎本性的事。

一种惊心动魄的波澜，一种流泪流血的机会，是她所期待的。但是，什么地方可以寻找这些东西？天是青青的，天并不管这些事。人间充满了虚怯，谨慎，不自然的说谎。据说有爱情的人都应胆小如鼠，心弱如芦苇。这些人，缺少热，缺少光，以为女子的心是只在衣饰虚荣上可以克服，就单在自己服饰事业上相竞争，且用这些事物在女子面前来炫耀。他们还会常常自夸，以为因教育或天赋，知道女子独多。其实无耻与愚蠢到这种近代男子，已是再也没有了。

她坐着，沉默着，想起男子种种的蠢处，想到有人站在她身旁时还不明白。咳嗽了。她抬头，见到来人了。一个同事。一个蠢人中的蠢人。一个教物理学从不曾把公式忘记却全不了解女人的汉子。

“怎么？密司忒林，一人来吗？”

“一个人来，想不到——”这汉子喑哑了，爱慕的情绪扼住他的喉咙，俨然在一种苦楚中全身发抖。

她心说，“干吗不说特意来相候？”她知道他想说，“请你让我陪你走一阵。”但她因为这人的懦和笨，有点轻视这巧遇了，把脸向别处说：“园子里今天人真不少。”

那汉子鹦鹉似地说，“今天人真不少。”

她不作声了，看汉子走不走去。

汉子不走，很可怜的无意味的转身去折花盆里天冬草的细芽，一个警察橐橐地响着皮靴走来，汉子手才赶忙缩回。女人笑着，汉子更显得异常窘迫，不知如何是好。

她想象的男子的事业，在目前证据下，把她心全冷了。沉默了一会，见男子还不走，就说：“密司忒林，我们走走好不好？”

汉子很惨然地说：“好。”他先走。到后，他又后走。一切全不得体，都使她觉得无聊。这是谁的罪过呢？一些凡是女子所能给的方便，在她是已全给了他。一切鼓励，一切提示……然而全无用处，这男子却是那样一个萎靡不振的东西。

女人因为男子是个毫无用处的男子，说话转到男性的勇敢方面来了。她半嘲弄半怜悯地问道：

“密司忒林，你病了么？”

“……”

“天气到秋天，人是容易不爽快的。”

“……”

“这里过一阵人就少了。”

“……”

男子的默然无语，是显然取一种柔软的战略，取一种近于与女子眼泪同样的武器，要怜悯，要同情，要……她看得很分明，却一点不关心。

他们走了一会。男子虽到稍过一阵，拘束已渐渐失去，已近于一个男子的身份了，虽而那种不必说话时的聒絮，不自然的殷勤；无自我的服从，都使她看来难受。

她并不需要人在她面前投降。

她需要的是一个男子。望到目前的一个想起将来，她生气了。

她想试一试。把计划这样安排，说道：

“对不起，密司忒林，我还有点事我要走了。”

“就回去吗？”

“不。”

“……”

“在这里也无聊。”

汉子把眼望天想一想，无话可说，就又不作声了。

他应当向前。应当做一点比沉默还有用处的事。说是要走，那不行，非玩玩不可。再不然，走罢，我陪你去。再不然，无聊吗，到别处去，我有的是地方。能这样，成了。她期待那样一句强硬而无理的话，然而不曾出自男子的口中。连话也不敢撒野，别的还配说是男子吗？她觉得真只有走了，不再说什么，也不回头，也不向他道歉，走去了。男子心碎了。尊严失去了。愣着，望着这袅娜的后影。

他想着，头有点昏，失了理智的平衡，不能想。他追上去了。他奔着，跑着，绕过假山，越过栏杆，女人正在前面松树下，他赶到女人身边去，像一个暴客，拦了路。他脸上变了颜色，全身发抖。她见到时也略微吃惊，知道他将有什么表示。

她故意镇定地望着他，意思像用眼睛说，“干吗，蠢东西？要做就做！”

男子也望着她。

男子颓然了。力量消失了。本来预备说话的口又被一些东西塞住，他只虚拟一个手势，像是要拥抱，像是说我多么爱你呀，然而回头飞跑了。

到这时，才真是个全然无可救药的过失！

她木然地立定在那地方，也似乎有点头昏。勉强微笑着，赶忙坐到一张长椅子。

她想：是谁错了？

天已将夜，树梢间风转大了些。

慢慢的才觉得有点冷。

她起身了。无目的各处走去，走到有荷花的地方，见一张长凳上，正坐着先前在温室所见到的那个军官，低头顾望残荷。她从后面绕过去，毫不犹豫，同那汉子坐在一条凳上了。

新时代女子，如何头脑冷静，能静中观察一切，是没有谁将这性情详细刻画到一种记录上面的。至于她，这时节却没有想到自己行为是在反抗还是在向堕落之路走去。

她与那军人，在极短时间居然成为熟人了，军官还是先前的沉默，虽然这种沉默，已显然转为对于女子的离奇行动上面的注意……

“你告我是谁？”他这样问她，已是第三次。

“我就是我。你看，我的鼻子，我的眼睛，我的身上一切，都是我，并不是谁。”

“住处？”这也是第三次。

“你知道毫无用处。”第三次回答也如此。

“家？”他想知道的家，是从家可以捉住一根可以牵生活的线索。

“没有。”她告他没有，又说，“这不是预备作传的事。”

“做些什么？”

“你自己去猜想看看，把我位置到什么人方面，就是什么好了。我不反对你的瞎想。我不必告你我做些什么事情。你说我是什么，全在你。你说我是……”

“你这人很可爱，所以应当让多知道一点，并不是坏事。”

“你爱我，爱我的身体，傍在你身边你觉得快乐，这就够了。你知道我也不讨厌你。你要知道别的有什么用处。”

“你有点怪。”

“可是你还疑心我是个土娼，好像只有娼妇才会如此将就一个男子。”

他不说了，略感鲁莽地从身后抱着她的身子。

她有一种放肆的想望。她是分分明明坐在这个军人的身边的。她恣肆地享受一切，大胆无畏的偎依。她所要的全已得到了。一切在先想来是心跳的事，此时已仿佛很平常的事情了。她想望那顶荒唐的一点，她愿意他像一个男子。

她知道那男子是个男子，有热情，且有一种君子品德，一个在航空署做教官的人物，她极满意于她的冒险。她让那男子吻着两只手却微笑着，记起那无用处的同事惶恐如猫的脸色。

人要走了。

“走吗？走那儿去？我们吃饭去！我们是好朋友了！……”

“不。不用吃饭。我要回家了。——”

“明天？”

“我仍然到这里来。”

“你不要谎我。”

“你以为我是靠说谎来图什么的女人么？”

“我在这里等候你，用我的心，点上火，让它燃……”

她嗤地笑了，“一个军人，也来作诗。女人是并不以男子会说好听的话为荣耀的。我高兴来就来了，不高兴，也——”

“这是你的自由。可是你知道，我很想同你要好一点。你是个顶可爱的人。你真……”

“你这话才是聪明人说的话。”她这样说却忖度，“可是你还以为就是个土娼，明天不用来了。”

他送她出了公园，且尊重她的意见，不跟她走。她向东在灯光下走过天安门。她仍然走。她觉得她做了一个梦，如今还是在梦中，所以不怕，不悔，不……

上了车。新秋的风吹到脸上，她笑了。

“世界上男子全是蠢东西。”

一九三〇年夏作

或人的太太

天气很冷。北京的深秋正类乎南方腊月。然而除了家中安置有暖气管的阔人外，一般人家房子中是纵冷也还不能烧炉子。煤贵还只是一个不重要理由。不烧炉子的缘故，是倘若这时便有火烤，到冬天，漠北的风雪来时，就不好办了。

因为天气冷，不拘是公园中目下景致如何美，人也少。到公园的不一定是为了到公园来看花木，全是为看人，如今又还不到溜冰季节，可以供一般多暇的为看人而来的公子少爷欣赏的女人很少，女人少，公园生意坏下来，自然而然的了。公园中人少，在另一种地方人就渐渐多起来了——这地方是人人都知道的“市潮”与“电影院”。

这个时候是下午三点时候，大街上，一些用电催着轮子转动的，用汽催着轮子转动的，用人的力量催着轮子转动的，用马的力量催着轮子转动的车上载着的男男女女，有一半是因为无所事事很无聊的消磨这个下午而坐车的。坐在车上实际上也就是消磨时间的一种法子。然而到一个地方，一些人，必定会为一些非本意约定下来的事情下了车子。当从西四牌楼到东四牌楼的电车停顿在中央公园前面，穿黑衣的大个儿售票员喝着“公园”时，有两个人下了车子，这情形如出于无可奈何。刚下车子走不到五步，卖票人嘘的一声哨子，黄木匣子似的电车又沿着地面钢轨慢慢走去，运载另一些人到另一地方去了。

下车的是一对年轻夫妇，并排地走进了公园大门，女的赶到卖票处买票。

同是卖票人，在电车上的，就急急忙忙跳上跳下像连搔痒也找不出空闲时间。公园中的卖票人，却伏在柜上打盹。倘若说，那一个生活是猴子生活，则这个人真可说是猫儿生活了。猫儿的悠闲也正如此，除了打盹以外无事可做。

女人像是不忍惊醒这卖票人模样，虽把钱包中角子票取出，倒迟迟地不去喊他。

“怎么？”男的说。

“睡着了。”

于是两个人就对到这打盹的隐士模样的事务员笑。

一个收票的巡警，先是正寂寞着从大衣的袋子里掏出一面小小镜子如同时下女人模样倚在廊柱间对镜自得，见到有人来，又见到来人虽把钱取出却不买票，知道是卖票人还未醒，就忙把镜子塞到衣袋里去，走到卖票门处来：

“嗨，怎么啦！”

给这么一喝，睡着正做着那吃汤圆的好梦的卖票人，忽然把汤圆碗掉在地上，气醒了。巡警见了所做事情已毕，就对这一对年轻人表示一个极有礼貌的微笑，走过收票处去了。

“一碗——两碗？”他还不忘到汤圆是应论碗数，把入门票也应用到“碗”的上面。这人算是一个很可爱的人。

“是两张。”女人对于“碗”字却听不真，说是要两张。

“二六一十二，三十二枚。”一面用手按到那黄色票券一面说着在头脑中已成习的钱数的卖票人，用着令人见了以为是有过三天不睡觉的神气。望买票的一男一女，在卖票人心上，在这样时节来到这地方的，总不是一对正式夫妇，就用一个惯用的姿势，在脸上漾着“我全知道”意思的微笑。这微笑，且在巡警脸上也有着，当女人在取票以及送票给那长脸巡警时，就全见到了。女人也就作另一种意义的笑。

把票交了后，一进去是三条路，脚步为了在三者之间不知选哪一路最合意于他，本来走在先一点的她就慢下来了。两人并排走，女的问：

“芝，欢喜打哪一条路？”

“随你便。”

“随你便。”她似乎为这话生了点小气，却就照样又说转去。

“那就走左边。”

“好。”

他们走左边，从一个寂寞无人的廊上走到平时养金鱼地方，见到几个工人模样汉子正在那里用铁丝兜子捞缸里的鱼，鱼从这缸到那另一可以收藏到温室的小缸里去，免得冬天冻坏，就停下来看。

“鱼全萎悴了，一到秋来就是这样子，真难看。”女的说，说了又去看男的，却见男的正在用手影去吓那鱼。但又似乎听到女人所说的话，就说“那我们走罢”。

于是他们俩走到有紫牡丹花处的水榭。牡丹花开时水榭附近，人是不知数。这时除了他们俩，便是一些用稻草裹着的枯枝。人事变幻在这一对人心中生了凄凉，他们坐在这花坛边一处长凳上，互相觉得在他们的生活上，也是已经把那春天在一种红绿热闹中糟蹋干净，剩下的，到了目下一般的秋天了。虽然两人同时感到此种情形时，两人都不期而然把身靠拢了一点，然而这无法。身上接近心更分开了。分开了，离远了，所有的爱已全部用尽，若把生活比着条丝瓜，则这时他们所剩下来维持这瓜的形式的只是一些络了。这感觉在女人心中则较之男人更清楚。也因为更清楚这情形，一面恋着另一个人，一面又因为这眼前的人苦恼的样子，引出良心的惶恐，情欲与理智搅在一处，不知道所应走的究竟是哪一条道路。她能从他近日的行为中看出他对自己的事多少有些了然的意思。他的忽然的常常在外面朋友处过夜，这事在她眼中便证出他所有的苦恼全是她所给。他在一种沉默的忧郁中常常发自己的气。她就明白全是做太太的不好所致。然而她将怎么样？她将从一种肉体生活上去找那赔礼的机会？她将在他面前去认罪？在肉体方面，做太太的是正因为有着那罪恶憧憬的知觉在他心上，每一次的接近，做太太的越觉热爱的情形，也只能使他越敢于断定是她已背了他在第二个男子身上做了那同样的事，因为抱惭才来在丈夫面前敷衍的心也更显。流着眼泪去承认这过错吧，则纵能因此可以把两人的感情恢复过来，但是那一边却全完了。若在这一边是认了过错，在那一边又复每一个礼拜背了丈夫去同那面的人私会，则这礼是空赔，更坏了。

男子这面呢？想到的却是非常伤心的一切。然而生就不忍太太过于难过的脾气，使他关于这类话竟一句不提。隐隐约约从一些亲友中，他知道了自己所处的地位，为这痛苦是痛苦过两个多月了。可是除了不得已从脸貌上给了太太以一点苦恼以外，索性对并不必客气的太太十分客气起来了。在这客气中，他使她更痛苦的情形，也便如她因这心中隐情对他客气使他难过一样。

她知道他是在为自己受着大的苦恼，他也知道她是为一种良心苦恼着：两人在这一种情形下更客气起来。但在这种客气下，两人全明白是在那里容让敷衍，也越多痛苦。

是这样，就分了手罢，又不能。凡事是可以“分手”了之的事，则纵不分手，所有的苦恼，也就是有限得很了。何况这又不是便能分手的事。分手的事在各人心中全不曾想到，他们结了婚已有了六年七年。且这结合的当初，虽说是也正如那类足以藉词于离婚的“老式家庭包办”法子，但以同样的年龄，同样的美丽身体，互相粘恋的合住了七年，在七年中全是在一种健康生活中过了，全没有可以说分手的原因！倘若说这各人容在心中的一点事务是以为分手最好的缘由，然而她能信得过另外的一个他爱她会比这旧伴为好？且做老爷的，虽然知道她是如所闻的把另外一人当了情人，极热的在恋，然而他仍然就相信太太爱那情人未必能如爱自己得深。明知她爱别人未必如爱自己得深，却又免不了难堪，这就正是人生难解处，也就是佛说人这东西的蠢处。

一个人，自己每每不知道自己性格因为一种烦恼变化到怎样，然而他能在自己发昏中看出别人的一切来。一个在愁苦中人非常能同情别的愁苦的人，这事实，要一个曾经苦过愁过的人就能举出证据来了。他便是这样。他见到她为种种事烦恼着，虽也能明白这烦恼，一半是为自己做老爷的嫉妒以及另一个男子所给她的，但他因她另一半为一种良心引出的烦恼，就使他非常可怜她。

为怕对方的难堪，给一种幽渺的情绪所支配，全都不敢提到这事。全不提，则互相在心中怜着对方，又像这是两人的心本极接近了。

今天是太太在一个没有可以到另一个人处去的日子，寂寞在家里，老爷从一些言语上知道别的地方决没有人在等候她去，又觉得她是有了病，才把太太劝到公园来。到了公园，两人都愿意找一点话来谈，又觉得除了要说便应说那在心上保留到快要胀破血管的话以外再无其他的话。

柳树叶子在前一个礼拜还黄黄地挂在细枝条上，几天的风已全刮尽了。水榭前的池子水清得成了黑色，怕一交冬就要结冰了。他们在那里当路凳上坐着，经过二十分钟却还无一个行人从这儿过身。

做太太的心想着，假使是认错，在这时候一倒到他身上去，轻轻地哭诉过去的不对地方，马上会把一天云雾散尽，然而她同时想，在她身边的人若是那另外的他，她将有说有笑的，所有对老爷的忧愁也全可以放到脑背后去了。

听到一只喜鹊从头上叫飞过去，她抬起头看。抬起头才察觉他是像在想什么事情，连刚才喜鹊的声音也不曾听到。

“芝，病了吗？”

“不。”

“冷吗？”

“也不。”

“那是为什么事不愉快？”

“为什么事——我觉得我到近来常常是这样，真非常对不起你。”接着是勉强地作苦笑，且又笑笑地说，“原是恐怕你坐在家中生病，才同你到这儿来玩。”

笑是勉强又勉强，看得出，话也是无头无尾，忽而停止下来的。

“我看我们——”她再也不能说下去，想说的话全给一种不可当的悲痛压下，变成了一种呜咽，随即伏在他的肩上了。

“不要这样吧。我受不住了。人来了。叫熟人看着要笑的。回去再哭吧！唉，我是也要……”把泪噙在眼中的他，一面幽幽地说，一面把太太的头扶起，红着眼的太太就把满是眼泪的眼睛望定了他，大的泪是一直向下流，像泻着的泉。

他不能这样看她的哭，也不愿把同样的情形给她看，就掉过头去，叹着气。

“你总能够相信我，我还不至如你以为我能做的事！”

听太太的话，也仍然不掉回头来。只答应说“是。我相信你。”又继续说，“我难道是愿意你因了我的阻止失去别的愉快吗？我只愿意你知道我性情。我不想用什么计策来妨害过你自由。你做你欢喜做的事，我不但并不反对，还存心在你背后来设法帮你的忙。不过我并不是什么顶伟大的人，我的好处也许是我的病。一个平凡的人所能感到的嫉妒，我也会感到，你若有时能为我设想，你就想想我这难堪的地位吧。……”

他哭了，然而他还有话说。他旋即便解释他在这两月来的苦楚，是怎样沉闷地度着每一日，又是怎样自恼着不能全然容忍致影响到她。总之他为了使她安心，使她知道他是还在怎样的爱她，又怎样的要她爱，找了两个多月还不能得的机会，这时是已经得到了。他的每一个字都如带得有一种毒，使她忍不住只想大声哭。

“我知道是我的错。”在男的把话说到结末时，女人说，“如今我全承认了。”

“我并不是说你错。你做的事正是一个聪明女子做的事。听人说是你同他来往，我就知道结果你非爱他不可。他有可爱的地方，这不是我说醋话。一个女子同他除非是陌生，只要一熟就免不了要感觉到这人吸引的力量大。我也知道你并不是完全忘了我。不过我说过了，我不伟大，我是平常人。要我不感到痛苦，要我在知道你每一次收拾得很好时便是去赴那约会仍然不伤心，怎么办得到？”

仍然作苦笑的他，其实心中已经爽然泰然了，他说，“你说你的吧，我们这样一谈，一切便算一个梦，全醒了。”但他眼睛却仍然红着。他听她的话。她用一个已转成了喜悦调子的话为他说。

“我明白全是我不对。认一千次错也不能赎回这过去行为。我看到你为我受苦，然而我又复为你苦着的样而受更大的苦。我在这类乎生病的情形下我想到死的。我一死是万事干休了。我不明白我有什么权利和希望可以仍然活在这世界上。我不恨别一人，只恨我自己。我恨我是女人，又偏偏不能够见了可爱的男子时竟不去爱他。我又并不是爱了他就不爱你，就在他顶热烈的拥抱中我那一回会忘了你呢。他吻我，我就在心上自己划算：唉，多可怜的芝呀！倘若是知道了这事，不是令他伤心么？他要我到床上去，我就想到离开那个地方，但是我不能不为那谄媚的言语同那牙色的精致身体诱惑！我如他所求的做了使他满意的事以后，我就哭，我想起一个人在办公桌上低头办公的你，我哭了。我就悔。我适间用了五分的爱便在后来用一倍的恨。但这又没有用处。我不能在三天以后再来抵抗第二个诱惑。他是正像五年前的你一样全个身心放在我这边。他也并不是就对你全不置意。正因了我们做的事是不大合情理的事，他怕见你。你们的友谊因为这件事完全毁了。他可怜你，然而这消极的可怜不能使他放了我，因为不单他爱我，我也是爱他。我知道这样下去不是事，就劝他结婚，没效用。你要我怎么办？他要我一个礼拜去他那里一次，我是照办了。他要我少同你为一些小事争执，我是不在他说也就如此办了。他还要我爱他不必比爱你深切，这里我不能作伪。我爱他，用我的真心去爱他，我在此时是不用再讳的。但一个情人的爱决不会影响到丈夫身上。爱不是一件东西，因为给了另一个人便得把这东西从第一个人手上取得。同时爱这个也爱那个，这事是说不完，只有天知道。我在你面前为你抱着时我当真有多回是想到他，不过在他的亲吻下我也想到你。我先一个时节还是只觉得正因了有他，我对你成了故事的新婚热情也恢复了。我感觉到有一个好丈夫以外还应有一个如意情人，故我就让他恋着我了。……”

……

一切都说了。一切的事在一种顶了解的情绪下他听完了太太的诉说。他觉得他先所知道的还不及事实一半。她呢，也自己料不到会如此一五一十地敢在他面前说完。两人在这样情形下都又来为自己的忍耐与大胆惊诧。他们随即是在这无人行走的冷道上并排走着，转到假山上去了。

“芝，你恕了我吧。”

“你并不做了别的不应做的事，我怎么说恕你？”

“这事算一个顶坏的梦，我知道他不久就走，以后我想我们两人便不会为别的——”

“他放你？我恐怕他不恕你。”

女的听到这话，就靠着男的肩说这不是那么说。她又问他：“那你恨不恨他？”

“你要我恨他，我就照你的方法恨他。”

太太羞羞地说，她要他爱他。是的，一个太太爱上另一个男人，也有要丈夫还跟到去爱这男人的理由，这理由基于推己及人。然而他却答应照办了。

他们回家去吃饭时，像结婚第一年一个样子。但是她却偷偷悄悄地把一天情形写信给那个另外的他知道，还说以后再不必羞于见她的丈夫了。

一九二七年十二月在北京

三 个 男 人 和 一 个 女 人

因为落雨，朋友逼我说落雨的故事。这是其中最平凡的一个。它若不大动人，只是因为它太真实。我们都知道，凡美丽的都常常不是真实的，天上的虹同睡眠的梦，便为我们作例。

没有什么人知道军队中开差要落雨的理由。

我们自己是找不出那个理由的。或者这事情团部的军需能够知道，因为没有落雨时候，开差的草鞋用得很少，落了雨，草鞋的耗费就多了。落雨开差对于军需也许有些好处。这些事我们并不清楚，照例非常复杂，照例团长也不大知道，因为团长是穿皮靴的。不过每次开拔总同落雨有一种密切关系，这是本年来我们的巧遇。

在大雨中作战，还需要人，在雨里开差，我们自然不应当再有何种怨言了雨既然时落时止，部队的油布雨衣，都很完全。我们前面办站的副官，从不因为借故落雨，便不把我们的饮食预备妥当。我们的营长，骑在马上，尽雨淋湿全身，也不害怕发生疟疾。我们在雨中穿过竹林，或在河边茅棚下等候渡船，因为落雨，一切景致看来实在比平常日子美丽许多。

落了雨泥浆分外多，但滑滑的走着长路，并不使人十分难过。我们是因为落雨，所以每天才把应走的里数缩短的。我们还可以在方便中，借故走到一个有青年妇人的家里去，说几句俏皮话，打个哈哈，顺便讨取几张棕衣，包到脚上。我们因为落雨，才可以随便一点，同营长在一个小盆里洗脚。一个兵士还能够有机会同营长在一个盆里洗脚，这出乎军纪风纪以上的放肆，在我们那时节，是不什么容易得到的机会！

队伍走了四天，到了我们要到的地点。天气是很有趣味的天气，等到队伍已经达到目的地，忽然放了晴，有太阳了。一定有许多人要笑它，以为太阳在故意同我们作对。好吧，这个我们可管不了许多。我们是移到这里来填防的，原来所驻的军队早已走了，把部队开来补缺，别人做什么无聊事我们还是要继续来做。

乘满天红霞夕阳照人时，我们有一营人留在此地了。另外一营人，今天晚上虽然也留在此地，第二天就得开拔到一个五十里外的镇上去。那些明天还要开拔的，这时节已全驻扎到各小客栈同民房，我们却各处去找寻应当驻宿的地点。因为各个部队已经分配好了，我们的旗子插到杨家祠堂，可是一连人中谁也不知道这杨家祠堂的方向，只是在街中乱抓别一连的兵士询问。

原来杨家祠堂有两个，我们找了许久，找到的还是好像不对。因为这祠堂太小，太坏，内中极其荒凉。但连长有点生气，他那尊贵的脚不高兴再走一步了。他说，这里既然是空的，就歇息一下，再派人去问吧。我们全是走了一整天长路的人，我们还看到许多兵士，在民房里休息，用大木盆洗脚，提干鱼匆匆忙忙地向厨房走去。倦了饿了，都似乎有了着落，得到解决，只有我们还在这市镇街上各处走动，像一队无家可归的游民。现在既然有了个歇脚地方，并且时间又已经快夜了，所以谁也不以为意，都在祠堂外廊下架了枪，许多人都坐在那石狮子下，松解身上的一切负荷。

一个年轻号兵不知从什么地方得来了一个葫芦，满葫芦烧酒，一个人很贪婪地躲到墙脚边喝它。有些兵士见到了都去抢这葫芦，到后葫芦打碎，所有酒全泼在还不十分干燥的石地上了。号兵发急，大声地辱骂，而且追打抢劫他的同伴。

连长听到这个吵闹，想起号兵的用处了，就要号兵吹号探问团部。号兵爬到石狮子上去，一手扳着那为夕阳所照及的石狮，一手拿着那支紫铜短小喇叭，吹了一通问答的曲子，声音飘荡到这晚风中，极其抑扬动人。

其时满天是霞，各处人家皆起了白白的炊烟，在屋顶浮动。许多年轻妇人带着惊讶好奇的神气，身穿新浆洗过的月蓝布衣裳，胸前挂着扣花围裙，抱了小孩子，远远地站在人家屋檐下看热闹。

那号兵，把喇叭吹过后，就得到了驻在山头庙里团部的回音。连长又要号兵用号声，询问是不是本连就在这祠堂歇脚。那边的答复还是不能使我们的连长满意。于是那号兵，第三次又鼓着那嘴唇，吹他那紫铜喇叭。

在街的南端来了两只狗，有壮伟的身材，整齐的白毛，聪明的眼睛，如两个双生小孩子，站在一些人的面前。这东西显然是也知道了祠堂门前发生了什么事情，特意走来看看的。

这对大狗引起了我们一种幻想。我们的习惯是走到任何地方看到了一只肥狗，心上就即刻有一个杀机兴起，极难遏止的。可是另外还有更使人注意的，是听到有一个女子的声音喊“大白”，“二白”，清朗而又脆弱，喊了两声，那两只狗对我们望望，仿佛极其懂事，知道这里不能久玩，返身飞跑去了。

天快晚了。满天红云。

我们之间忽然发生了一个意外的变故。那号兵，走了一整天的路，到地后，大家皆坐下休息了，这年轻人还爬上石狮子去吹了好几次号。到后脚腿一发麻，想从石狮子上跳下时，谁知两脚已毫无支持他那身体的能力，跳到地下就跌倒不能爬起，一双脚皆扭伤了筋，再也不能照平常人的方便走路了。

这号兵是我同乡，我们在一个堡砦里长大，一条河里泅水过着夏天，一个树林子里拾松菌消磨长日。如今便应当轮到我来照料他了。

一个二十岁的人，遭遇这样的不幸，那有什么办法可言！

因为连长也是同乡，号兵的职务虽不革去，但这个人却因为这不幸的事情，把事业永远陷到号兵的位置上了。他不能如另外号兵，在机会中改进干部学校再图上进了，他不能再有资格参加作战剿匪的种种事情了，他不能再像其他青年兵士，在半夜里爬过一堵土墙去与本地女子相会了。总而言之，便是这个人做人的权利，因为这无意中一摔，一切皆消灭无余，无从补救了。

我因为同乡缘故，总是特别照料到这个人。我那时是一个什长，我就把他放在我那一棚里。这年轻人仍然每早得在天刚发白时候爬起，穿上军衣，弄得一切整齐，走到祠堂外边石阶上去，吹天明起床号一通。过十分钟，又吹点名号一通。到八点又吹下操号一通。到十点又吹收操号一通……此外还有许多次数，都不能疏忽。军队到了这里，半月来完全不下操，但照规矩那号兵总得尽号兵的职务。他每次走到外边去吹他的喇叭时，都得我照扶他。我或者没有空闲，这差事就轮着班上一个伙夫。

我们都希望他慢慢地会转好，营部的外科军医，还把十分可信的保证送给这个不幸的人。这年轻人两只腿被军医都放过血，揉搓过许久，且用药烧灼过无数次，末了还用杉木板子夹好。日子一天一天的过去，还是得不到少许效验，我们都有点失望了，他自己却不失望。

他说他会好的，他只要过两个月就可以把杉木夹板取去，可以到田里去追赶野兔了。听到这个话老军医便笑着，因为他早知道这件事是青年人永远无可希望的事情，不过他遵守着他做医生的规则，且法律又正许可这类人说谎，所以他约许给这个号兵种种利益，有时比追兔子还夸张得不合事实。

过了两个月，这年轻人还是完全不济事。伤处的肿已经消了，血毒症的危险不会有了，伤部也不至于化脓溃烂了，但这个号兵，却已完全是一个瘸脚人了。他已经不要人照料，就可以在职务上尽力了。他仍然住在我那一棚里，因为这样，我们两人之间，成立了一种最好的友谊。

我们所驻在的市镇，并不十分热闹，但比起湘边各小城市，却另有一种风味。这里只四条大街，中央一个鼓楼操纵全城。这里如其他地方一样，有药铺同烟馆，有赌博地方同喝酒地方。我每天差不多都同这个有残疾的号兵在一处过活，出去时总在一块，喝酒两人帮忙，赌博两人拉伴平分。

若果部队不开拔，这年轻人仍然有一切当兵人的幸福。凡是一个兵士能做到的事，他仍然可以有分。他要到那些有年轻妇人的住处去，妇人们都不敢得罪他。他坐上桌子赌五十文一注的二十一点扑克，别人也不好意思行使欺骗。他要吹号，凡是在过去没有赶得过他的，如今还是不会超过他。大家知道这个号兵的不幸，还不约而同地帮助这个人。

但他的性情，在我看来，有些地方却变了。他是一个号兵，照例一个号兵，对于他的喇叭应当有一种特殊嗜好，无事时到各处走去，喇叭总不能离身。他一定还是一个动作敏捷活泼喜事的人。他可以在晨光熹微中，爬到后山头或城堡上去试音，到了夜里，还要在月光下奏他的曲子，同远远的另一连互相唱和。别的连上的号手，在逢场时节，还各人穿了整齐的制服，排队到场上游行，成列的对本城人有所炫耀，说不定其中就有意外的幸运发生，给那些藏在腰门后面，露出一个白白额角同黑亮眼睛的妇女们注了意。还有，他若是行动自由而且方便，拿喇叭到山上去吹，会有多少小孩子，带着微微的害怕，围拢来欣赏这大人物的艺术，他就可以同那些小孩子成立一种友谊。慢慢地，他就得到许多小朋友了。

属于号兵分外的好处，一切都完了。他仅有的只是一点分内的职务。平时好动喜事的他，有点儿阴郁，有点儿可怜。他的脚已经瘸了。连长当人面前就大声地喊瘸子。为了一种方便，为了在辨别上容易认出，自从这号兵一瘸，大家都在他的号兵名字加上了“瘸子”两字，本连伙夫也有了这一种权利对这个人存轻视心，轻轻地互相批评这不幸的人，且背地里学这人的行动作为娱乐。

在先，对于号兵的职务，他仍然如一个好人一样，按时站在祠堂门外，或内面殿堂前石阶上，非常兴奋地吹他的喇叭。后来因为本连补下一个小副手，等到小号兵已经能够较正确地吹完各样曲子时，他就不常按时服务了。

他同我每天都到南街一个卖豆腐的人家去，坐在那大木长凳上，看铺子里年轻老板推浆打豆腐。这铺子对面是一个邮政代办所，一家比本城各样铺子还阔气的房子，从对街望去，看得见铺子里油黄大板壁上挂的许多字画，许多贴金洒金的对联。最初来的那一天，我们所见到的那两只白色大狗，就是这人家所豢养的东西。这狗每天蹲在门前，遇熟人就站起身来玩一阵，后来听到一个人的叫唤，便显得匆匆忙忙，走到有金鱼缸的门里天井去了。

我们难道是靠着白吃一碗豆浆，就成天来赖到这铺子里面么？我们难道当真想要同这年轻老板结拜兄弟，所以来同这个人要好么？

我们来到这里有别的原因。但是，两个兵士，一个是废人，一个虽然被人家派为什长，站班时能够走出队伍来喊报名，在弟兄中有一种权利，在官长方面也有一种权利，俨然是一个预备军官，更方便处是可以随意用各样希奇古怪的名称，辱骂本班的伙夫，作为脾气不好时节的泄气方法。可是一到外面，还有什么威武可说？一个班长，一连有十个或十二个，一营有三十六个，一团就有一百以上。什长的肩领章，在我们这类人身上，只是多加一层责任罢了。一个兵士的许多利益，因为是班长，却无从得到了。一个兵士有许多放肆处，一个班长也不许可了。若有人知道作战时班长同排长的责任，谁也将承认班长的可怜悯了。我到这儿是不以班长自居的，我擅用了一个兵士的权利，来到这豆腐铺。虽然我们每天总不拒绝由那个单身的强健的年轻人手里，接过一碗豆浆来喝，我们可不是为吃豆浆而上门的。我们两人原来都看中了那两只白狗，同那狗的女主人了。癞蛤蟆想吃天鹅肉，这句话恰像为我们说的。

说起这女人真是一个标致的动物！在我生来还不曾见到有第二个这样的女子。我看过许多师长的姨太太，许多女学生。第一种人总是娼妓出身，或者做了太太，样子变成娼妓。第二种人壮大得使我们害怕，她们跑路，打球，做一些别的为我们所猜想不到的事情，都变成了水牛。她们都不文雅，不窈窕。至于这个人呢，我说不出完全合意的是些什么地方，可是不说谎，我总觉得这是一朵好花，一个仙人。

我们一面服从营规，来时服从自己的欲望，在这城里我们不敢撒野，我们却每天到这豆腐铺子里来坐下。来时同年轻老板谈天，或者帮助他推磨，上浆，包豆腐，一面就盼望那女人出门玩时，看一看那模样。我们常常在那二门天井大鱼缸边，望见白衣一角，心就大跳，血就在全身管子里乱窜乱跑。我们每天想方设法花钱买了东西，送给那两只狗吃，同它们要好。在先，这两个畜生竟像知道我们存心不良，送它们的东西嗅了一会就走开了。但到后来这东西由豆腐铺老板丢过去时，两条狗很聪明地望了一下老板，好像看得出这并不是毒药，所以吃下了。

为什么我们要在这无希望的事业上用心，我们自己也不知道。按照我们的身份，我们即或能够同这个人家的两条狗要好，也仍然无从与那狗主人接近。这人家是本地邮政代办所的主人，也就是这小城市唯一的绅士，他是商会的会长，铺子又是本军的兑换机关。时常请客，到此赴席的全是体面有身份的人物，团长同营长，团副官，军法，军需无不在场。平常时节，也常常见营部军需同书记官到这铺子里来玩，同那主人吃酒打牌。

我们从豆腐铺老板口上，知道那女人是会长最小的姑娘，年纪还只有十五岁。我们知道一切无望了，还是每天来坐到豆腐铺里，找寻方便，等候这娇生惯养的小姑娘出外来，只要看看那明艳照人的女人一面，我们就觉得这一天太快乐了。或者一天没有机会见到，就是单听那脆薄声音，喊叫她家中所豢养狗的名字，叫着大白二白，我们仿佛也得到了一种安慰。我们总是痴痴地注想到那鱼缸，因为从那里常常可见到白色或葱绿色衣角，就知道那个姑娘是在家中天井里玩。

时间略久，那两只狗同我们做了朋友，见我们来时，带着一点谨慎小心的样子，走过豆腐铺来同我们玩。我们又恨这畜生又爱这畜生，因为即或玩得很好，只要听到那边喊叫，就离开我们走去了。可是这畜生是那么驯善，那么懂事！不拘什么狗都永远不会同兵士要好的，任何种狗都与兵士作仇敌，不是乘隙攻击，就是一见飞跑；只有这两只狗竟当真成了我们的朋友。

豆腐铺老板是一个年轻人，强健坚实，沉默少言，每天愉快地做工，同一切人做生意，晚上就关了店门睡觉。看样子好像他除了守在铺子面前，什么事情也不理，除了做生意，什么地方也不去，初初看来竟不知道这人什么时候吃饭，什么时候去买办他制豆腐的黄豆。他虽不大说话，可是一个主顾上门时节，他总不至疏忽一切的对答。我们问他所有不知道的事情时，他答应得也非常满意。

我们曾邀约他喝过酒，等到会钞时，走到柜上去算账，却听说豆腐老板已先付了账。第二次我们又请他去，他就毫不客气地让我们出钱了。

我们只知道他是从乡下搬来的，间或也有乡下亲戚来到他的铺子里，看那情形，这人家中一定也不很穷。他生意做得不坏，他告诉我说，他把积下的钱都寄回乡下去。问他是不是预备讨一个太太，他就笑着不说话。他会唱一点歌，嗓子很好，声音调门都比我们营里人高明。他又会玩一盘棋，人并不识字，“车”“马”“象”“士”却分得很清楚。他做生意从未用过账簿，但赊欠来往数目，都能用记忆或别的方法记着，不至于错误。他把我们当成朋友看待，不防备我们，也不谄谀我们。我们来到他的铺子里，虽然好像单为了看望那商会会长的小姑娘，但若没有这样一个同我们合得上的主人，我们也不会不问晴雨到这铺子里混了！

我同到我那同伴瘸脚号兵，在他豆腐铺里谈到对面人家那姑娘，有时免不了要说出一些粗话蠢话，或者对于那两只畜生，常常做出一点可笑的行为，这个年轻老板总是微笑着，在他那微笑中我们虽看不出什么恶意，却似乎有点秘密。我便说：“你笑什么？你不承认她是美人么？你不承认这两只狗比我们有福气么？”照例这种话不会得到回答。即或回答了，他仍然只是忠厚诚实而几几乎还像有点女性害臊神气的微笑。

“为什么还好笑？你们乡下人，完全不懂美！你们一定欢喜大奶大臀的妇人，欢喜母猪，欢喜水牛。这是因为你不知道美，不知道好看的东西。”

有时那跛子号兵，也要说：“娘个狗，好福气！”且故意窘那豆腐铺老板，问他愿不愿意变成一只狗，好得到每天与那小姑娘亲近的机会。

照例到这些时节，年轻人便红着脸一面特别勤快地推磨，一面还是微笑。

谁知道这是什么意思？谁又一定要追寻这意思？

我们的日子可以说是过得很快乐。因为我们除了到这里来同豆腐老板玩，喝豆浆看那个美人以外，还常常去到场坪看杀人。我们的团部，每五天逢场，总得将从各处乡村押解来到的匪犯，选择几个做坏事有凭据的，牵到场头大路上去砍头示众。从前驻扎在怀化，杀人时，若分派到本连护卫，派一排押犯人，号兵还得在队伍前面，在大街上吹号。到场坪时，队伍取跑步向前，吹冲锋号，使情形转为严重。杀过人以后，收队回营，从大街上慢慢通过，又得奏着得胜回营的曲子。如今这事情跛脚号兵已无分了。如今护卫的完全归卫队，就是平常时节团长下乡剿匪时保护团长平安的亲兵，属于杀人的权利也只有这些人占有了。我们只能看看那悲壮的行列，与流血的喜剧了。我也不能再用班长资格，带队押解犯人游街了。可是这并不是我们的损失，却是我们的好处。我们既然不在场护卫，就随时可以走到那里去看那些杀过后的人头，以及灰僵僵的尸体，停顿在那地方很久，不必须即时走开。

有一次，我们把豆腐老板拉去了，因为这个人平素是没有胆量看这件事的。到那血迹殷然的地方，四具死尸躺在土坪里，上衣已完全剥去，恰如四只死猪。许多小兵穿着不相称的军服，脸上显着极其顽皮的神气，拿了小小竹竿，刺拨死尸的喉管。一些饿狗远远地蹲在一旁，眺望到这里一切新奇事情，非常出神。

号兵就问豆腐老板，对于这个东西害不害怕。这年轻乡下人的回答，却仍然是那永远神秘永远无恶意的微笑。看到这年轻人的微笑，我们为我们的友谊感觉喜悦，正如听到那女子的声音，感觉生命的完全一个样子。

因为非常快乐，我们的日子也极其容易过去了。

一转眼，我们守在这豆腐铺子看望女人的事情就有了半年。

我们同豆腐老板更熟了些，同那两只狗也完全认识了。我们有机会可以把那白狗带到营里去玩，带到江边去玩，也居然能够得到那狗主人的同意了。

因为知道了女人毫无希望（这是同豆腐老板太熟悉了，才从他口中探听到不少事情的），我们都不再说蠢话，也不再做愚蠢的企图了。仍然每天到豆腐铺来玩，帮助这个朋友，做一切事情。我们已完全学会制造豆腐的方法，能辨别豆浆的火候，认识黄豆的好坏了。我们还另外认识了许多本地主顾，他们都愿意同我们谈话，做我们的朋友。主顾是营里兵士时，我们的老板，总要我多多的给他们豆腐，且有时不接受主顾的钱。我们一面把生活同豆腐生意打成一片，一面便同那两只白狗成了朋友，非常亲昵，非常要好。那小姑娘的声音，虽仍然能够把狗从我们身边喊叫回去，可是有时候我们吹着哨子，也依然可以嗾使那两条狗飞奔的从家中跑出来。

我们常常看见有年轻的军官，穿着极其体面的毛呢军服，白白的脸庞，带着一点害羞的红色，走路时胸部向前直挺，用那有刺马轮的长筒黑皮靴子，磕着街石，堂堂地走进那人家二门里去，就以为这其中一定有一些故事发生，充满了难受的妒意。我到底是懂事一点的人，受了这个打击，还知道用别的方法安慰到自己，可是我的同伴瘸脚号兵，却因此大不快乐。我常常见他对那些年轻官佐，在那些人背后，捏起拳头来作打下的姿势。又常常见他同豆腐铺老板谈一些我不注意到的事情。

有一次在一个小馆子里，各人皆喝多了一点酒，忘了形，我说过这样的话，我向那跛脚的残废人说：

“你是废人，我的朋友，我的庚兄，你是废人！一个小姐是只嫁给我们年轻营长的。我们试去水边照照看，就知道这件事我们无分了。我们是什么东西？四块钱一月，开差时在泥浆里跑路，驻扎下来就点名下操，夜间睡到稻草席垫上给大臭虫咬，口是吃牛肉酸菜的口，手只捏那冰冷的枪筒……我们年轻，这有什么用！我们只是一些排成队伍的猪狗罢了，为什么对于这姑娘有一种野心？为什么这样不自量？……”

我那时的确已有了点醉意，不知道应当节制语言，只是糊糊涂涂，教训这个平时非常听话的朋友。我似乎还用了许多比喻，提到他那一只脚。那时只是我们两个人在一处，到后，不知为什么理由，这朋友忽然改变了平常的脾气，完全像一只发疯了的兽物，扑到我的身上来了。我们于是就揪打成一堆，各人扭着对方的耳朵，各人毫不虚伪的痛痛的打了一顿。我实在是醉了，他也是有点醉了。我们都无意思地骂着闹着，到后有兵士从门外过身，听到里面吵闹，像是自己人，才走进来劝解，费了许多方法才把我们拉开。

回到连上，各人呕了许多，半夜里，我们酒醒了，各人皆因为口渴，爬起来到水缸边拿水喝。两人喝了好些冷水，皆恍恍惚惚记起上半夜的事情，两人都哭起来。为什么要这样斗殴？什么事使我们这样切齿？什么事必须要这样做？我们披了新近领下的棉军服，一同走到天井去看快要下落的月亮，如一个死人的脸庞。天空各处有流星下落，作美丽耀目的明光。各处有鸡在叫。我们来到这里驻防，我这个朋友跌坏了腿的那时，还是四月，如今已经是十月了。

第二天，两人各望着对方的浮肿的脸，非常不好意思。连上有人知道了我们的殴打，一定还有人担心我们第二次的争斗，可料不到昨夜醉里的事情，我们两人早已忘记了。我们虽然并不忘却那件事，但我们正因为这样，友谊似乎更好了些。

两人仍然往豆腐铺去，豆腐老板初初见到，非常惊讶，以为我们之间一定发生重大的事故。因为我们两人的脸有些地方抓破了，有些地方还是浮肿，我们自己互相望到也要发笑。

到后还是我来为我们的朋友把事情说明，豆腐老板才清楚这原委。我告诉他说，我恍惚记忆得我说了许多糊涂话，我还骂他是一只瘸脚公狗，到后，不知为什么两人就揉在一处了。幸好是两人都醉了，手脚无力，毫不落实，虽然行动激烈，却不至于打破头。

这时那个姑娘走出门来，站在她的大门前，两只白狗非常谄媚地在女人身边跳跃，绕着女人打圈，又伸出红红的舌头舔女人的小手。

我们暂时都不说话了，三个人望到对面。后来那女人似乎也注意到我们两人脸上有些蹊跷，完全不同往日，便望着我们微笑，似乎毫不害怕我们，也毫不疑心我们对她有所不利。可是，那微笑，竟又俨然像知道我们昨晚上的胡闹，究竟是为了一些什么理由。

我那时简直非常忧郁，因为这个小姑娘竟全不以我们为意，在那小小的心里，说不定还以为我们是为了赚一点钱，同这豆腐老板合股做生意，所以每天才来到这里的。我望了一下那号兵，他的样子也似乎极其忧郁，因为他那只瘸腿是早已为人家所知道了的，他的样子比我又坏了一点，所以我断定他这时心上是很难受的。

至于豆腐老板呢，我不知道他是有意还是无意，这时节正露着强健如铁的一双臂膊，扳着那石磨，检查石磨的中轴有无损坏。这事情似乎第三次了。另一回，也是在这类机会发现时，这年轻诚实单纯的男子，也如今天一样检查他的石磨。

我想问他却没有开口的机会。

不到一会儿，人已经消失到那两扇绿色贴金的二门里不见了。如一颗星，如一道虹，一瞬之间即消逝了。留在各人心灵上的是一个光明的符号。我刚要对着我的瘸腿朋友作一个会心的微笑，我那朋友忽然说：

“二哥，二哥，你昨晚上骂得我很对，骂得我很对！我们是猪狗！我们是阴沟里的蛤蟆！……”

因为号兵那惨沮样子，我反而觉得要找寻一些话语，安慰这个不幸的废人。我说：

“不要这样说吧，这不是男子应说的话，我们有我们的志气，凭这志气凡事都无有不可以做到。万丈高楼平地起，我们要做总统，要做将军，一个女人，算不了什么希奇。”

号兵说：“我不打量做总统，因为那个事情太难办到。我这双脚，娘个东西，我这双脚！……”

“谁不许你做人？你脚将来会想法子弄好的，你还可以望连长保荐到干部学校去念书。你可以同他们许多学生一样，凭本领挣到你的位置。”

“我是比狗都不如的东西。我这时想，如果我的脚好了，我要去要求连长补个正兵名额。我要成天去操坪锻炼……”

“慢慢的自然可以做到，”我转头向豆腐老板望着，因为这年轻人已经把石磨安置妥当，又在摇动着长木推手了，“我们活下来真同推磨一样，简直无意思。你的意思以为怎么样？”

这汉子，对于我说的话好像以为同我的身份不大相称，也不大同他的生活相合，还是同别一时节别一事情那样向我微笑。

我明白了，我们三个人同样地爱上了这个女子。

十月十四，我被派到七十里外总部去送一件公文，另外还有些别的工作，在石门候信住了一天，路上来回消磨了两天。

回转本城把回文送过团部，销了差，正因为这一次出差，得六块钱奖赏，非常快乐，预备回连上去打听是不是有人返乡，好把钱寄四块回去办冬天的腊肉。回连上见到瘸子，我还不曾开口，那号兵就说："二哥，那个女人死了！"

这是什么话?

我不相信，一面从容俯下身去脱换我的草鞋。瘸子站在我面前，又说是"女人死了"，使我不得不认真了。我听清楚这话的意义后，忽然立起，简直可说是非常粗暴地揪着了这人的领子，大声询问这事真伪。到后他要我用耳朵听听，因为这时节远处正有一个人家办丧事敲锣打鼓，一个唢呐非常凄凉的颤动着吹出那高音。我一只脚光着，一只脚还笼在湿草鞋里，就拖了瘸子出门。我们同救火一样向豆腐铺跑去，也不管号兵的跛脚，也不管路人的注意。但没有走到，我已知道那唢呐锣鼓声音，便是由那豆腐铺对面人家传出。我全身发寒，头脑好像被谁重重地打击了一下，耳朵发哄哄的声音。我心想，这才是怪事！才是怪事……

我静静地坐在那豆腐铺的长凳上时，接过了朋友给我的一碗热豆浆。豆腐铺对面这个人家大门前已凭空多了许多人，门前挂了丧事中的白布，许多小孩子头上缠了白包头，在门外购买东西吃。我还看到那大鱼缸边，有人躬身焚着纸钱银锭，火光熊熊向上直冒，纸灰飞得很高。

我知道这些事情都是真实，就全身拘挛，然而笑了。

我看看那豆腐老板，这个人这时却不如往天那样乐观，显然也受了一种打击，有点支持不住了。他作为没有见到我的样子，回过脸去。我又看号兵，号兵却做出一种讨人厌烦的样子。不知道为什么我这时真有点厌烦这跛脚的人，只想打他一拳，可是我到底没有做过这种蠢事。

到后我问，才知道这女子是昨天吞金死的。为什么吞金，同些什么人有关系，我们当时一点也不明白，直到如今也仍然无法明白。（许多人是这样死去，活着的人毫不觉得奇怪的。）女人一死，我们各人都觉得损失了一种东西，但先前不会说到，却到这时才敢把这东西的名字提出。我们先是很忧郁地说及，说到后来大家都笑了，分手时，我们简直互相要欢喜到相扑相打了。

为什么使我们这样快乐可说不分明。似乎各人皆知道女人正像一个花盆，不是自己分内的东西；这花盆一碎，先是免不了有小小惆怅，然而当大家讨论到许多花盆被一些混账东西长久占据，凡是花盆终不免被有权势的独占，唯有这花盆却碎到地下，我们自然似乎就得到一点安慰了。

可是，回转营里，我们是很难受的。我们生活破坏无余了。从此再也不会为一些事心跳，在一些梦上发痴了。我们的生活，将永远有了一个看不见的缺口，一处补丁，再也不是完全的了。

其实这样女人活在世界上同死去，对于我们有什么关系？

假使人还是好好的活下，开差移防的命令一到，我们还有什么希望可言？我们即或驻扎在这里再久，一个跛脚的号兵，一个什长，这两个宝贝，还有什么机会？除了能够同那两只狗认识以外，有何种伟大企图？

第二天，两人很早的就起来，互相坐在铺上对面，沉默无话可说。各人似乎在努力想把自己安置到空阔处去，不再给过去的记忆困扰。各人都要生气，却不知道为什么忽然脾气就坏到这样子。

“为什么眼睛有点发肿？你这个傻瓜！”

号兵因为我嘲笑他，却不取反攻姿势，只非常可怜地望到我。

我说，“难道人家死了，你还要去做孝子么？”

他还是那样，似乎想用沉默作一种良心的雄辩，使我对于他的行为引起注意。

我了解这点，但是却不放弃我嘲骂他的权利。

“跛子，你真是只癞蛤蟆，吃虫蚁，看天上。”

末了他只轻轻地问我，“二哥，你说，是不是死了的人还会复活？”因为这一句痴话我又数说了他好一顿。

两人到豆腐铺时，却见对面铺门极其冷清，门前地下剩余一些白纸钱。我们的朋友，那个年轻老板，人坐在长凳上，用手扶了头，人家来买豆腐时，就请主顾自己用刀铲取板上的豆腐。见我们来了，他有了一点点生气，好像是遮掩自己的伤痕，仍然对我们微笑着。他的笑，说明他还依然有个健康的身体和善良的人格。

“为什么？头痛吗？”

“埋了，埋了，一早就埋了！”

“早上就埋了么？”

“天还不大亮就出门了的。”

“你有了些什么事情，这样不快乐？”

“我什么也不。”

他说了后，忙着为我们去取碗盏，预备盛豆浆给我们吃。

坐在那豆腐铺子里望着对面的铺子，心中总像十分凄凉，我同号兵坐了一会儿，就离开这个豆腐铺子，走向一个本地妇人处打牌去了。我们从那里探听得这女人所埋葬的地点，在离城两里的鲢鱼庄上。

不知为什么我一望到那号兵忧郁样子，就使我非常生气要打他骂他。好像这个人的不欢喜样子，侮辱我对那小姑娘的倾心一样。好像他这样子，简直是在侮辱我。我实在不愿意再同他坐在一个桌上打牌了，就回到连上躺在草垫上睡了。

这夜里跛子竟没有回到连上来。他曾告我不想回连上去睡，我以为他一定在那妇人处过夜了，也不觉得希奇。第二天，我还是不愿意出门，仍然静静地躺在床上。到下午来我的头有点发烧，全身也像害了病，不想吃喝。吃了点姜糖草药，因为必须蒙头取汗，到全身被汗水透湿人醒来时，天已经夜了。

我起身到大殿后面去小便，正是雨后放晴，夕阳斜挂屋角，留下一片黄色。天空有一片薄云，为落日烘成五彩。望到这个暮景，望到一片在人家屋上淡淡的炊烟，听到鸡声同狗声，军营中喇叭声，我想起了我们初来此地那一天发生的一切事情。我想起我这个朋友的命运，以及我们生活的种种，很有点怅惘，有点悲哀。有一个疑问的符号隐藏在心上，对于这古怪人生，不知作何解释，我的思想自然还可以说是单纯而不复杂。

我到后仍然回去睡了，不想吃饭，不想说话，不想思索。

我睡下去，不知道有多久时间，只是把棉被蒙了头颅，隐隐约约听到在楼上兵士打牌吵闹的声音，迷迷糊糊见过许多人，又像是我们已经开了差，已经上了路，已经到了地。过去的事重复侵入我的记忆，使我重新看见号兵跌倒时的神气。醒回时好像有人坐在我的身边。把被甩去，才知道灯已熄灭了，只靠着正殿上的大油灯余光，照得出有一个人影，坐在我身边不动。

“瘸子，是你吗？”

“是我。”

“为什么这时节才回来？”

他把脸藏在黑暗里，没有作声。我因为睡了许久，出了两次汗，头昏昏的，这时候究竟已经是什么时候，也依然不很分明，就问他这是什么时候。他还是好像不曾听到我的话样子，毫无动静。

过了一会，他才说，“二哥，真是祖宗有灵，天保佑，放哨的差一点一枪把我打死了。”

“你不知道口令么？”

“我哪里会知道口令？”

“难道已经是十二点过了么？”

“我不知道。”

“你今晚到些什么地方去，这时才回来？”

他又不作声了。我看见放在米桶上兵士们为我预备的一个美孚灯，灯头弄得很小，还可以使它光亮，就要他捻一下灯。他先是并不动手，我第二次又请他做这件事。

灯光大了一点，我才望明白这号兵，全身黄泥，极其狼狈。脸上正如刚才不久同人殴打过样子，许多部分都牵掣着显著受伤的痕迹。我奇异而又惊讶，望到这朋友，不知道如何问他这一天来究竟到过些什么地方，做了些什么事情。我的头脑这时也实在还是有点糊涂，因为先一时在迷糊中我还梦到他从石狮上滚下地的情形，所以这时还仿佛只是一个梦。

他轻轻地轻轻地说，“二哥，二哥，那坟不知道被谁挖掘了。”

“谁的坟呢。”

“好像是才挖掘不久的，我看得很清楚。”他的话，带着顽固神气，使我疑心他已经发了狂。

“我说，你说的是什么人的坟？在什么地方，你怎么知道？”

“我怎么知道？我听人说那大辫子埋在鲢鱼庄，我要去看看。我昨天到过一次，还是很好的。我今天晚上又去，我很分明记到那一条路，那座坟，不知道已经被谁挖了。”

如不是我有点发狂，一定就是我这个朋友发了狂。我明白他所指的坟是谁埋葬在那里了。我像一个疯人，跳了起来，“你到过她的坟上么？你到过她的坟上么？你存什么心？你这畜生……”

这朋友，却毫不惊讶，静静地幽悄地说，“是的！我到过她的坟上，昨天到过，今天又到过。我不是想做坏事的人！我可以赌咒，天王在上，我并不带了什么家伙去。我昨晚上还看到那个土堆，一个上好土馒头，今天晚上全变了。我可以赌咒，看到的是昨晚那座坟，完全不是原来样子。不知谁做了这样事情，不知谁把她从棺木里掏出，背走了。”

我听到这个吓人的报告，却忽然想起一个人来了。但我并不说出口，因为这个人还只在我的心上一闪，就又即刻消失了。我起了一个疑问，以为是这个女子还魂，从棺木中挣扎奔出，这时节或者已经跑回家中同她的爹爹妈妈说话了。我又疑心她的死是假的，所以草草地埋葬，到后另外一个人就又把她掘出，把她救走了。我又疑心这事一定在我这个朋友有了错误，因为神经错乱，忘记了方向和地位，第一次同第二次并不是在同一地方，所以才会发生这种误会，我用许多空想去解释，以为这件事并不完全真实。

后来我问他为什么要到坟边去。他很虚怯，以为我疑心这事他一定已经知道，或者至少事后知道这主谋人是谁，他一连发了七种誓言，要求各样天神作证，分辩他并无劫取女尸的意思。他只是解释他并不预先带有何种铁器做掘墓的人犯。他极力分辩他的行为。他把话说完了，望见我非常阴沉，眼睛里含有一种疑惧神色，如果我当时还不能表示对他的信托，他一定可以发狂把我扼死。

我的病已完全吓走了，我计算应当如何安置这个行将疯狂另一时又必然疯狂的朋友。我用许多别的话为他解说，且找出许多荒唐故事安慰这个破碎心灵。他的血慢慢地冷静，一切兴奋过去后，就不断地喃喃地骂着一句野话。他告给我他实在也有过这种设想，因为听人说吞金死去了的人，如果不过七天，只要得到男子的偎抱，便可以重新复活。他又告我，第一天他还只是想象他到了坟边，听得到有呼救声音，便来做一次侠义事，从墓中把人救出。第二天，他因为听人说到这个话，才又过那里去，预备不必有呼救声音，也把女人掘出。可是到了那里一看坟头已经完全变了样子，棺盖掀在一旁，一个空棺张着大口等候吃人。他曾跳进棺里去看过，除了几件衣服以外什么也不见。一定是有人在稍前一些时候做了这事情，这人一定把坟掘开，便把女子的尸身背走了。

他已经不再请天神作他的伪证了。他诚实而又巨细无遗的同我说到过去一切，我听完了他这些话，找不出任何话来安慰他了。我对于这件事还是不甚相信；我还是在心中打量，以为这事情一定是各人都身在梦中。我以为即或不是完全做梦，到了明天早上，这号兵也一定要追悔今晚所说的话语，因为这种欲望谁也无从禁止，行诸事实仍然不近人情。他因为追悔他的行为，把我杀死灭口也做得出。我这样想着，不免有所预防，可是，这个人现在软弱得如一个妇人，他除了忏悔什么也不能做了。我们有一个问题梗到心上来了，就是我们对于这件事应当如何处置。是不是要去禀告一声，还是尽那个哑谜延长？两人商量了一会，靠着简单的理智，认为这发现我们无权利去过问，且等天明到豆腐铺看看。走了许多夜路的号兵，一双瘸腿已经十分疲倦了，回来又谈了许久，所以到后就睡了。我是大白天睡了一整天的人，这时无论如何也不能再睡了。在灯影下望着这个残废苦闷的脸，肮脏的身，我把灯熄了，坐到这朋友身边，等候天明。

到豆腐铺时间已经不早了，却不见那年轻老板开门。昨晚上我所想起的那件事，重新在我心上一闪。门既外边反锁，分明不是晏起或在家中发生何等事故了。我的想象或将成为事实，我有点害怕，拉了号兵跑回连上，把这估计告给了那起过非凡野心的他。他不甚相信事情一定就是这样子，一个人又跑出了许久，回来时，脸色哑白，说他已经探听了别一个人家，知道那老板的确是昨天晚上就离开了他的铺子的。

我们有三天不敢出去，只坐在草荐上玩骨牌。到后有人在营里传说一件新闻，这新闻生着无形的翅翼，即刻就全营皆知了。“商会会长女儿新坟刚埋好就被人抛掘，尸骸不知给谁盗了。”另外一个新闻，却是“这少女尸骸有人在去坟墓半里的石洞里发现，赤光着个身子睡在洞中石床上，地下身上各处撒满了蓝色野菊花。”

这个消息加上人类无知的枝节，便离去了猥亵转成神奇。

我们给这消息愣住了。我们知道我们那个朋友做了一件什么事情。

从此以后我们再也不曾到那豆腐铺里去，坐在长凳上喝那年轻朋友做成的豆浆，再也不曾见到这个年轻诚实的朋友了。至于我那个瘸子同乡，他现在还是第四十七连的号兵，他还是跛脚，但他从不和人提起这件事情。他是不曾犯罪的，但另外一个人的行为，却使他一生抑郁寡欢。至于我，还有什么意见没有？……我有点忧郁，有点不能同年轻人合伴的脾气，在军队中不大相容，因此来到都市里，在都市里又像不大合适，可不知再往哪儿跑。我老不安定，因为我常常要记起那些过去事情。一个人有一个人命运，我知道。有些过去的事情永远咬着我的心，我说出来时，你们却以为是个故事，没有人能够了解一个人生活里被这种上百个故事压住时，他用的是一种如何心情过日子。

一九三〇年八月二十四日完成

爱欲

在金狼旅店中，一堆柴火光焰熊熊，围了这柴火坐卧的旅客，都想用动人奇异故事打发这个长夜。火光所不及的角隅里，睡了三个卖朱砂水银的商人。这些人各负了小小圆形铁筒，筒中贮藏了流动不定分量沉重的水银，与鲜赤如血美丽悦目的朱砂。水银多先装入猪尿脬里，朱砂则先用白绵纸裹好，再用青竹包藏，方入铁筒。这几个商人落店时，便把那圆形铁筒从肩上卸下，安顿在自己身边。当其他商人说到种种故事时，这三个商人各自沉默安静地听着。因为说故事的，大多数欢喜说女人的故事，不让自己的故事同女人离开，几个商人恰好皆各有一个故事，与女人大有关系，故互约好，且等待其他说故事的休息时，就一同来轮流把自己故事说出，供给大家听听开心。

到后机会果然就来了。

他们于是推出一个伙伴到火光中来，向躺卧蹲坐在火堆四围的旅客申明。他们共有三个人，愿意说出三个关于女人的不同故事，若各位许可他们，他们各人就把故事说出来；若不许可，他们就不必开口。

众旅客用热烈掌声欢迎三个说故事的人，催促三个人赶快把故事说出。

一、被刖刑者的爱

第一个站起说故事的，年纪大约三十来岁，人物仪表伟壮，声容可观。他那样子并不像个商人，却似乎是个王爷侯爵。他说话时那么温和，那么谦虚。他若不是一个代替帝王管领人类身体行为的督府，便应当是一个代替上帝管领人类心灵信仰的主教。但照他自己说来，则他只是一个平民，一个普通商人。他说明了他的身份后，便把故事接说下去。

我听过两个大兄说的女人的故事，且从这些故事中，使我明白了女人利用她那份属于自然派定的长处，降服过有道法的候补仙人，也哄骗过最聪明的贼人，并且两个女孩子都因为国王应付国事无从措置时，在那唯一的妙计上，显出良好的成绩。虽然其他一个故事，那公主吸引来了年轻贼人，还依旧被贼人占了便宜，远远逃去；但到后因为她给贼人养了儿子，且因长得美丽，终究使这个聪敏不凡盗贼，不至于为其他国家利用，好好归来，到底还依然在历史上留下一个记载，这记载就是：“女人征服一切，事极容易。”世界上最难处置的，恐怕无过于仙人和盗贼，既然这两种人全得在女人面前低首下心，听候吩咐，其他也就不必说了。

但这种故事，只说明女人某一方面的长处，只说到女人征服男子的长处。并且这些故事在称扬女子时，同时就含了讥刺和轻视意见在内。既见得男性对于女子特别苛刻，也见得男子无法理解女子。

我预备说的，是一个女子在自然派定那分义务上，如何完成她所担负的“义务”。这正是义务。她的行为也许近于堕落，她的堕落却使说故事的人十分同情。她能选择，按照“自然”法则的意见去选择，毫不含糊，毫不畏缩。她像一个真正的人，因为她有“人的本性”。不过我又很愿意大家明白，女子固然走到各处去，用她的本身可以征服人，使一切男子失去名利的打算，转成脓包一团，可是同时她也就会在这方面被男子所征服，再也无从发展，无从挣扎。凡是她用来支配男子的那份长处，在某一时节，也正可以成为她的短处。说简单一点，便是她使人爱她，弄得人糊糊涂涂，可是她爱了人时，她也会糊糊涂涂。

下面是我要说的故事。

××族的部落，被上帝派定在一个同世界俨然相隔绝的地方。生育繁殖他们的种族，他们能够得到充足的日光，充足的饮食，充足的爱情，却不能够得到充足的知识。年纪过了三十以上的，只知道用反省把过去生活零碎的印象随意拼凑，同样又把一堆用旧了的文字照样拼凑，写成忧郁柔弱的诗歌。或从地下挖些东西出来，排比秩序，研究它当时价值与意义。或一事不做，花钱雇了一个善于烹调的厨子，每日把鸡鸭鱼肉，加上油盐酱醋，制成各式好菜好汤，供奉他肠胃的消化。

一切都恰恰同中国一些上层阶级一样，显得生命空虚，又无聊又可怜。他们因为所在的地方，不如中国北京那么文明，不如上海那么繁华，所以玩古董，上公园，跳舞，看戏这类娱乐也得不到。每人虽那么活下去，可不明白活下去是些什么意义。每人皆图安静，只想变成一只乌龟，平安无事打发每个日子，把自己那点生命打发完结时，便硬僵僵地躺到地坑里去，让虫子把尸身吃掉，一切便算完事了。他们不想怎么样把大部分人的生命管束起来。好好支配到一个为大家谋幸福与光荣的行动上去。（一族中做主子的，就不知道如何组织社会，使用民力！）他们都在习惯观念中见得极其懒惰，极其懦怯。用为遮掩他们的思索与行为懒惰懦怯的，就是几本流传在那个种族中极久远极普遍的古书，那几本书同中国的圣经贤传文字不同，意思相近。书中精义，概括起来共只十六个字，就是：

生死自然。不必求生。清静无为。身心安泰。

那种族中中年人虽然记到这十六个深得中国老庄精义的格言，把日子从从容容对付下去。年轻人却常常觉得这一两千年前拘迂老家伙所表示的自然无为人生观，到如今已经全不适用，都以为那只是当时的人把“生”“死”二字对立，自然产生的观念。如今的人，应当去生，去求生，方是道理。可是应当怎么样去求生，这就有了问题。

因此那地方便也产生了各种思想与行动的革命，也同样是统治阶级愚蠢的杀戮，也同样在某一时就有了若干名人与伟人乘时鹊起，也同样照历史命运所安排的那种公式，糟蹋了那个民族无数精力和财富，但同时自然也就在那分牺牲中，孕育了未来光明的种子。

其中有年轻兄弟两人，住在那个野蛮懒惰民族都会中，眼见到国内一切那么混乱，那么糟糕，心中打算着："为什么我们所住的国家那么乱？为什么别的国家又那么好？"

两兄弟那时业已结婚；少年夫妇，恩爱异常，家中境况又十分富裕，若果能够安分在家中住下，看看那个国家一些又怕事又欢喜生点小事的人写出的各样"幽默"文章，日子也就很可以过得下去了。可是这两兄弟却觉得这样下去并不好，以为在自己果园中，若不知道树上所结的果子酸到什么样子，且不明白如何可以把结果极酸的，生虫的，发育不完全的树木弄好的方法，最好还是赶快到别一个果园去看看。于是弟兄两人就决计徒步到各处去游学，希望从这个地球的另一处地方，多得到些有用的智慧同经验，对于国家将来能有些贡献。两人旅行计划商量妥当后，把家中财产交给一个老舅父掌管，带了些金块和银块，就预备一同上路。两个年轻人的美丽太太，因为爱恋丈夫，不愿住在家中享福，甘心相从，出外受苦，故出发时，共有四个人。

两兄弟明白本国文化多从东方得来，且听说西方民族，有和东方民族完全不同的做人观念与治国方法，故一行四人，乃取道西行，向日落处一直走去。

他们若想到西方的另一文明国家，必须取道一个寂无人烟不生水草的沙漠。同伴四人，为了寻求光明，到了沙漠边地时，对于沙漠中种种危险传说，皆以为不值得注意。几人把粮秣饮水准备充足以后，就直贯沙漠，向荒凉沙碛中走去。

他们原只预备了二十七天的粮食，可是走过了二十七天后，还不能通过这片不毛之地。虽然还有些淡水，主要食物却已剩不了多少。几人讨论到如何度过这些危险日子，却商量不出什么结果。这沙漠既找寻不出一点水草同生物，天空中并一只飞鸟也很少见到。白日里只是当头白白的太阳，灼炙得人肩背发痛，破皮流血。到晚上时，则不过一群浅白星子嵌在明蓝太空里而已。原来他们虽带了一张羊皮制成的地图，但为了只知按照地图的方向走去，反而把路走差了。

有一天晚上，几人所剩下的一点点饮料，看看也将完事了。各人又饥又渴，再不能向前走去，便皆僵僵地躺在沙碛上，仰望蓝空中星辰，寻觅几人所在地面的经度，且凭微弱星光，观察手中羊皮制就的地图。

两兄弟以为身边两个妇人皆倦极睡熟，故来商量此后的办法。

哥哥向弟弟说：

“你年轻些，可以多在这世界上活些日子，如今情形显然不成了，不如我自杀了，把肉供给你们生吃，这计策好不好？”

那弟弟听哥哥说到要自杀，就同他哥哥争持说：

“你年纪大些，事情也知道得多些，若能够到那边学得些知识，回国也一定多有一分用处。现在既然四个人不能够平安通过这片沙漠，必需牺牲一个人，作为粮食，不如把我牺牲，让我自杀。”

那哥哥说：

“这绝对不行，一切事情必需有个次序，做哥哥的大点，应当先让大的自杀。”

“若你自杀，我也不会活得下去。”

弟兄俩一面在互相争论，互相解释，那一边两妯娌却并未睡着，各人皆装成熟睡样子，默默地在窃听他们所讨论的事情。两个妇人都极爱丈夫，同丈夫十分要好，都不想便与丈夫遽然分离。听到后来两兄弟争论毫无结果，那嫂嫂就想：

“我们既然共同来到这种境遇中，若丈夫死了，我也得死。”

弟妇则想：

“既然不能两全，若把这弟兄两人任何一个死去，另一个也难独全。想想他们受困于此的原因，全为路中有我们两人，受女人累赘所致。我们既然无益有害，不如我们死了，弟兄两个还可希望共同逃出这死海，为国家做出一分事业。”

那嫂嫂因为爱她的丈夫，想在她丈夫死去时，随同死去，丈夫不死，故她也还不死。那弟妇则因为爱她的丈夫，明白谁应当死，谁必需活，就一声不响，睡到快要天明时，悄悄把自己手臂的动脉用碎磁割断，尽血流向一个木桶里去，等到另外三个人知道这件事情时，木桶中血已流满，自杀的一个业已不可救药了。

弟弟跪在沙地上检察她的头部同心房时，又伤心，又愤怒，问她：

“你这是做什么蠢事！”

那女人躺卧在他爱人身旁，星光下做出柔弱的微笑，好像对于自己的行为十分快乐，轻轻地说：

“我跟在你们身边，牵累了你们，觉得过意不去。如今既然吃的喝的什么都完了，你们的大事中途而止，岂不可惜？我想你们弟兄两个既然谁也不能让谁牺牲，事情又那么艰难，不如把无多用处的我牺牲了，救救你们离开这片沙漠较好，所以我就这样做了。我爱你！你若爱我，愿意听我的话，请把这木桶里的血，趁热三人赶快喝了，把我身体吃了，继续上路，做完你们应做的事情。我能够变成你们的力量，我死了也很快乐。”

说完时，她便请求男子允许她的请求，原谅她，同她接一个最后的吻。男子把一滴眼泪淌入她口中，她咽下那滴眼泪，不及接吻气便绝了。

三个人十分伤心，但为了安慰死去的灵魂，成全死者的志愿，记着几人远离家国的旅行，原因是在为国家寻觅出路，属于个人的悲哀，无论如何总得暂且放下不提。因此各人只得忍痛分喝了那桶热血。到后天明时，弟弟便背负了死者尸身，又依然照常上路了。

当天他们很幸福地遇到一队横贯沙漠的骆驼群，问及那些商人，方明白这沙漠区域常有变动，还必需七天方能通过这个荒凉地方，到一个属于文明古国的边镇。几人便用一些银块，换了些淡水，换了些粮食，且向商人雇了一匹骆驼，一个驮夫，把死尸同粮食用具驮着，继续通过这片沙碛。但走到第四天时，赶骆驼的人，乘半夜众人熟睡之际，拐带了那个死尸逃逸而去，从此毫无踪迹可寻。原来这赶骆驼的，属于一种异端外教，相信新近自杀的女尸，供奉起来，可以保佑人民，便把它带回部落，用香料制作女神去了。

三人知道这愚蠢行为的意义，沙漠中徒步决不能跟踪奔驰疾步的骆驼，好在粮食金钱依然如旧，无可如何，只好在当地竖立一枝木柱，上刻“凡能将一个白脸长身女人尸体送至××国者，可以得马蹄金十块，马蹄银十块”。把木柱竖好，几人重复上路。

走了三天，果然走到了一个商镇，但见黄色泥室，比次相接，驼粪堆积如山，骆驼万千，马匹无数。人民熙熙攘攘，很有秩序。走到一座客店，安置了行李以后，就好好地休息了三天。

休息过后，几人又各处参观了一番，正想重新上路，那弟弟却得了当地流行的不可救药的热病，不能起身。把当地的著名医生请来诊治时，方知病已无可治疗，当晚就死了。

临死时这弟弟还只嘱咐哥哥，应当以国家事情为重，不必因私人死亡忧戚。且希望哥哥不必在死者身上花钱，好留下些钱财，作旅行用。且希望哥嫂即早动身，免得传染。话说完时，便落了气。这哥嫂二人虽然十分伤心，一切办法自然皆照死者意愿做去，把死者处置妥当，就上了路。

剩下这一对夫妇，又取道向西旅行了大约半年光景。那男子因为担心国事，纪念死者，只想凝聚精力，作为旅行与研究旅行所得学问而用，因此对于那位同伴，夫妇之间某种所不可缺少的事情，自然就疏忽了些。女人虽极爱恋男子，甘苦与共，生死相依，终不免觉得缺少些东西。

有一天两人在路上碰到一个因为犯罪双足被刖去的丑陋乞丐，夫妇二人见了这人，十分怜悯，送他些钱后，那乞人看到这一对旅行的夫妇检阅羊皮地图，找寻方向，就问他们，想去什么地方，有什么事。两人把旅行目的如实告给了乞人。

那乞人就说，他是西方××大国的人，知道那边一切，且知道向那大国走去的水陆路径，愿意引导他们。两人听说，自然极其高兴。于是夫妇二人轮流用一小车推动这乞人上路，向乞人所指点方向慢慢走去。

夫妇两人爱情虽笃，但因做丈夫的太不注意于男女事情，妇人后来，便居然同那刖足男子发生了恋爱。时间这样东西，既然还可造成地球，何况其他事情？这爱情也很自然，并不奇怪了。两人因这秘密恋爱，弄得十分糊涂，只想设计脱离那个丈夫。因此那刖足男子，便故意把旅行方向，弄斜一些，不让几人到达任何城池。有一天几人走近了一道河边，沿河走去，妇人见河岸边有一株大李子树，结实累累，就想出一个计策，请丈夫上树摘取些李子。丈夫因为河岸过于悬崭，稍稍迟疑，那妇人就说，这不碍事，若怕掉下，不妨把一根腰带，一端缚到树根，一端缚到腰身，纵或树枝不能胜任，摔下河中时，也仍然不会发生危险。丈夫相信了这个意见，如法做去，李树枝子脆弱，果然出了事情。女人取出剪子，悄悄地把那丝质腰带剪断，因此那个丈夫，即刻就堕入河中，为一股急促黄流卷去，不见踪影。

妇人眼见到自己丈夫堕入大河中为急流冲去以后，就坦然同那刖足男子成为夫妇，带了所有金银粮食重新上路了。

但这男子堕入河中，一时虽为洑流卷入河底，到后却又被洑流推开，载浮载沉，向下流漂去。后来迷迷糊糊漂流到了一个都市的税关船边，便为人捞起，搁在税关门外，却慢慢地活了。初下水时，这男子尚以为落水的原因，只是腰带太不结实，并不想到事出谋害。只因念念不忘妇人，故极力在水中挣扎，才不至于没顶。等到被人从水中捞起复活以后，检查系在身边那条断了的腰带，发现了剪刀痕迹，方才明白落水原因。但本身既已不至于果腹鱼鳖，目前要紧问题，还是如何应付生活，如何继续未完工作，为国效劳，方是道理。故不再想那个女人一切行为，忘了那个女人一切坏处。

这男子因为学识渊博，在那里不久就得到了一个位置。做事一年左右，又得到总督的信任，引为亲信。再过三年，总督死去，他就代替了那个位置，作了总督。

妇人虽对于这男子那么不好，他到了做总督时，却很想念到他的妇人，以为当时背弃，必因一时感情迷乱，冒昧做出蠢事，时间久些，必痛苦翻悔。他于是派人秘密打听，若有关于一个被刖足的男子，与一个美丽女人因事涉讼时，即刻报告前来，听候处治。

时间不久，那大城里就发现了一件希奇事情，一个曼妙端雅的妇人，挽了一辆小小车子，车中却坐了一个双脚刖去剩余一只手的丑陋男子，各处向人求乞。有人问她因何事情，从何处来，关系怎样，妇人就说：废人是她的丈夫，原已被刖，因为欢喜游历，故两人各处旅行。有些金银，路上被人觊觎，抢劫而去。当贼人施行劫掠时，因男子手中尚有金子一块，不肯放下，故这只手就被贼徒砍去。路人见到那么美貌妇人，嫁了这种粗丑丈夫，已经觉得十分古怪，人既残废，尚能同甘共苦，各处谋生，不相抛弃，尤为罕见，因此各有施赠，并且传遍各处，远近皆知。事为总督所闻，即命令把那对夫妇找来。总督一看，妇人就是自己爱妻，废人就是那个身受刖刑的废人，虽相隔数年，女人面貌犹依然异常端丽。刖足乞丐，则因足被刖，手又砍去一只，较之往昔，尤增丑陋。那总督便向妇人询问：

“这废人是不是你丈夫？”

妇人从从容容说：

“是我的丈夫。”

总督又问废人：

“你们什么时候结婚？在什么地方住家？”

废人不知如何说谎，那妇人便答：

“我们结婚业已多年，我们本来有家，到后各处旅行，路上遇了土匪，所有金宝概行掠去以后，就流落在外，不能回家了。”

总督说：

“你认识我不认识？”

那妇人怯怯看了一下，便着了一惊。又仔细地一看，方明白座上的总督，就正是数年前落水的丈夫。匆促中无话可说，只顾磕头。

总督很温和地向妇人说：

“你还认识得我，那好极了。你并没有错处。你并没有罪过。如今尽你意思做去，你自己看，想怎么样，你可以自己选择。你要和这个残废人同在一处，还是想离开他，你可以把你希望说出来。”

那妇人本来以为所犯的罪过非死不可，故预备一死。如今却见总督那么宽厚温和，想起一切过去，十分伤心。哭了一会，就说：

“为了把总督人格和恩惠扩大，我希望还能够活下去。我本应当即刻自杀，以谢过去那点罪过，但如今却只希望总督开恩，仍旧允许我同这废人在本境里共同乞讨过日子下去，因为这样，方见得你好处！”

总督说：

“好，你欢喜怎么样就怎么样，总之，如今你已自由了。”

此后这总督因为关心祖国事情，故把总督职务交给了另外一个人，所有的金钱，赠给了那个他极爱她，她却爱一残废人的女子，便离开那都市，回转本国去了。

故事到末了时，那商人说：

“我这故事意思是在告给你们女人的痴处，也并不下于男子。或者我的朋友还有更好的故事提到这个问题，我希望他的故事比我的更好。”

二、弹筝者的爱

第二个商人，有一张马蹄形的脸子，这商人麻脸跛脚，只剩下一只独眼，像貌朴野古怪，接下去说：

“女人常使男子发痴，做出种种呆事，呆事中最著名的一件，应当算扇陀迷惑山中仙人的传说。我并没有那么美丽架空的故事，但我却知道有个极其美丽的女人，被一个异常丑陋的男子所迷惑，做出比候补仙人还可笑的行为。”

这故事在后面。

副官宋式发，年纪轻轻的死去时，留给他那妻子的，只是一个寡妇的名分，同一个未满周岁的小雏。这寡妇年龄既还只有二十岁，像貌又复窈窕宜人，自然容易引起年轻男子的注意。谁都希望关照这个未亡人，谁都愿意继续那个副官的义务和权利。因为许多人皆盼望挨近这个美貌妇人身边，想把这标致人儿随了副官埋葬在土中的心，用柔情从土中掏出，使尽了各种不同方法，一切还是枉然徒劳。愚蠢的诚实，聪明的狡猾，全动不了这个标致人儿的心。

她一见到这些齐集门前献媚发痴的人，总不大瞧得上眼，觉得又好笑又难受。以为男子全那么不济事，一见美貌红颜，就天生只想下跪。又以为男子中最好的一个已经死去了，自己的爱情，就也跟着死去了。

过了两年。

这未亡人还依然在月光下如仙，在日光下如神，使见到她的人目眩神迷，心惊骨战。爱她的人还依然极多，她也依然同从前一样，贞静沉默的在各种阿谀各种奉承中打发日子。

她自己以为她的心死了，她的心早已随同丈夫埋葬在土中去了。她自己不掏出来，别人是没有这分本领把它掏得出来的。

到后来，一些从前曾经用情欲的眼睛张望过这个妇人的，因爱生敬皆慢慢的离远了。为她唱歌的，声音皆慢慢的喑哑了。为她作诗的，早把这些诗篇抄给另外一个女子去了。

有一天，从别处来了一个弹筝人，常常扛了他那件古怪乐器，从这未亡人住处门前走过。那乐器上十三根铜弦，拨动时，每一条铜弦皆仿佛是一张发抖的嘴唇，轻轻地，甜蜜地靠近那个年轻妇人的心胸。听到这种声音时，她便不能再做其他什么事情，只把一双曾经为若干诗人嘴唇梦里游踪所至的纤美手掌，扶着那个白白的温润额头。一听到筝声，她的心就跳跃不止。

她爱了那个声音。

当她明白那声音是从一只粗糙的手抓出时，她爱了那只粗糙的手。当她明白那只粗糙的手是一个独眼，麻脸，跛足的人肢体一部分时，她爱了那个四肢五官残缺了的废人。她承认自己的心已被那个残废人的筝声从土中掏出来了。她喜欢听那筝声。久而久之，每天若不听听那筝声，简直就不能过日子了。

那弹筝人住处在一个公共井水边，她因此每天早晚必借故携了小孩来井边打水。她又不同他说什么。他也从不想到这个美丽妇人会如此丧魂失魄的在秘密中爱他。

如此过了很多日子。

有一天她又带了水瓶同小孩子来取水，一面取水，一面听那弹筝人的新曲。那曲子实在太动人了。当她把长绳络结在瓶颈上时，所络着的不是水瓶颈头，竟是那小雏的颈项。她一面为那筝声发痴，一面把自己小孩放下深井里去，浸入水中，待提起时，小孩子早已为水淹死了。

附近的人知道了这件事情时，大家跑来观看，却不明白为什么这妇人会把自己亲生小孩杀死。或以为鬼神作祟，或以为死去的副官十分寂寞，就把儿子接回地下去，假手自己母亲做出这事。又或以为那副官死后，因明白妇人过于美貌年轻，孀居独处，十分可怜，故促之把小孩子弄死，对旧人无所系恋，便可以任意改嫁。谈论纷纭，莫衷一是，却无一人想象得出这事真正原因。

那时弹筝人已不弹筝了，抱了他那神秘乐器，欹立在一株青桐树下。有人问他对于这希奇事情的意见：

“先生，一个女人像貌如此善良，为人如此贞静，会做出这种希奇古怪事情，你说，这是怎么的？”

那弹筝人说：

“我以为这女人一定是爱了一个男子。世界上既常有因受女人美丽诱惑而发昏的男子，也就应当有相同的女人。她必为一个魔鬼男子先骗去了灵魂，现在的行为，正是想把身体也交给这魔鬼的！”

“这魔鬼属于哪一类人？”

那弹筝人听到这样愚蠢的询问，有点生气了，斜睨了面前的人一眼，就闭了他那只独眼说道：

“你难道以为女子会爱一个像我这种样子的男子么？”

那人看看话不投机，说来无趣，便走开了。至于这弹筝人，当然是料不到妇人会为他发痴的。

到了晚上，弹筝人正独自一人闭着独眼在月下弹筝，妇人就披了一件寝衣走去找他。见到他时，同一堆絮一样，倒在他的身边。弹筝人听到这种声音，吃了一惊，睁开独眼，就看到一堆白色丝质物，一个美丽的头颅，一簇长长的黑发。弹筝人赶忙把这个晕了的人抱进屋中竹床上，借月光细细端详一下面目，原来这个女子就是日里溺死婴儿的妇人。再想敞开妇人那件衣服，让呼吸方便一点时，稍稍把那衣服一拉，就明白这妇人原来是一个光光的身体，除了寝衣什么也没着身！

那弹筝人吓呆了，不知如何是好。

妇人等不及弹筝人逃走，就霍然坐起，把寝衣卸下，伸出两只白白的臂膊抱定那弹筝人颈项了。

她告给了他一切秘密，她让他在月光下明白她如何美丽。

但那弹筝的丑八怪，想起日里溺毙的婴孩，以为这是魔鬼的行为。因为害怕，终于弃却了女人同那件乐器，远远地逃走了。而她后来却缢死在那间小屋里。

三、一匹母鹿所生的女孩的爱

第三个商人像貌如一个王子，他说：

我的故事虽然所说到的还是女人。这女人同先前几个女人或者稍微不同一点。我的故事同扇陀故事起始大同小异，我要说到的女人，却似乎比扇陀更能干一些。但也有些地方与其余故事相同，因为这女人有所爱恋，到后便用身殉了爱。她爱得更希奇，说来你们就明白了。

和扇陀故事一样，同样是一个山中，山中有个隐居遁世的男子搭了一座小小茅棚，住在那里，修身养性，不问世事。

这隐士小便时，有一只母鹿来舐了几次，这鹿到后来便生了一个女子，长大后像貌端正娴雅，美丽非常。这母鹿所生孩子一切如人，仅仅两只小脚，精巧纤细，仿佛鹿脚。隐士把女孩养育下来，十分细心，故女孩子心灵与身体两方面，都发展得极其完美正常。

女孩子大了一些，隐士因为自己是一个旧时代的人物，担心自己的顽固褊持处，会妨碍这女孩的感情接近自然，因此特别为女孩在较远处，找寻到一片草坪，前面绕有清泉，后面傍着大山，在那里造一简陋房子，让她住下。两方面大约距离三里左右，每天这女孩子走来探望隐士一次，跟随隐士请业受教。每次来到隐士住处读书问道，临行时，隐士必命令她环绕所住茅屋三周，凡经这个女孩足迹践履处，地面便现出无数莲瓣。

隐士从女孩脚迹上，明白这个女孩必有夙德，将来福气无边，故常为她说及若干故事，大都是另一时节另一国土女子，在患难中忍受折磨转祸为福故事。女孩听来，只知微笑，不能明白隐士意思。

有一天，国王因为国家大事无法解决，亲自跑来隐士住处领教，请求这个积德聚学的有道之人，指点一切困难问题。

到了山中隐士住处之后，见到隐士茅屋周围，有莲花瓣儿痕迹，异常美丽，国王就问隐士：“这是什么？”

隐士说：“这是一个山中母鹿所生女孩的脚迹。”

国王说：“山中女子，真有美丽如此的脚迹吗？”

“你不相信别人的，就应当相信你自己的。国王，那你以为这是谁的脚迹？”

“假如这个山中真有如此美丽脚迹的人，不管她是谁生的，我皆将把她讨作王后。”

“凡世界上居上位的皆欢喜说谎，皆善说谎。”

“我若说谎，见到这个女人以后，不把她娶作王后，天杀我头。你若说谎，无法证明这是女人的脚迹，我就割下你的头颅。”

隐士眼见到这个国王感情兴奋，大声说话，因为一切全是事实，当时只微笑颔首，不作别的话语。

时间不久，住在另外一个地方的女孩跑来了，一见隐士身边客人，从服饰仪表上看来，就明白这个人是历史上所称的国王，于是温文尔雅地为隐士和国王行了个礼。行礼完后，站在旁边不动。这女孩既然容貌异常，并且知书识礼，国王有所问时，应对周详，辞令端雅。国王十分中意，当场就向那个女孩求婚。他请求女孩许可，让他成为她的臣仆，把那戴了一顶镶珠嵌宝王冠的头，常常俯伏在她膝边。

女孩子那时年龄还只一十六岁，第一次见到陌生男子，且第一次听到一个国王向她陈述这种糊涂的意见，竟毫不觉得希奇。她即刻应允了这件事，她说：“国王，既然你以为把王冠搁在我的膝下使你光荣幸福，你现在就可照你意思做去。”

那国王得了女人的爱情以后，就把女人用一匹白色大马，驮回本国宫中。选择吉日良辰，举行婚礼。

结婚以后，这个女人被国王恩宠异常。一月以后，为国王孕了个小孩，将近一年，所孕小孩应分娩了，真忙坏那个国王。自从这山中女孩入宫后，专宠一宫，因此其他妃嫔，莫不心怀妒忌。故当女孩生产落地一个极大肉球时，就有人暗中把王后所生产的肉球取去，换了一副猪肺。国王听说产妇业已分娩，走来询问，为其他妃嫔买通的收生妇人，就把那一副猪肺呈上，禀告国王，这就是王后所生产的东西。国王听说有这种事情，十分愤怒，即刻派人把那王后押送出宫，恢复平民地位。

这女孩因为早年跟隐士学得忍受横逆方法，当时含冤莫白，只得忍痛出宫，出宫以后，就匿名藏姓，且用药水把自己像貌染黑，替大户人家做些杂务小事，打发日子。因为出自宫中，礼仪娴习，性情又好，故深得主人信任，生活也不十分困难。

那个国王，自然就爱了其余妃嫔，把山中母鹿所生的那个女子渐渐忘掉了。

当王后所生养的肉球下地时，隐藏了这肉球的先把它放在锅中，用烈火煮了三天三夜，估计烈火已把它煮烂了，就连同那口锅子，假称这是国王赏赐某某大臣的羊羔，设法运送出宫。出宫以后，就抬到大江边去，乘上特备的小船，摇到江中深处，把那东西全部倾入江中，方带了空锅回宫复命。

这肉球载浮载沉一直向下游流去，经过了七天七夜，流到另外一个地方，被一个打鱼的老年人丝网捞着。渔人把网提起一看，原来是个极大肉球。把肉球用刀剖开，见到里面有一朵千瓣莲花，每一花瓣，各有一个具体而微非常之小的人，渔人极其惊吓，只听到那一千小人齐声说：

“快把我送进你们国王那边去，你就可得黄金千块，白银千块。”

渔人不敢隐瞒下去，即刻用丝网兜着那个肉球，面见国王，且把肉球呈上。那国王正无子息，把肉球弄开一看，果然希奇，因此就赏了渔人金银各一千块，渔人得了赏赐，回家去了，不用再提。这肉球中小人，却因为在日光空气和露水中慢慢长大，为时不久，就同平常小孩一般无二了。这个好心国王，于是凭空多了一千个儿子，上下远近，都认为这是国王积德，上天所赐。

这一千小孩到十六岁时，莫不文武双全，人世少见。到了二十岁时，这一千个儿子，便被国王命令，派遣到邻国去战征。各人骑了白马，穿戴上棕色皮类镂银甲胄，直到另一国家皇城下面挑战。凡个人应战的莫不即刻死去，凡部队应战莫不大败而归。这样一来，竟使城中那个国王，无计可施。

官家方面待到自己无计可施时，于是只得各处张贴上布告，招请平民贡献意见，且悬了极大赏格，找寻能够击退外敌的英雄。

山中母鹿所生的那个女人，知道这是自己的孩子，便穿了破旧衣服，走到国王处去，说她有退兵办法，请求国王许可尽她上城一试。得了许可，走上城去，那时城下一千战士正在跃马挺戈，辱骂挑战。但见城上大旗子下站了一个穿着褴褛像貌平常的妇人，觉得十分希奇，就各自勒马缰，注意妇人行为。

那女人开口说道：

“你们这些小东西，来到这里胡闹什么？我是你们的母亲，这里国王是你们的爸爸，还不赶快丢下刀枪，跳下白马？”

其中就有人说：

“你这疯婆子，你说你是我们的母亲，给我们一个证据看看。”

女人嘱咐各人站定，把嘴张开，便裸出双乳，用手将乳汁挤出，乳汁便向下射去，左边计分为五百道，右边也分为五百道。一千战士口中，莫不满含甜乳。这一千战士业已明白城上妇人当真是生身母亲，赶忙放下武器，投地便拜。

一切弄清楚以后，两国战事，自然就结束了。两个国王因为这一千太子生于此国，育于彼国，因此到后就共同议定，各人得到五百儿子。至于那个母亲，自然仍为这一千儿子的母亲，且仍然回转到王宫中作了王后。二十年来使这王后蒙受委屈的一干邪恶争宠嫔妃，因为当时还同谋煮过太子，便通统为国王按照国法一起捉来放到火中用胡椒火烧死了。

当初那个山中母鹿生养的女人，其所以能够在委屈中等待下去，一面因为受得是隐士熏陶，一面也正因为自信美丽，以为自己眉目发爪，身段肌肤，莫不是世所希少的东西，国王既为这份美丽倾倒于前，也必能使国王另外一时想起她来，爱情复燃于后。因此所遭受的，即或如何委屈，总能忍耐支持下去。如今却意料不到有了一千儿子，且正因为这一千儿子业已长大成人，能够恢复她原来那个地位。但同时却也明白，她其所以受人尊敬，只为了有这一群儿子。且明白如今已老，再也不能使那个国王把戴了嵌宝镶珠王冠的尊贵头颅，俯伏到她的脚边了。她明白这些失去的青春再也无从恢复时，觉得非常伤心。

她想了七天，想出了一个极好计策。同国王早餐时，就问国王说："亲爱的人，你还记不记得我在山中时节的样子？"

国王说：

"我怎么不记得？你那时真美丽如仙！"

"亲爱的人，你还记不记得你向我求婚时节的种种？"

"我记得十分清楚，我为你美丽如何糊涂。"

"亲爱的人，你还记不记得我们结婚以后出宫以前那些日子的快乐幸福生活？"

"同背诵我自己最得意的诗歌一样，最细微处也不容易忘记。你当时那么美丽，这种美丽影子，留在我心中，就再过二十年，也光明如天上日头，新鲜如树上果子！"

女人听到国王称赞她的过去美丽处，心中十分难受，沉默着，过一会儿就说："我被仇人陷害出宫，同你离开二十年，如今幸而又回到这宫中来了，一切事真料想不到。我从前那些仇人皆为你烧死了，现在却还有一个最大的仇人，就在你身边不远。我已把这个仇人找得。我不想你追问我这仇人姓甚名谁，我只请求你宣布她的死刑，要她自尽在你面前。若你爱过我，你就答应了我这个要求。"

国王说：

"我就照你意思做去，即刻把人带来。"

王后说，她当亲自去把那仇人带来。又说她不愿眼见到这仇人的面，请求国王，仇人一来，就宣布死刑，要那个人自杀，不必等她亲自见到这种残酷的事情。说后，王后就走了。

不到一会，果然就有个身穿青衣头蒙黑纱手脚自由的犯人在国王面前站定了。国王记起王后所说的话，就说："犯罪的人，你如今应该死了，你不必说话，不必做任何分辩，拿了这把宝剑自刎了吧。”

那黑衣人把剑接在手中，沉沉静静走下台阶，在院子中芙蓉树下用剑向脖子一抹，把血管割断，热血泛涌，便倒下了。国王遣人告给王后，仇人已死，请来检视，各处寻觅，皆无王后踪迹。等到后来国王知道自杀的一个“仇人”就是王后自己时，检查伤势，那王后业已断气多时了。

那王后自杀后，国王才明白她所说的仇人，原来就是她自己的衰老。她的意思同中国汉武帝的李夫人一样，那一个是临死时担心自己老丑不让国王见到，这一个是明白自己老丑，便自杀了。

为张家小五哥辑自《莲花太子经》

一九三三年七月十八日于青岛

夜

她在房中。

把衣服脱了，袜子脱了，换了一件薄薄的寝衣，换了一双拖鞋，坐到床边想四点钟以前的事但她不许自己想这件事。

小茶几上放得有纸烟，她划了一根火柴，点了一支烟。烟拈到手指间，吸了一口就又不吸了。把纸烟搁到烟灰碟里去，站起了身，到临街的窗户边去，试把窗推开。窗开了，外面的风吹进来了。她站到四层楼窗口望到下面静沉沉的街，为一些无言无语的悬到空中的灯所管领，没有一个人走路，没有一个车夫也没有一个警察，觉得街完全是死街。仿佛一切全死了。她又望对街高楼的窗口，一些同样如自己这一边还露着一片灯光的只有三处，有两处是同自己一样生活的同伴们所住，才从舞场回来，没有安睡，另一边，则从那灯光处橐橐地传着一种击打的声音，这是一个鞋匠。这鞋匠，日里睡觉晚上做工，在太阳下他常常晒着他的成绩，挂在那窗口大钉上，因为这样所以她知道他是皮鞋工人。望到冷清清的大街，她先是有一点害怕，到后听到远处有一辆汽车跑了过街，汽车因为街头无人，速度激增，飞快如一支箭。汽车过去以后，她悄然离了窗口，仍然坐到床边了。她仍然得想四点钟以前的那一件事。

……这样想，是呆子的呆想罢了！

她又吸烟，且望桌上陈列的那从中华照相馆新摄成的自己的舞姿。那身上每一部分，每一曲折，皆露着一种迷人的年轻的美丽的照片，自己看来是比别人并不两样，有些地方熟视以后，是能使心上燃烧一种情绪，仿佛对这照片是应当生着妒忌的气的。她捏着那相片，像一个男子的姿势，把她捧在胸前，又即刻把她用力摔到屋角挂衣处去，她仍然为这美的身材愤怒了。她应当责难自己，在一些苛细的失度上加以不容让的嗔视，而那天生的骄傲，又将在袒护意义上找出与端娴在一处的结局。她不能如其他人在生活上找寻那放荡的方便，然而每当她一从镜子照到自己的身影，一看到自己的相片，便认这苗条的躯干的自珍成为一种罪恶。她做梦也只是需要生活上一种属于运命那样的突变，就像忽然的、不必经过苦恼也不必经过另外一个长久时期、她就有了恋爱，不拘她爱了人或人爱了她，总而言之很突然的就同在一处。经营那共同生活了，在一些陌生的情形中做着纵心的事，她以为这样一来自己就不会再有时间的剩余来责难自己了。不过做这样梦的她的为人呢？是完全不适宜于放荡的。外形与内心，在同辈中皆有着君子的雅号，她的机会只是完成这称谓的意义，所以在谁也不明白的波涛中度着日子的她，这时仍然是独自一人。

……这是呆子的事，真不行！

她想些什么事？没有谁明白的。她觉得若来服从自己的野心，那么早晚有机会将嘲弄自己成为呆子的一时。凡是近于呆处，自然也就是许多人平常做来很简单的事，一些不与生活相熟习的野心把自己灵魂高举，把心上的火点燃，这样的事而已。她是虽然仿佛一面把这火用脚踹熄，一面从幕的一角还仍然望到那惊心动魄的情形，深深愿意有一种方便把自己掷到那一面陌生生活中去的。

四点钟以前有那样一件事。

在参加都市生活之一种的一个跳舞场中，时间还早，没有一个来客，音乐第一次做着那无聊的合奏，同伴们互相携了手跳着玩。生活开始了。她仍然如往日那么穿了她的花衣，肩上扑了粉，咬着嘴唇上了场。两分钟，过去了，第一次休息到了，她退下来坐到那原来位置上，理着自己的发。这样时节坐在并排挨身的两个同伴说话了。

其一道，“他怎么说？”

另外的人就说：“他说是的，他就是你所想知道的那个，那是我的朋友××，你看他不漂亮么？我就望了那年轻人一眼，白脸儿郎说是××我倒不甚相信。但他坐到那座位上，望到我们的跳舞，似乎听到朋友在介绍他了，腼腼腆腆地笑，女孩子样子手足局促，我明白这不会错了，得凌的介绍，我同他舞了一次。”

其一又说，“到后，你亲自问过他没有？”

“问过的。我说，××先生，你怎也来这些地方？他很奇怪我这个话。他就说，你认识我吗？我说我从大作××一书上认识了先生一年了。他听到这话把步法也忘记了，对我望，我不知道他是为什么，他就忽然如不有我那种样子，仍然把头低下很优雅地跟着琴声进退了。”

第一个听到这里就笑了，她说，“他不懂你的意思。”

“怎么不懂？他是不相信这句话。他以为这是故意说的，本来是很高兴，听到这话反而觉得跳舞场无聊，所以他只跳一次，到后就要那朋友陪他回去了。”

“你怎么知道这样详细。”

“我到后听到他朋友密司忒凌说，他说他不相信一个舞女懂得到他。”

“脸白了的年轻人都是这样，过两天再来时，你看我来同他……”乐声一起，舞女全站起了身，仍然互相搭配对子在光滑地板上把皮鞋跟擦着，奏乐人黑脸如擦了靴油，在暗红灯下反着乌金的光泽，穿白衣的堂倌们在场上穿来穿去，各人皆如莫名其妙地聚到这一间房子里，做着互相看来很可笑的行动。这时在外面，就有人停顿在街头，从音乐中如上海作家一般的领会这房子里一切异国情调了。

约莫有十一点半钟那样子，从楼下上来了三个人，三个人在楼口出现，到后是就坐到与舞女的列很相近的一个地方了。这样一来什么也分明了，她见到那两个同伴之一同初来的客人之一点头，另一白脸长身的清瘦脸庞的男子也向女人稍稍打了一个招呼。她知道刚才同伴谈话所指的××是谁了。

她痴痴地望到这年轻人，把一切美观处皆发现殆尽；她想若是机会许可，在乐声起处他若会走到她身边来，那今夜是幸福的一夜了。

她不知如何，平常见过许多美男子，全不曾动心，今夜却没有见这人面以前，听到那同伴说着，羡慕着，自己就仿佛爱上这不相识的男子了。当她已经明白这新来三人之中一就是女人所说的男子时心中便起了一种骚扰，不能安静。她也不在另外一些事情上，提出制止这不相宜的野心的方法。她只想，音乐一开始，这恋爱便将起一种变化，她将……

“除了心跳，接受这扶持，没有更完全的所想到必须做去的事了。”这样想着，过了一会儿，音乐当真开始了。她极力地镇静自己，看这三个人如何选择他们的对手。然而三人中只其余两人，把先前说话那两个女人接着作却尔斯登舞，其他一男子却仍然坐到原处喝红茶。

她的一个同伴被一剃头师傅样子的人带去了，她也坐到原处不动。她坐到那里不知顾忌地望男子这一方，男子似乎也注意到了，低下头想什么事那么不再把头抬起，她感到心上一种安慰。因为一面是那么腼腆，一面就像非大胆无畏不行了，这平常时节为同伴称道的君子这时的心更顽固不移了。

音乐奏完了一曲，灯光恢复了一切，人各就了座，那另外两个男子一归座似乎是在问那男子为什么不上场，男子不作声，望着座的另一端舞女的行列，游目所遇，她以为男子特别注意到她。她把头也低下了，因为她见着男子的美貌，有点软弱，自惭平庸了。男子似乎在说明他如何不舞的理由，但她耳边只嗡嗡作响，却听不真那男子说的话是不是与自己有关。不过在那附身的两个女伴，却说着使她非听不可的话。

其一说：“××今天真好看，你看那样子。”

另一个说：“凌同你说了些什么。”

“他说今夜是他把××拉来的，所以不舞。”

“你不是说你有办法么？”

“慢慢地来罢。你以为他不是男子么？凡是男子都会在一些小小节目上到女人面前醉心，这话是××说的，他自己说的话是自己体念得来，你看我使他同我跳舞。”

“你今天为什么不穿那黄衣。他是爱黄色的。”

“男子在衣服颜色上只能发生小小兴味，还要有另外的……”那曾经说同过男子舞过一次的女子就笑了，摇着同伴的肩，说，“看你有些什么另外的办法使他动心。”

“我不敢包，我总不至完全失败。”

“是不是下一次要凌为你说，他必定不好推辞？”

那年长一点的，就更忍不住笑了，她说，“这样行吗？这是顶蠢的事了。要来，自然还要有另外的机会。”

“说这机会当在……”

“机会说得定么？”

两人就不再说了，互相捏着手，眼睛却全望到男子座位这一边。

男子们像正在说一件故事，由凌姓述说，笑的事三人全有分。事情很坏的是在笑中她也发现了他使她倾心的一点，她一面记起了女伴所说的话，感到一点无聊，因为自己是像在完全无助无望的情形中燃着情热的火，只要那说过大话的女人，一同那男子搂在一处，这事就全无希望了。

时间还早，除了这三个男子以外还没有二十个人在场，所以当灯光复熄音乐开始时，她仍然没有为谁拉去，而那白脸男子，也仍然孤孑地坐在那里，把肘撑在桌上，端然不动，又略显忧郁的情调把视线与舞众离开，把头抬起望天花板上所饰成串的纸飘带。

她默默地想到这男子，她仿佛很知道这男子寂寞，而又感于无法使男子注意自己的困难。然而在男子一方，却因为女人两次的局坐一隅，不曾上场，似乎有一种无言的默契了，他在一些方便中也望过了女人多次。

她见到那说过大话的舞女，故意把身宕到近男子坐处前面来，用极固执的章法把眼睛从靠身男子的肩上溜过来对白脸男子送情，男子却略无知觉的注意到另一处。那女人的失败，使坐着无所作为的她心上多一重纠纷，因为她是不是终于也这样失败的未知，却与敌人已经失败的满意混合在一块了。

重复到了休息。她望到男子的面，另外两人坐下以后，似乎在指点场中所有的舞女，一一数着，却在每一舞女的身上加以对那男子“合不合适”的质问。那男子不点头也不摇头，静静地随了朋友的手指看过在场舞女一遍。到后仍然无目的地微笑着。

男子微笑着，她却把头低下了，她的心这时已柔软如融化的蜡。

……

第三次，出于她意料之外，那男子，忽然走到她身边来了，很幽雅的绅士样子站在她面前，她惶恐的稍稍迟疑了一会，就把手递给了男子。

仍然很沉静的，默默无声的在场中趁着音乐，末了互相一笑微微地鞠躬，他塞在她手中的是舞券五张。分手了，各坐到原来所有的位置，他们又互相的望了一会。

这样，第四次开始了，女人不动，男子也不动。

第五次他们又跳了一次，仍然是舞券五张。

第六次……

他们各人始终没有说过一句话，一共舞了三次。

那男子与同伴走了，走了以后听到那两个女伴说男子是住到×××九号，关于男子，她所知道，只此而已。但仅仅这样，在她就已够增加这心上骚扰了。

为了那似乎很新颖体裁的沉默行为，她经过这男子三次照扶，俨然心被这男子攫走了。直到散场她没留心过另一男子，虽然此后还来了一个对她极倾心的中年商人，用着每一次两券的方法同她跳过四五次。她在场上想的是什么时候就到×××去找那男子，回到住处，她仍然是这样想。

说是呆子才这样办，就是她想到这时去×××，借了故说是有紧要事会××。她只要见到这人，就不说话，一切事不必解释也明白了。这时节，××应当睡觉了，应当因为记起夜里的事不能安睡，还应当像她一样，一颗心，失去了平衡，对了灯做着很多可笑的估计，她又这样的想，且若在这些事感生大的兴味。

她所得于男子的印象如一团月光，虽毫无声息，光辉所照竟无往不透澈如水。

因为久久不想睡觉，她始觉得今晚上天气特别闷热。

……

像是忽然听到落雨了。像是平时落雨情形，汽车从大街上溜去时，吵的拉着一种极其萧条的长声，而窗间很近地方，铁水管中就有了积水哗哗流着的声音了。她担心到××那人在街上找不到车将在雨中走回家去。

她仿佛听到有人从下面上着楼梯，橐橐的皮鞋声很陌生，就心想，莫非是××？是××，则无疑是从别一处探知了她这住处，特意来看她了。来人果然就在门外了，她忘记是门已向内锁好，就说请。门一开，一个穿了黑色雨衣把领子高耸戴着墨色眼镜的汉子已到了她面前。

她从那雨衣裹着的身体上，看得出这人不是恶人，就说，“什么？”

她意思是问来客，想知他是什么人因什么事来到这里。但男子不作声，慢慢的把帽子从头上除下，其次除了手套，又其次才除去雨衣。她看得出他是谁了，欢喜到说话不出，忙匆匆地握着了男子的双手，把他拖到一个大椅上去坐下，自己就站在他面前憨笑。

过了一会，男子又把眼镜也除去了，眼镜一去男子的美目流盼，她几几乎不能自持了，她这时恰想到在舞场上那另一女伴的失败，不敢将态度放荡，就很矜持地拿着烟献给男子。男子把烟拈到手上却不吸，她为他擦了洋火也仍然不吸。

“吸一支不行么？”女人她这样说着，乃作媚笑。见男子把烟已经放下，望到那雨衣滴水到地板上，她就又说道：

“××先生，今天这样大雨，想不到还来到这地方。”

她以为男子不会说话，谁知男子却开了口，说：“外面雨好大。”

谈到雨，上海的黄梅雨，北平的一年无雨，与广州的日必一雨，皆说到了。

从雨说到跳舞场，从跳舞场说到舞女，从舞女说到恋爱，从恋爱说到了男子本身。说了半天她才知道他的无聊，但她从他精神上看，看出无聊只是往日到跳舞场的事，这时可完全两样了。

这男子具有一切有教育男子的长处，在恭维女人一事上也并不显着比他人愚笨。凡是他足所旅行到的地方，口都能找出极有诗意的比譬，减去了她的惊讶恐惧。她就清清楚楚地看着他怎样的在一个男子的职分上施展着男子的天才，心微微跳着，脸发着烧，尽他在行为方面做了一些体裁极新颖的事情。她一面迷糊如醉，一面还隐隐约约听到屋檐流水的声音，她还想着，这雨，将成为可纪念的一种东西了，另一时想来这雨声还会心跳。

这梦随了夜而消失，一去无踪。她醒来房中灯作黄光，忘了关上窗户的窗口，有比灯光为强的晨光进来了。她还不甚分明，把床头电灯开关拿到手中，熄了灯，仍然躺在床上。

过了一会有一个人骑自行车按着铃从马路上跑过，她记起落雨以及与落雨在一处的事情了，赶忙到窗边去望，望到街上的灯还不曾熄，几辆黄包车很寂寞地停在路旁，地面干干的全不像夜来落过雨的样子。

她明白了。舞女的生涯白天是睡，如今是睡的时候，她就仍然倒到床上去，把脸朝里面，还用手捣了脸。

到夜里，她将仍然穿了绣花的丝绸衣裳，修眉饰目走到××舞场陪人跳舞。

作于一九二八年冬

旅店

只有醒的人，去看睡着了的另一种人，才会觉到有意思的。他们是从很远一个地方走来，八十里，或一百里的长途，疲劳了他们的筋骨，因此为熟睡所攫，张了口，像死尸，躺在那用干稻草铺好的硬炕上打鼾。他们在那里做梦，不外乎梦到打架、口渴、烧山、赌钱等等事。他们在日里时节，生活在一种已成习惯了的简单形式中，吃、喝、走路、骂娘，一切一切觉得已够，到可以睡时就把脚一伸，躺下一分钟后就已睡着了。

这样的人在各处全不缺少。生在都会中人，即或有天才也想不到这些人生在同一世界的。博士是懂得事情极多的一种上等人，他也不会知道这种人的存在的。俄国的高尔基，英国的萧伯纳，中国的一切大文学家，以及诗人，一切教授，出国的长虹，讲民生主义的党国要人，极熟悉文学界情形的赵景深，在女作家专号一书中客串的男作家，他们也无一个人能知道。革命文学家，似乎应知道了，但大部分的他们，去发现组织在革命情绪里的爱去了，也仿佛极其茫然。

中国的大部分的人，是不但生活在被一般人忘记的情形下，同时也是生活在文学家的想象以外的。地方太宽，打仗还不容易，其余无从来发现，这大概也是当然的道理了。这里一件事，就是把中国的中心南京作起点，向南走五千里，或者再多，因此到了一个异族聚居名为苗寨的内地去。这里是说那里某一天的情形的。

天已快亮。

在主人名字名为黑猫的小店中，有四个走长路的人，还睡在一个长大木床上做梦。他们从镇远以上，一个产纸的地方，各人肩上扛了一担纸下来，预备到屈原溯江时所停船的辰阳地方去。路走了将近一半。再有十一天，他们就可以把纸卖给铺子回头了。做着这样仿佛行脚僧事业的人，是为了生儿育女的缘故，长年得奔走的。每一次可以休息十天，通计一年之中有四分之三在各地小旅店中过夜。习惯把这些人变成比他一种商人更能耐劳，旅店与家也近乎是同样的一种地方了。

这旅店开设在山脚，过湖南界下辰州的是应翻山过去的，走了长路的因此多数在此住宿，预备在一夜中把疲倦了的身体恢复过来，蓄了力上这高山。主人是二十七岁的妇人，属于花脚苗。这妇人为什么被人取名为黑猫，是很难于追溯的事。大概是肌肤微黑，又逗人欢喜的缘故。这名字好像又是这妇人丈夫所取的。为自己妇人取下了这样好名字的丈夫，料不到很早的就死去，却把名字留给一切过往客人呼唤了。把名字留给过往客人呼唤，原是不什么要紧，黑猫的身体，自从丈夫死了以后，倒并不如名字那样被一般人所有！

欢喜白皮肤，苗族中并不如汉人嗜好之深。对于黑的认识，在白耳族中男子是比任何中国人还有知识的。然而黑猫自从丈夫死了以后，继续了店中营业，卖饭、卖酒且款待来往远方的客人住宿，却从不闻谁个人对黑猫能有皮肤以内的认识。凡是出门经商做事的人全不是无眼睛的人，眼睛大部分全能注意到生意以外的妇女们脸孔，但对于黑猫，总像她真是个猫，与男女事无关，与爱情无分。事情也并不怎样奇怪，她不是平常的花脚族妇女。乌婆族妇女的风流娇俏，在这妇人身上并不缺少，花脚族妇女的热情，她也秉赋很多，同时她有那白耳族妇女的自尊与精明，死去了的丈夫让他死去，她在一种选择中做着寡妇活下来了。

她在寡妇的生活中过了三年，没有见到一个动心的男子。白耳族男子的像貌在她身边失了诱人的功效，布依族男子的歌声也没有攻克这妇人心上的城堡。土司的富贵并不是她所要的东西，烟土客的挥霍她只觉得好笑。为了店中的杂事，且为了保镖需人，她用钱雇了一个四十多岁的驼背人助理一切。来到这里的即或心怀不端，也不能多有所得，相约不来则又是办不到的事。这黑猫的本身就是一件招来生意的东西，至于自黑猫手中做出的菜，吃来更觉得味道真好，也实有其人。

因为这样，黑猫在众人所不能忘的情形下生活，自然幸福与忧患是同时都有得到的方便，她应得到的全来了。在营业上心怀上占了优势的黑猫，在身体上灾难上不可免的也来了。用歌声，与风仪，与富贵，完全克服不了黑猫的心，因此有人想起用力来做最后一举的事了。亏了黑猫的机警，仍然不至于被人遂心，其中故事不少。故事数毕到了最近的今天。

照例天一发白，黑猫是就应当同那驼子起身，为客人热水洗脸，或烫一壶酒，让客人在灶边火光中把草鞋套上，就来开门送客的。把客送走，天若早，又是冬天，还可以再把身子蜷到棉絮中睡一觉。若系三月到九月中任何一日，则大清早各处全是雾，也将走到大路旁井边去担水，把水缸中贮满清水为止。担水的事是黑猫自做的。

黑猫今天特别醒得早，醒时把麻布蚊帐一挂，把床边小小窗子推开，满天的星子，满院子虫声，冷冷的风吹来使人明白今天的天气一定晴朗。虫声像为露水所湿，星光也像湿的，天气太美丽了。这时节，不知正有多少女人轻轻地唱着歌送她的情人出门越过竹林！不知有多少男子这时听到鸡叫，把那与他玩嬉过一夜的女人从山峒中送转家去！又不知道有多少人在那分别时流泪赌咒！黑猫想起了这些，倒似乎奇怪自己起来了。别人做过的事她不是无分！别一个作店主妇的人都有权利在这时听一点负心男子在床边发的假誓，她却不能做。别的妇人都有权利在这时从一个山峒中走出，让男子脱下蓑衣代为披上送转家中，她也不能做。

一个二十多岁的妇人，结实光滑的身体，长长的臂，健全多感的心，不完全是特意为男子夜来享受的么？可是一个有权享受她的男子，却安安静静睡到土里四年，放弃这权利了。其余呢，又都不济。

今天的黑猫真有点不同往常，在星光下想起的却是平时不曾想到的男女事情。她本应在算账这些纠葛上感觉到客人好坏的，这时却从另一些说不分明的印象上记起住宿的客人来了。四个客，每年来去约在十五六次左右，来去全在此住宿也已经有数年了。因为熟，她把每一个人的家事全知道得清清楚楚。这些人全有家室是她早知道了的。只要中了意，把家中撇开，来做一点只有夫妻可以有的亲密，不拘形迹的事体，那原无妨于事的。山高水长两人分手又是一个月，正因为难于在一处或者也就更有意思。这些事，在另一时本来她就想到了，不行的仍然是男子中还无一个她所要的男子。此时的四个纸客，就无一个像与她可以来流泪赌咒的。她即或愿意在这四碗菜中好歹选取一碗，这男子因为太与主人相熟，也就很难自信在这个有名规矩的妇人身上，把野心提起！

但奇怪的是今天这黑猫性情，无端地变了。

一种突起的不端方的欲望，在心上长大，黑猫开始来在这四个旅客中思索那可以亲近的人了。她要的是一种力，一种圆满健全的、而带有顽固的攻击，一种蠢的变动，一种暴风暴雨后的休息。过去的那个已经安睡在地下的男子，所给她的好经验，使她回忆到自己失去的权利，生出一种对平时矜持的反抗。她觉得应当抓定其中一个，不拘是谁，来完成自己的愿心，在她身边做一阵那顶撒野的行为。她思索这样事情时，似乎听得有人上山的声音了。

她又从窗口去望天上的星，大小的星群无从数清，极大的星子放出的光作白色，山头上显得出庙宇的轮廓，无论如何天是快明了。

听到鸡叫的声音，听到远处水磨的呜咽声音，且听到狗的声音。狗叫是显然已有人乘早凉上路了。在另一时，她这时自然应当下床了，如今却想到狗叫也有时是为追逐那无情客人而怀了愤恨的情形的，她懒懒地又把窗关上了。

那驼子原是一个极准确的钟，人上了年纪，一到天亮他非起床不行，这时已在那厨灶边打火镰燃灯，声音为黑猫听到了。

黑猫在床上，像是生了气，说，“驼子，你这样早做什么？”

“不早了，我知道。今天天气又好，今年的八月真是菩萨保佑！”

驼子照例把灯一燃，就拿灯到客人房中去，于是客人也醒了。

一个客人问驼子天气怎么样。

“好天气！这种天气是引姑娘上山睡觉，比走长路还合适的天气！”

驼子的话把四个客人中有三个引笑了，一个则是正在打哈欠。这打哈欠的人只顾到打哈欠，所以听不真。驼子像有意说话给这四个客人以外另一个人听，接口说：

“如今是变了，一切不及以前好。近来的人成天早早起来做事。从前二十年，年轻人的事是不少，起来的也更早，但做的事情却是从他相好的被里爬出回家，或是送女人回家。他们分了手，各在山坡上站立，雾大对面不见人，还可以用口打哨唱歌。如今是完了，女人也很少情浓心干净的女人了。”

主人黑猫在后房听到驼子的话，大声喊他，说，“驼子，你把水烧好，少在那里说呆话！”

“噢，噢，”这驼子答应了，还向这四个客人做一个烂脸，表示他所说的话不是无根，主人就是一个不知情趣的女人。他一边走一边自言自语，说的是“世界变了，女人不好好地在年轻时唱歌喝酒，倒来做饭店主人。作了饭店主人，又不……”他不把话说完，因为已到了灶边，有灶王菩萨在。大约是天气作的怪，这个人，今天也分外感到主人安分守寡不应当了。

听到驼子发了感慨的黑猫，这时已起了床，趿了鞋过客人这边房来，衣服还未扣好，一头的发随意盘在头上蓬起像鹰窠，使人想象到山峒狼皮褥上的媚金，等候情人不来自杀以前的样子。客人中之一，听到驼子的不平言语，见有黑猫的苗条身段，见到黑猫的一对胀起的奶，起了点无害于事的想头，他说：

“老板娘，你晚来睡得好！”

她说，“好呀！我是无晚上不好！”

“你若是有老板在一处，那就更好。”

黑猫在平时，听到这种话，颜色是立刻就会变成严肃的。如今却斜睨这说笑话的客人笑。她估量这客人的那一对强健臂膊，她估他的肩、腰以及大腿，最后又望到这客人的那个鼻子，这鼻子又长又大。

客人是已起床了，各人在那里穿衣，系带，收拾好的全到房外灶边去套草鞋。说笑话的那个客人独在最后。在三个伙伴出去以后，黑猫望到这大鼻子客人，真有一种说不分明的潜意识在，所以手揣到自己的怀里把身子摇摆着，想同客人说两句话。

这客人虽曾与黑猫说了一句笑话，是想不到黑猫此时欲望的。伙伴去后见到黑猫在身边，倒无一句可说的话了。他慢慢把裹腿绑好，就走出房了。黑猫本应在这时来整理棉被，但她只伏到床上去嗅，像一个装醉的人做的事。

另一个客人，因为找那扎在床头的草烟叶，从外面走来，黑猫赶即起来为客人拿灯照亮，客人把烟叶找到，也不注意到这妇人与往日大不同处，又走出去了。

黑猫拿了灯跟出房来，把灯放在灶上，去瞧水缸。水所剩不多了，她得去担水，就拿了扁担在手，又从方桌下拖水桶。

把店门开了，外面的街有两三只狗走过身，她又忙把门关上。“驼子，近来怎么野狗又多起来了！”

“每年一到秋天就来了。我说了多久，要装一个药弩，总不得空。我听人说野狗皮在辰州可卖三四两银子一个，若是打到一对狐种狗，我就可以发财了。”

那大鼻子客人说，“岂止三四两银子？我是亲眼见到有人花十块钱买一个花尾獾子的。”

“这话信不得。”另一个客人则有疑惑，因为若果这话可靠，那这纸生意可以改为猎狐生意了。

“谁说谎？他们卖獭是二十两银子，我亲眼见的，可以赌咒。”

“你亲眼见些什么呢？许多事你就不会亲眼见到。若是你有眼睛，早是——”这话是黑猫说的。说了她就笑。

他们都不知道她所说意义何所在，也不明白为什么而笑。但这个大鼻子客人，则仿佛有所会心了，他在一种方便中，为众人所忽略时，摸了一下黑猫的腰，黑猫不作声，只用目瞅着这人的鼻子，好像这鼻子是能作怪的一种东西。

虽然有野狗，野狗不是能吃大人的兽物，本用不着害怕的，所以不久黑猫又开门出去担水去了。大鼻客人也含了烟杆跟了出去，预备打狗或者解溲，总有事。这一担水像是在一里路以外挑回的，回来时黑猫一句话不说，坐在灶边烤火。驼子见大鼻客人转来更慢，却说以为客人被狗吃了。或者狗，或者猫。某一个地方总也真有那种能吃人的猫狗吧。被狗吓的是有人，至于猫，那是并不像可怕的东西了，有人问到时，大鼻客人是说得出的。

洗完脸，主人不知何故又特意为客人煮了一碗鸡蛋，把蜂糖放在鸡蛋里。吃完后，送了钱，天已大亮，四个客人把扁担扛上了肩，翻出去了。黑猫主人痴立在门边半天，又坐到灶边去半天，无一句话同驼子可说。

过了一个月左右，旅店中又有人住宿了。卖纸人四个中不见了那位大鼻子，问起缘故才知道人是在路上发急症死了。又过了八个月，这旅店中多了一个小黑猫，一些人都说这是驼子的儿子，驼子因为这暧昧流言，所以在小黑猫出世以后，做了黑猫的丈夫。

黑猫是到后真应了那不幸的大鼻客人的话，有老板人更好了。那三个纸客，还是仍然来往住宿到这旅店中，一到了这店里，见到驼子的样子，总奇怪这个人能使黑猫欢喜的理由，不知在什么地方。这些事谁能明白？譬如说，以前是同伴四个，到后又成为三个，这件事就谁也不知道清楚。

一九二九年一月十日作